SÉRGIO PEREIRA COUTO

mentes sombrias

Universo dos Livros Editora Ltda.
Rua do Bosque, 1589 • 6º andar • Bloco 2 • Conj. 603/606
Barra Funda • CEP 01136-001 • São Paulo • SP
Telefone/Fax: (11) 3392-3336
www.universodoslivros.com.br
e-mail: editor@universodoslivros.com.br
Siga-nos no Twitter: @univdoslivros

SÉRGIO PEREIRA COUTO

mentes sombrias

São Paulo
2012

UNIVERSO DOS LIVROS

© 2012 by Universo dos Livros
Todos os direitos reservados e protegidos pela Lei 9.610 de 19/02/1998.

Nenhuma parte deste livro, sem autorização prévia por escrito da editora, poderá ser reproduzida ou transmitida sejam quais forem os meios empregados: eletrônicos, mecânicos, fotográficos, gravação ou quaisquer outros.

Diretor editorial
Luis Matos

Editora-chefe
Marcia Batista

Assistentes editoriais
Bóris Fatigati
Raíça Augusto
Raquel Nakasone

Preparação
Mariane Genaro

Revisão
Lilian Akemi Chinem

Arte
Camila Kodaira
Karine Barbosa
Stephanie Lin

Capa
Zuleika Iamashita

Dados Internacionais de Catalogação na Publicação (CIP)
(Câmara Brasileira do Livro, SP, Brasil)

C871m   Couto, Sérgio Pereira.

Mentes sombrias / Sérgio Pereira Couto. – São Paulo : Universo dos Livros, 2012.
240 p.

ISBN 978-85-7930-330-2

1. Crimes. 2. Romance policial.
I. Título.

CDD 869.93

Dedico este livro à memória de minha mãe, Maria Amélia Pereira, e à minha irmã, Maria Conceição Pereira Couto, minhas incentivadoras. Não sei o que faria se não fossem suas palavras sempre confortadoras.

Capítulo 1
Confiança

> *Eu preciso ter um pouco do que você tem que é, oh, tão doce*
> *Você tem de fazer bem quente, como um bumerangue eu preciso de uma repetição*
> — ZZ Top, "Gimme All Your Loving"

— Temos de admitir: este caso está muito estranho. Os testes de balística não conferem. Como a vítima poderia ter sobrevivido a disparos à queima-roupa de balas 11 milímetros na altura do peito?

Tony Draschko olhava para o enorme bloco de gelatina com implantes de soro fisiológico usados em operações estéticas de seios. Estava lá há pelo menos duas horas fazendo, juntamente com o perito em balística Paul Winsler, experimentos para descobrir como uma jovem que levara tiros no peito conseguiu sobreviver.

— De fato, não sei dizer — argumentou Paul. — Já ouvi falar em coletes à prova de balas, mas seios à prova de balas? Com certeza o implante agiu como uma espécie de proteção, mas, pelos experimentos vemos que a bala o atravessa e ainda faz estragos no bloco de gelatina. Não tinha por que não ter um resultado semelhante no caso de sua vítima. Tem certeza de que ela está viva?

Tony deu de ombros.

— A menos que aquela que está no hospital seja um clone do Arquivo X — respondeu sarcástico. — Garanto-lhe algo, Paul: isso pode render um bom artigo científico para o próximo número do Little Rock Crime Lab News.

Paul recolheu os implantes detonados dos três blocos de gelatina usados nos experimentos e sorriu pensativo.

— A revista oficial dos CSAs da cidade — disse ele, sonhando. — Nós, pobres peritos internos dos laboratórios, não podemos fazer nada disso. Essa é uma exclusividade para peritos de campo como você, Tony. Aliás, como vai a vida de CSA nível 2?

Tony se aproximou do *notebook* de Paul e verificou no sistema os resultados dos experimentos. Falou, sem tirar os olhos da tela:

– Graças a Deus, estou indo bem. Desde que comecei aqui, já subi dois níveis em dois anos. Nada mal para um novato.

Paul, que estava acostumado a encontrar Tony após o expediente para tomar algumas cervejas, percebeu o tom amargo na voz do amigo. Continuou a recolher o material danificado enquanto montava outros três grupos de gelatina e implantes mamários para novos experimentos.

– O que há, Tony? Algo errado no horizonte?

Tony respirou fundo. Olhou para o calendário de mesa na escrivaninha de Paul e respondeu:

– Hoje faz dois anos que Jen se matou.

Paul sabia, por meio de conversas com o amigo e com companheiros do laboratório, que não havia um CSA mais aplicado do que Tony. O que lhe faltava era conseguir superar as mortes que povoavam sua vida. O acompanhamento psicológico que ele fazia com o dr. Carlos Mendes tinha avançado muito, mas no mês anterior ele havia recebido a notícia de que o psicólogo seria emprestado à Scotland Yard, na Inglaterra, para auxiliar a localizar e capturar um assassino em série que imitava os homicídios clássicos de Jack, o Estripador[1]. A polícia de lá, em polvorosa, pedira ajuda ao FBI, que indicou o doutor sem demora. O tio de Tony, o comissário Colin Wojak, discutiu inúmeras vezes com o chefe Jeff Nelson, supervisor do laboratório de Little Rock, se Mendes deveria ou não ser emprestado. Decidiram então que, para mostrar a boa vontade dos norte-americanos, o psicólogo, que agora tinha uma formação sólida na natureza de mentes criminosas, iria passar pelo menos seis meses na Inglaterra.

Tony mostrou-se emburrado quando soube do acontecido. Não foi fácil começar a se abrir com um profissional de psicologia, ciência na qual ele não confiava naturalmente por uma questão de experiência

---

[1] Para saber mais, a Universo dos Livros também publicou *O diário de Jack, o Estripador*, de Shirley Harrison. [N. E.]

própria, mas não tinha outra opção. Tio Colin havia prometido que arranjaria um substituto temporário, mas isso não significaria que Tony se daria bem com o novo psicólogo como foi com o dr. Mendes.

Paul e os colegas mais chegados de Tony no laboratório comentaram com o chefe Nelson que o amigo estava executando as tarefas com mais tensão nos últimos dias. O supervisor escutou com muita atenção e passou alguns dias avaliando a performance do rapaz – impecável. Tony era apontado como candidato a uma promoção para o nível 3. Mas Nelson tinha receios de que a tensão de seu perito pudesse atrapalhar o seu desempenho e, juntamente com o comissário, elaborou um plano que colocaria em prática em breve.

Enquanto isso, Tony passava algum tempo com os colegas mais próximos, como observou a tia Donna Carter, esposa de Colin Wojak. Ele com certeza estava mais sociável, mas saía apenas com colegas de trabalho. Paul havia, inclusive, comentado com ela que as conversas de Tony geralmente giravam em torno de estudos de casos, de notícias científicas que poderiam ser úteis em suas investigações ou de cursos de aprimoramento. Paul, que trabalhava na balística há cinco anos, achava tudo bastante interessante, mas era da opinião de que o *happy hour* deveria ser para relaxar e não para se lembrar de deveres. Principalmente porque ele mesmo fazia turnos duplos, e Tony chegava ao cúmulo de pegar três turnos na sequência; ia para o laboratório de manhã e passava até quase 24 horas direto nos corredores.

Havia uma vantagem: desde que se tornara um CSA, não mais citava seriados de TV nem nada do gênero. Preferia agora falar apenas sobre artigos científicos. Além disso, criara um blog, *Diários Científicos de um CSA*, para registrar tudo o que descobria. Finalmente, encontrara seu próprio lugar no mundo da investigação criminal e pensava ainda em juntar material para publicar um livro sobre ciência forense.

Mas o passado, sem que a maioria das pessoas (incluindo seus tios) soubesse, voltava em forma de sonhos persistentes. Neles, ele se via novamente nos corredores da prisão onde Jen ficara e escutava o disparo que a matou. Na maioria das vezes, não conseguia nem mesmo chegar perto da cena do crime. Em outras, ele observava, por uma abertura na porta de ferro da cela, ela sorrir para ele e, então, o tiro fatal. E não era apenas isso. Seus pais também apareciam no sonho como uma espécie de guias sobrenaturais para levar a alma de Jen embora, enquanto ele caía no chão e chorava, sentindo a enorme solidão e o vazio que se apoderavam de sua alma. Acordava invariavelmente à noite, tremendo e chorando, desejando que pudesse estar morto e que, se isso acontecesse, pudesse ir ao encontro daqueles que não estavam mais em sua vida.

Paul aproximou-se de Tony ainda com os implantes mamários nas mãos. Tocou o ombro dele e murmurou:

– Sinto muito. Sei que o aniversário da morte de Jen é próximo ao de seus pais e que isso mexe demais com você.

– Um mês de diferença entre um e outro – respondeu ele, enxugando as lágrimas.

– Perder entes queridos nunca é fácil, mas, infelizmente, faz parte de nosso trabalho.

Tony voltou-se para Paul como se o amigo tivesse tocado em algum nervo exposto.

– Você nunca perdeu alguém. Por que está falando assim comigo?

Paul sentiu-se perdido e balbuciou:

– Bem... não, mas... perdi minha avó no ano passado...

– Que morreu de causas naturais, não assassinada por um assaltante de rua ou por ter dado um tiro em si mesma! Paul, não é assim que se compartilha a dor. Isso está me atormentando demais! São dois crimes que inundam minha vida e eu não pude fazer nada para salvá-los!

Sentou-se na escrivaninha de Paul e afastou o *notebook*. Colocou os braços cruzados na mesa e deitou a cabeça. Paul ainda conseguiu ouvir, em meio a uma voz queixosa e chorosa:

– Todos próximos a mim morrem de maneira bem violenta!

– Não é melhor aproveitar enquanto o dr. Mendes ainda está por aqui? Ele vai embora depois de amanhã, não é?

Tony começou a fazer alguns exercícios de respiração que o psicólogo lhe havia ensinado. Sabia que, todo ano, exatamente naquela época, a aproximação das datas mexia mais consigo do que ele admitia. Ele amava seu trabalho e não queria de modo algum ser afastado por não poder controlar seus sentimentos.

– É melhor... eu procurá-lo.

Paul bateu nos ombros do amigo e ajudou-o a se levantar.

– Vamos lá, CSA! Você não lutou tanto para chegar aqui e cair fora, não é? Vai falar com o doutor. Vou continuar os testes e aviso quando conseguir chegar a algum resultado consistente. Anda! Mexa-se!

Praticamente precisou expulsar Tony do departamento. Observou o amigo afastar-se enquanto pensava consigo mesmo que o rapaz era de fato talentoso. Toda aquela mania de citar seriados de TV era apenas uma válvula de escape para impedir que entrasse em contato com seus sentimentos. E agora que ele conseguira se tornar um profissional da área, não havia mais citações de seriados, mas em compensação havia algo até certo ponto pior: Tony se tornara *workaholic*. Isso ainda poderia virar uma bomba-relógio. E a ausência do dr. Mendes poderia fazer com que essa bomba explodisse antes do tempo previsto.

Paul fechou a porta de entrada do departamento e voltou para a sala de tiros. Observou os três conjuntos de material dos experimentos – ideia de Tony – e tentou esquecer o assunto. Como era uma pessoa extremamente religiosa, pediu bem baixinho, enquanto terminava de arrumar tudo:

– Deus, ajude-o. O rapaz é boa gente. Não pode afundar desse jeito...

Tony chegou ao consultório do dr. Mendes, que agora ficava na parte de trás do laboratório criminal. O psicólogo mudara-se há um ano da sala que mantinha no centro de Little Rock para um anexo que mais parecia ser "a cidade do crime", como foi apelidado pelo próprio comissário Wojak. O trabalho de Mendes com a psicologia dos assassinos em série rendeu-lhe vários prêmios e palestras, fazendo com que seu tempo para as obrigações com a polícia local ficasse dividido. "É o preço do sucesso", pensou Tony amargamente.

Ao chegar à porta do consultório, tocou a campainha e aguardou. Uma tranca automática se abriu e ele entrou na pequena sala de espera. O dr. Mendes falava com todos os funcionários do laboratório, dos mais altos escalões aos mais baixos. Diziam que parecia estranho alguém especializado em mentes criminosas se prestar a ouvir medos e receios dos peritos e analistas de campo. Mendes sorria diante dessas afirmações e respondia que todos têm um lado sombrio e que depende muito de cada um controlar-se ou descontrolar-se pelas razões mais apropriadas.

Num canto da sala de espera estava outra porta. Do lado dela, uma câmera. Com certeza era onde Mendes observava seus pacientes antes de mandá-los entrar. Tony tentou se acalmar e sentou-se à espera do psicólogo numa das poltronas.

Folheou todas as revistas que estavam numa mesinha de centro e logo começou a sentir-se chateado. Olhou o relógio e viu que já devia ter saído do turno há pelo menos uns quarenta minutos. Já levara advertências do chefe Nelson, pois fazia muitas horas extras. Não queria arranjar mais briga com seu supervisor, mas queria falar com Mendes antes de ir embora.

Demorou mais uns vinte minutos até que a tranca automática da porta do consultório se abrisse e Mendes aparecesse. Estava com um ótimo humor. Deixara a barba crescer e vestia-se como se estivesse numa sala de aula na universidade, usando camisa *Polo*, calça *jeans* preta e tênis da mesma cor.

– Ora, Tony! E então, como vai meu paciente preferido? Olha a coincidência! Ia mesmo pedir para você passar por aqui antes de deixar seu turno.

– Doutor, preciso muito de ajuda! O aniversário da morte de Jen está chegando e, como você sabe, fica bem próximo ao dos meus pais. E meus pesadelos começaram de novo!

Mendes fez sinal para que Tony parasse de falar.

– Calma, rapaz. Sei de tudo isso. Tive uma longa conversa com seu tio e com o chefe Nelson. Ambos me deram carta branca para providenciar o que eu achasse necessário para ajudá-lo. E acho que tenho a solução. Está lá dentro. Vamos entrar?

Tony entrou no consultório com toda a desconfiança que seu corpo e sua mente poderiam manifestar. Sentia-se como um pássaro que vai atrás de alpiste numa armadilha: busca satisfazer sua fome, mas não sabe quais são as consequências dessa atitude.

Em uma das poltronas, encontrou um jovem alto que, calculou, deveria ter quase dois metros, magro, com cabelo repartido com gel. Usava camisa *Polo*, um paletó listrado com remendos nos cotovelos e calça de sarja preta. Parecia um recém-formado de alguma universidade. Tony conhecia-o de algum lugar, mas não sabia bem de onde.

– Tony Draschko, este é Roderick Benes, ou Rod, um de meus melhores alunos. É psicólogo recém-formado e teve já alguma experiência em diagnosticar problemas comuns, como depressão e outros distúrbios comportamentais menores. Também é autor de livros de ficção científica e já fez várias entrevistas explicando seu método de misturar ficção com psicologia.

O jovem olhava sem jeito para Mendes, como um aluno ouve de maneira embaraçada o professor elogiá-lo.

– Acho que já li algo seu – disse Tony. – Não foi você que escreveu *A Idade das Máquinas a Vapor*?

O rapaz sorriu novamente sem jeito e finalmente se manifestou:

– Bem, não sou daqueles que gostam de falar sobre a própria carreira literária, mas é bom saber que nosso trabalho é apreciado. *A Idade das Máquinas a Vapor* é considerado um dos melhores livros do gênero *steampunk* pela Associação Nacional de Literatura.

Tony começou a rir da falsa modéstia de Roderick. Pensou que o magrelo era algum plano dos chefões e de seu tio para vigiá-lo na ausência de Mendes.

– Isso tudo é para que eu não saia do controle em sua ausência, doutor?

Mendes aproximou-se de Tony e fez um sinal para que ele se sentasse no divã.

– Tony, discuti sua carreira exaustivamente com o comissário e o chefe Nelson. Você tem um bom registro de carreira, com cerca de vinte casos resolvidos de maneira impecável. Está às vésperas de ter uma nova promoção. Por que pôr tudo isso a perder? Além do mais, é hora de começar a trabalhar em parceria. Não é assim que seus ídolos do *CSI* trabalham?

Tony enrubesceu com a menção ao seriado. Roderick levantou-se e sentou-se ao lado de Tony.

– Tony, não pense que as coisas foram fáceis para mim. Não estou sendo colocado como uma espécie de espião por seu tio ou seu chefe Nelson. Eu também sou CSA, embora tenha sido transferido de outro laboratório, fora de Little Rock. Vim para cá há apenas um ano e já estou apaixonado pela sua cidade. Candidatei-me a esta vaga por requisição do dr. Mendes, que chamou não apenas a mim como também a outros colegas da Faculdade de Psicologia.

Mendes apartou:

– Selecionei oito candidatos para apenas um deles ser seu parceiro. O comissário Wojak acredita que você está no ponto para começar a trabalhar em dupla. Rod foi o melhor deles. Embora seja novo por aqui, é mais do que capacitado. Já foi estagiário de psicologia no laboratório de Jacksonville, onde cuidou de muitos casos considerados "de observação". Seus parceiros, três deles pelo menos, falaram muito bem de sua atuação.

Tony levantou nervoso:

– Isso não apaga o fato de que vocês querem colocar alguém para me controlar! Droga, só estou querendo afastar meus fantasmas, não virar um rato de laboratório!

Rod acrescentou:

– Calma, Tony. Eu também perdi meu pai em um assalto a banco em Jacksonville. E minha namorada suicidou-se bebendo arsênico na minha frente. Tenho experiência com perdas pessoais. Isso me animou a ir para a literatura, que me rendeu algum sucesso. Mas não se pode viver de livros, então, segui carreira como CSA. Quando me falaram de seu caso, achei que poderíamos nos conhecer e trocar experiências boas.

– Todos só querem seu bem, Tony – disse Mendes. – Não estrague sua carreira apenas porque quer se isolar e se vingar de um mundo que tirou seus pais e uma garota que lhe interessou. Você tem certeza, por exemplo, de que teria amado Jen se ela não tivesse se revelado uma manipuladora e tirado sua própria vida?

Os sentimentos de Tony estavam gritando dentro de si. Parecia algo difícil de responder, mas, no fundo, ele sabia que se tratava de uma verdade. Rod aproximou-se com cuidado. Tony pensou que ele parecia ser alguém confiável, mas isso poderia ser um engano. E ele próprio achava que seu senso de avaliação de terceiros não estava nos melhores dias. Observou que Rod fazia uma espécie de biquinho quando fechava os lábios.

– Então o que terei de fazer? Trabalhar com esta coruja do Harry Potter?

Mendes sorriu. Já aprendera que Tony apelava constantemente para o sarcasmo quando queria se render a uma ideia de outros, mas não queria admitir. Rod sorriu sem graça.

– Na verdade, a coruja do Harry Potter é um símbolo forte. Você sabia que as corujas representam sabedoria, filosofia e pedagogia?

Tony não aguentou. Riu que nem um desesperado. Até ficar vermelho. Mendes e Rod nem sabiam o que tal comportamento poderia significar.

– Representam sabedoria? – disse ele em tom de acusação. – Então vamos deixar claro uma coisa, magrelo. Nunca tente me analisar quando estivermos na frente de outras pessoas, sejam elas quem forem, entendeu? Se quiser ter algum tipo de conversa analítica, puxe-me para um canto ou então você precisará relatar ao chefe Nelson situações que não imaginou ao entrar aqui. Agora parece que ele desistiu de tentar tomar o lugar de meu tio, parece ter ficado quieto num canto, mas nem por isso vou confiar nele. Ou mesmo em você. Vai ter de merecer muito minha confiança. *Capisce?*

Rod pareceu desnorteado, mas terminou por responder:

– Bem, agradeço sua honestidade. Espero mesmo conquistar sua confiança.

Mendes sorriu e completou:

– Não se preocupe. Rod está encarregado de me mandar relatórios sobre as atividades de vocês uma vez por semana, por e-mail. Continuarei a cuidar de seu caso, porém, farei isso à distância. Rod será meu representante, por assim dizer.

Tony sentou-se novamente. Sentiu as têmporas pulsarem de dor. Como aqueles idiotas ousaram fazer uma coisa dessa pelas suas costas sem consultá-lo? Entretanto, uma parte de sua mente dizia que estava cansado depois do turno do dia e que era melhor aceitar as condições por enquanto. Na primeira oportunidade que tivesse, iria livrar-se do cara de coruja do Harry Potter.

– Está bem. Vou me submeter mais uma vez aos caprichos do departamento. E quanto a você, magrelo, é melhor que seja bom mesmo. Sabia que a vertente mais tradicional dos psicólogos considera "uma balela" seu tipo de literatura?
– Mas você leu meu livro, não?
– Sim.
– E então, o que você achou dele?
– Bem, é uma obra para a geração mais nova, principalmente entre 25 e 35 anos. Sem dúvida, pelo que vejo nas redes sociais, você é bastante admirado pela maneira como torna a psicologia acessível a todos.

Mendes observou Tony e Rod, que pareciam entrar num debate literário e, sem que percebessem, saiu pela porta de acesso à sala de espera para usar o celular. Ligou imediatamente para o comissário Wojak.

– Comissário? Sim, é Mendes. Tony já teve contato com Rod. Acho que finalmente conseguimos juntar os dois. Agora é uma questão de tempo. Sei que Tony está agora no caso da mulher que não morreu ao levar tiros por causa de um implante mamário, mas, como não houve nenhuma morte, não seria o momento de passar o caso para outra pessoa concluir e já arranjar outros para os dois iniciarem juntos?

O comissário parecia contente com os resultados. Agora que Tony era CSA 2, tinha renda suficiente para alugar um pequeno apartamento e morar sozinho. Seu tio não queria isso, mas também não iria impedir.

– Acha que agora ele poderá se dedicar mais ao trabalho? – perguntou o comissário, ainda preocupado.

Mendes suspirou e respondeu:

– Se eu tivesse uma bola de cristal, poderia lhe dar uma resposta mais segura. Infelizmente, ainda há o risco de aparecer fatores que poderão colocar seu sobrinho em algum caminho não desejável.

– E o que podemos fazer nesse caso?

– Somente rezar para que dê tudo certo. Rod enviará os relatórios. Acompanharei de longe.

O psicólogo desligou o celular e olhou para dentro. Os dois continuavam falando. Era agora uma questão de aguardar para ver o que apareceria em seu caminho.

Capítulo 2
Desconfiança

> *Essa inquietação arranca o meu fôlego*
> *Pensamentos desconexos fazem barulho numa bagunça*
> *Essa inquietação crucifica o meu peito*
> *Sem anestésico corta através de carne tumorosa*
> – Siouxsie and the Banshees, "This Unrest"

– Sério? Ele é mesmo escritor? Como eu nunca ouvi falar dele? E olha que eu sou fã de *sci-fi*!

Tony olhou Paul enquanto dirigia. Não parecia à vontade para comentar com o amigo sobre o novo colega; mesmo assim resolveu falar, mas ser um pouco mais discreto nos comentários.

– Tudo que sei é que falam muito bem do *A Idade das Máquinas a Vapor*. Um cara lá do escritório onde meu tio atua que me indicou. Imagine uma espécie de *Matrix* onde todas as máquinas são do período vitoriano...

Paul deu de ombros.

– Volto a dizer: nunca ouvi falar. E ele vai fazer alguma coisa agora?

– Uma leitura pública do livro. Saiu faz umas seis semanas e está bem falado. Haverá uma espécie de minidebate na livraria Moonstone, seguido de um RPG.

– RPG? Tá de brincadeira! Estamos com que idade mesmo, catorze? Jesus, isso não me parece nem um pouco com algo que dois homens adultos fariam. A menos, claro, que fôssemos *nerds* assumidos.

Tony riu da observação e não aguentou:

– Ora, Paul, todos os peritos do laboratório não passam de *nerds* não assumidos. E depois, será divertido fazer algo cultural, mesmo que isso não passe de um evento aberto a adolescentes e outros tipos de leitores não convencionais.

Paul pareceu ficar emburrado, mas depois declarou:

– Tomara que tenha pelo menos umas garotas lá para paquerar!

O resto do caminho foi feito em silêncio. No tempo entre o encontro com Rod e o convite para ir até a livraria, Tony tinha falado com o chefe Nelson e declarado que aceitara mais aquela imposição da chefia. Nelson, acostumado com as esquisitices do sobrinho do comissário, suspirou de alívio pelo dr. Mendes ter conseguido mais essa vitória. Começava a gostar de Tony, mas por vezes seu gênio era algo difícil de suportar.

– E o chefe, o que disse? – quis saber Paul.

– Ele não gostou muito de minhas observações e da condição de que tudo deverá passar pelo dr. Mendes, mas aceitou. Tenho certeza de que meu tio também já está suspirando aliviado.

– E o caso do implante mamário?

– Dan Welles vai assumir. Amanhã, eu e o cara de coruja pegamos outro. Como não houve morte nesse caso, foi fácil passar para outro. Se precisarem de algo, poderão contar comigo para juntar as pontas soltas.

O carro seguiu até a entrada da livraria Moonstone, um grande estabelecimento gerido por descendentes de índios *cherokees*. Era uma ampla rede do tipo *megastore*, construída em um prédio de quatro andares que antes havia sido teatro ou sala de cinema. A vida cultural de Little Rock passava obrigatoriamente por uma dessas livrarias, que também vendiam filmes em DVD, revistas, jornais, e-books, CDs e eletrônicos em geral. Uma das livrarias dos Moonstone possuía até um belo anfiteatro, onde os principais eventos literários aconteciam num palco que nada devia para os de teatros mais profissionais.

– Cara, tenho de admitir – disse Paul ao sair do carro. – Seu novo parceiro parece ser bem relacionado.

Tony fechou o carro e guardou as chaves enquanto observava a multidão que entrava na livraria.

– Quem diria que há tantas pessoas que gostam do livro do cara de coruja do Harry Potter...

Paul chamou a atenção do amigo para duas garotas que chegavam vestidas de preto, com maquiagens carregadas e um aspecto branco obtido com o uso de *pancake*. Uma delas, mais alta, olhou para Tony e riu com vontade, o que lhe rendeu uma repreensão da amiga.

– O que foi isso? – perguntou Tony, observando as duas.

– Góticas, com certeza – disse Paul, olhando o *smartphone* enquanto acionava a câmera. – Cara, essas duas são conhecidas no ciberespaço. Acredito que as tenha visto em alguma rede social.

– Você frequenta essas coisas? Achei que não tinha tempo para isso ou considerasse coisa de garotada.

Paul olhou sério para Tony.

– Não estou falando de qualquer rede. Não é Facebook ou Twitter. É algo maior e mais complexo. Presas Noturnas é uma rede de góticos que reúne todos os interessados em assuntos sobrenaturais.

– Vampiros? Fala sério, Paul. Você curte essas coisas?

Paul sorriu, registrou a foto das duas garotas e acessou a tal rede social. Além do logo que mostrava o nome Presas Noturnas em vermelho, a tela do *smartphone* revelava uma foto do próprio Paul a caráter, que assinava com o pseudônimo de Deus Noite.

– Você é gótico? Não acredito!

Paul sorriu e completou:

– Há mais coisas entre o céu e a terra...

– Ah, tá! Góticos citando Shakespeare. Espera só até eu falar para o povo lá do laboratório...

Paul estacou, olhou para os lados como se tivesse cometido um crime e limpou o suor da testa. Seu cabelo vermelho contrastava com os longos cachos pintados de preto na foto de seu perfil no Presas Noturnas.

– Nem brinque. Meu lado gótico é um segredo, e vê se não faz a besteira de contar para ninguém, hein?

– Por quê?

– Ninguém aceita gente assim. Costumo ir a alguns eventos góticos, mas sempre assumo meu personagem, Deus Noite, quando apareço. Isso inclui toneladas de *pancake* na pele e uma maquiagem carregada. Mas quando estou entre as pessoas comuns, prefiro assumir uma aparência normal.

– E seu pseudônimo é famoso?

Paul corou e demorou alguns segundos para responder.

– Deus Noite é um dos mais respeitados nomes do meio gótico. Foi graças à minha própria rede de contatos que o Presas Noturnas se tornou um fenômeno aqui nos Estados Unidos. Fomos uma das primeiras redes sociais a se tornar popular, antes mesmo de Orkut ou de qualquer outra.

Tony estava embasbacado com a revelação. Nunca teve vontade de conhecer a fundo o mundo virtual e achava que internet servia principalmente para pesquisa, não para manter uma segunda vida ou um pseudônimo ou sabe-se lá como ele queria chamar a outra identidade de Paul. "Deus Noite? Meu Deus, isso sim!".

– Está bem, então, "Deus da Noite", vamos entrar e ver se suas amigas estão lá dentro.

Ambos entraram. A livraria fervia de pessoas que iam e vinham em busca de livros e outros itens de entretenimento. "Curioso que essa seja uma iniciativa de índios *cherokee*", pensou Tony. Ele próprio não sabia muito sobre indígenas, mas com certeza estes sabiam bastante sobre os hábitos de consumo do homem branco para poder sobreviver financeiramente deles.

Um cartaz indicou apenas:

HOJE – CONHEÇA O NOVO LIVRO DE RODERICK BENES, *A Idade das Máquinas a Vapor*. LEITURA COM O AUTOR ÀS 20 HORAS, AUDITÓRIO, TERCEIRO ANDAR.

As góticas estavam esperando o elevador para subir. Falavam em voz alta, gesticulando e fazendo sinais como se usassem uma linguagem própria. Tony olhou para Paul com vontade de sacaneá-lo e revelar às garotas que aquele engomadinho a seu lado era conhecido como Deus Noite nos círculos delas, mas escutou apenas o amigo sussurrar:

– Cale a boca ou juro que mato você aqui mesmo!

Os dois se aproximaram enquanto as góticas continuavam falando em voz cada vez mais rápida e alta.

– Nem imagina quem eu encontrei ontem no Madame Lilith. Dani resolveu aparecer por lá.

– Pensei que o pai dela tinha proibido que ela se juntasse a nós.

– E proibiu, mas quem disse que isso iria impedi-la? Ela é doida para conhecer o Stoker.

Tony olhou para Paul quase rindo. A testa franzina que o amigo fazia dava a impressão de que ele sabia sobre o que as meninas se referiam. Os quatro entraram no elevador quando este finalmente chegou, e o grupo subiu para o terceiro andar. Ao sair de lá, Tony observou a fila enorme de pessoas que aguardavam para escutar uma palestra sobre *steampunk* ministrada pelo CSA, psicólogo e autor Roderick Benes.

– Meu Deus! – exclamou Paul, admirado.

– Sim. Pelo menos é o que parece – concluiu Tony. – De onde veio tanta gente?

Claro que não havia apenas góticos. As meninas se juntaram a mais algumas pessoas que já estavam na fila e que se vestiam da mesma maneira. Paul tentou ver se conhecia mais alguém, mas não teve êxito.

– Elas falaram da casa noturna de maior sucesso entre os góticos, embora não seja frequentada apenas por eles – explicou Paul, enquanto entravam na fila. – O Madame Lilith é o centro roqueiro de maior sucesso, frequentado por metaleiros, góticos, *headbangers*, *rockers*, *suedeheads* e até *greasers*.

– Uma casa noturna onde convivem todos esses estilos? – perguntou Tony, intrigado. – Pensei que muitos não se bicassem.

– De certa forma não se bicam. Parece a divisão da Igreja do Santo Sepulcro, em Jerusalém. Cada dia pertence a uma tribo. São admitidas apenas tribos semelhantes ou simpatizantes nos dias em que a casa é de cada um deles. Se você quiser, posso te enviar um convite você para montar uma conta lá no Presas Noturnas.

– Por que, em nome de Deus, você acha que eu iria querer me envolver com uma rede social gótica?

Paul olhou-o como se fosse revelar mais um segredo. "Vantagens de ser amigo do Deus Noite", pensou Tony com sarcasmo.

– Lembra que as meninas citaram um nome? Stoker?

Tony concordou com a cabeça.

– Essa figura é uma lenda que ninguém sabe com certeza se se trata de alguém vivo.

– Como assim?

– Stoker é um figurão. É um dos supervisores do Presas Noturnas e modera todos os fóruns. Ninguém nunca o viu em nenhum evento do Madame Lilith, que se tornou um ponto de encontro para todos que participam da rede, mas sempre coloca fotos e mostra em seu blog na internet o que acontece na casa noturna. Parece que o cara está em todos os lugares e que, ao mesmo tempo, se esconde nas sombras.

Tony observou as meninas e pensou nesse tal Stoker. Com um pseudônimo baseado no sobrenome do criador de Drácula, parecia algo de outro mundo. Sabia que os leitores de livros de vampiro tinham o péssimo hábito de achar que tais criaturas de fato existiam; havia inclusive estudos psicológicos com pessoas que chegaram a tomar sangue pensando que realmente eram um desses seres. Mas nem tinha noção de que isso acontecia também embaixo do seu nariz, em Little Rock.

– O que está pensando? – perguntou Paul, notando que o amigo estava longe.

– Quer saber mesmo? Para mim, é um mistério o que o cara de coruja do Harry Potter está fazendo aqui, lendo *sci-fi* para góticos.

– Se bobear, ele também deve ter um perfil no Presas Noturnas. Afinal, os góticos também se interessam por *sci-fi*, bem como por fantasia e terror, claro.

Paul voltou sua atenção para seu *smartphone* e acessou a rede gótica. Tony apenas observava a fila crescer cada vez mais, com pessoas de todas as idades, sexos e interesses.

– Se o nosso amigo se dá tão bem como escritor, por que ele insiste em ser CSA? Não entendo...

Paul sorriu sem levantar os olhos do *smartphone*.

– Simples. Por mais que ele tenha público por aqui, provavelmente não deve ser o suficiente para sobreviver apenas das vendas de seus livros. Por isso, tem uma segunda opção. E depois, sendo psicólogo e perito criminal, ele ganha mais bagagem para escrever seus livros, não é?

Para Tony, isso era ultrajante. Ele ainda era puritano com sua profissão. Para ele, o ideal era que a pessoa que se tornasse um analista de cena de crime fosse única e exclusivamente um profissional da ciência forense. Ter uma segunda opção, mesmo que como passatempo, era o mesmo que se manter como perito e cortar o cabelo dos amigos, por exemplo. Ser perito e psicólogo ainda vá lá, mas ser perito, psicólogo e escritor? Por que o cara de coruja não se tornara escritor policial ou pesquisador de ciência? Ainda teria de saber muito sobre o tal Rod Benes para poder confiar nele.

— Ah, aqui está – disse Paul, triunfante. – Achei as duas! Sabia que as tinha visto lá no Madame Lilith!

A maior delas, segundo o site, era Mary Watley, filha de um famoso advogado de quem Tony já ouvira falar em conversas com seu tio Colin. A outra era Lindsay Willigam, filha de Roger Willigam, um dos sócios da Livraria Moonstone. Em seus perfis, as duas pareciam ser mais velhas do que realmente eram.

O *smartphone* de Paul deu um toque que indicava a chegada de um torpedo. Paul se assustou, pois não passava o número para quem não fosse do laboratório.

— Só falta ser alguém do trabalho me chamando...

Mas não era. Ele leu com atenção e suspirou apreensivo.

— O que foi? – perguntou Tony, sem entender.

O amigo mostrou-lhe o visor. Dizia apenas:

Não se meta com Mary e Lindsay. Elas estão sob minha proteção. Stoker.

Tony observou ao redor para ver se distinguia quem teria enviado o torpedo, mas não conseguiu ver nada. A sensação era de que o tal Stoker era mesmo onipresente e invisível.

— Acho que seu amigo se considera dono das duas.

— Eu nunca dei este número para ninguém do Madame Lilith. Não sei como esse maldito Stoker conseguiu.

— E seus amigos góticos não o conhecem apenas quando se caracteriza de Deus da Noite?

— É Deus Noite, seu bocó. E se quer saber, eu também pensei que sim. Detesto esse tipo de terrorismo. Bem, eu deveria saber que Stoker estaria por aqui. Ele só se relaciona comigo via Presas Noturnas ou mesmo por e-mails. Jesus, nem fiz nada! Que pentelho!

Tony olhou de novo para a fila. Tantos rostos. Esse tal Stoker poderia ser qualquer um. Ou nem mesmo estar no andar, pois era possível enxergar os demais andares de uma espécie de sacada que havia ao pé da escada que os ligava.

Os dois se entregaram a outras conversas e nem ligaram para o barulho que Mary e Lindsay faziam com seus amigos góticos mais à frente na fila. O tempo passou devagar até que as portas do teatro fossem abertas e o público admitido na plateia. Os dois logo acharam bons lugares e sentaram-se. A plateia estava montada num plano descendente, então eles escolheram o fundo para ter uma visão privilegiada. Atrás deles, só havia, praticamente, a cabine de projeção e demais detalhes técnicos usados nas produções do palco.

– Lá estão as duas – indicou Paul. – Estão com Danielle Moonstone, a filha do principal sócio daqui, Michael Moonstone.

Tony observou uma garota índia de belíssimas compleições que vestia roupas apertadas – não tinha como não prestar atenção em suas formas. Seu corpo era magro, delicado e belo e, com certeza, devia ter chamado a atenção de milhares de homens.

– Elas parecem estar discutindo – sussurrou ele para Paul.

– Sim, estou vendo. Curioso. Para mim, elas sempre foram tão amigas...

– Conhece a índia? Ela é muito bonita.

– Belíssima. Já chamou a atenção de muito marmanjo por aqui. Mas o velho Moonstone é muito chegado à filha dele. Não deixa ninguém se aproximar dela. Ela fica revoltada e foge sempre que pode para ir ao Madame Lilith. Em uma época, quase namoramos, mas ela é muito confusa para mim.

A cena parecia estar se complicando. As três gesticulavam e chamavam a atenção das demais pessoas da plateia.

– Tem certeza de que não quer ir até lá e ver o que está acontecendo? – perguntou Tony, preocupado.

– Absoluta. Elas são assim mesmo. Essa mulherada do Presas Noturnas fica com os nervos à flor da pele por tudo e por nada. Há um boato de que Dani Moonstone estava para roubar o namorado de Lindsay Willigam ou algo parecido. Estou longe de fofocas, e só me meto se tiver a ver diretamente comigo. No mais, esquece. São como galos de briga: logo se cansam de se atacar e ficam quietas.

Logo, o anfitrião da livraria subiu ao palco e anunciou o palestrante da noite. Rod Benes estava vestido de maneira impecável, embora seu tipo físico ainda desse a impressão de se estar diante de um professor acadêmico. Ele foi até o palco, tirou os óculos, cumprimentou a plateia e anunciou o começo da leitura de seu livro.

Paul relaxou na cadeira e observou cada palavra proferida pelo colega CSA. Nem acreditava que agora trabalharia com uma celebridade. Tony, entretanto, não tirava os olhos das garotas góticas. Pressentia algo errado, e a descoberta de um novo submundo em Little Rock havia mexido com ele. Sentia que, em breve, teria de se inteirar sobre o assunto.

Observou que a garota índia havia sentado ao lado das amigas, mas que pairava um clima entre elas. Nenhuma das três falava ou fazia qualquer menção de comentar o texto de Rod. A índia tentou concentrar-se na leitura, mas definitivamente *sci-fi* não era o que atraía sua atenção.

À determinada altura, cerca de meia hora após o começo, viu Mary e Lindsay levantarem-se para sair do auditório. Mary foi à frente e parecia ainda mais nervosa, pois pisava fundo. Seu vestido preto ressaltava o fato de estar com meias pretas transparentes que lhe davam uma aparência meio bizarra. Lindsay foi logo atrás. Danielle ficou e, após colocar as mãos na testa, fixou-se na leitura de Rod.

Mais meia hora havia se passado. Nenhuma das góticas havia voltado. Tony, impaciente, virou-se para Paul.

– E então?

– Cara, esse seu novo parceiro escreve muito bem. Tem um quê de Orson Scott Card.

Tony espreguiçou-se discretamente, pois não aguentava mais.

– Essa leitura está muito demorada. Vou sair para tomar um pouco de ar e acordar. Vejo você lá fora, ok?

– Não deve faltar muito. Depois da leitura, vêm as perguntas e respostas e, depois, o autor vai lá fora autografar os livros. Vou comprar um exemplar, e a gente se vê na fila dos autógrafos.

– Pegue um para mim também! Preciso saber mais sobre o cara de coruja.

Tony saiu discretamente. Notou que a maioria da plateia não tirava os olhos de Rod. "Ou ele é muito bom ou é muito carismático", pensou, enquanto tentava não tropeçar nos pés das pessoas. Saiu da

Moonstone e ficou parado no caminho que levava a seu carro, no estacionamento. Olhou a Lua e viu que ela estava com uma coloração vermelha. "Se acreditasse em premonições, diria que esta é uma não muito favorável."

Ainda tentando curar o sono e a ressaca por aguentar uma hora completa de leitura entediante, observou uma mulher com o uniforme da livraria passar por ele. Devia ser uma funcionária finalmente saindo de seu turno para ir para casa. "Queria ter essa sorte", pensou. Viu que a mulher estava indo para o estacionamento e cogitou fazer o mesmo. "Não tenho muitas horas de folga no laboratório e as que consigo sempre sacrifico para trabalhar mais. Talvez o dr. Mendes tenha razão, eu me tornei um *workaholic*. Imagine só gastar tempo numa leitura sem sentido apenas para saber como é meu novo parceiro."

Nem bem completara o pensamento quando ouviu um grito vindo da direção que a mulher da livraria tomara. Seus instintos de criminalista entraram em ação no mesmo momento, e saiu correndo com a mão no bolso da calça procurando sua credencial de CSA. Quando alcançou a mulher, viu que ela olhava aterrorizada para o espaço em frente a seu veículo. Dois corpos estavam lá, amontoados como roupa velha, com poças de sangue invadindo o cascalho do chão do estacionamento e as plantas ornamentais que demarcavam a parede do local.

Tony sacou sua minilanterna do bolso. Nem precisava. Seu instinto dizia-lhe que sabia bem quem era a vítima. Ou melhor, as vítimas. Mary e Lindsay estavam com a garganta rasgada de uma ponta a outra. O sangue escorrendo marcava o local onde haviam encontrado a morte.

O CSA pegou seu celular e ligou para a central. Sentiu um jato de adrenalina no corpo e viu que não havia jeito: estava tão acostumado a trabalhar com cenas assim dantescas que sentiu que o cansaço mostrado anteriormente nada mais era do que um mero aviso do que viria a seguir.

Pelo visto, seu primeiro caso com o novo parceiro começaria naquela mesma noite. Seria sorte o fato de os dois analistas já estarem por lá ou seria o destino?

Capítulo 3
Suspeitas

> *Oh, ele pode te beijar*
> *E dizer que vai sentir saudade (uma pena)*
> *Mas não se esqueça, é muito difícil encontrar um herói*
> – Fleetwood Mac, "Heroes Are Hard to Find"

Tony ainda estava dormindo quando a campainha de seu pequeno apartamento (que ele chamava brincando de "apertamento") tocou. O lugar era bem modesto e tinha a desvantagem de ser muito quieto, o que transformava os menores ruídos em barulhos que chegavam a incomodar o sono. Junte a isso o fato de estar muito pouco decorado, tendo apenas alguns móveis esparsos na configuração sala-cozinha-banheiro-quarto. Nem mesmo uma cama tinha: Tony ainda dormia no chão porque não tivera tempo de comprar uma.

Ele levantou ainda desorientado. Vestiu uma camiseta e foi até a porta. Observou pelo olho mágico e divisou a visita da semana. Seus tios lá estavam com alguns potes de comida para o "apertamento". Sua tia Donna preparava alguns congelados, que ele colocava num *freezer* e depois esquentava na correria pelo micro-ondas – ambos os eletrodomésticos foram presentes do tio Colin.

Abriu a porta ainda com os olhos injetados de sangue. O odor do perfume de sua tia Donna invadiu suas narinas imediatamente.

– Bom dia, querido – disse ela, sem cerimônia, segurando os potes com comida. – Pelo jeito ainda estava na cama, não é?

– Que dia é hoje? – perguntou ele, com uma voz que mais parecia um sussurro.

– Sábado – respondeu Colin Wojak, olhando o ambiente. – Meu Deus, Tony, está mais do que na hora de dar um jeito aqui, sabia?

Tony conseguiu espiar o relógio do aparelho de micro-ondas. Marcava 13h45.

– Cheguei tarde ontem por causa do ocorrido na Moonstone.
– Que coisa horrível! – disse Donna, da cozinha. Seu português havia melhorado consideravelmente e nem tinha mais o sotaque carregado. – Aquelas duas garotas! E você não viu nada?
– Estava no estacionamento, esperando Paul, da balística, que tinha ido comigo. A leitura do livro do meu novo parceiro cara de coruja estava me fazendo cair no sono. Não achei que ele gostaria de ver alguém dormindo na plateia, ainda mais alguém que trabalha com ele. Saí para o estacionamento e fiquei por lá um bom tempo. Não ouvi nada, como disse para o pessoal do tio Colin.

O comissário olhava ansioso pelo ambiente, o que chamou a atenção de Tony. Normalmente, ele ia lá e analisava seu apartamento apenas para fazer alguma crítica superficial, mas, desta vez, parecia que havia algo errado. Tony puxou uma cadeira de metal com assento marrom e disse:
– Sente-se, tio Colin. O que o aflige?

O comissário fez sinal para que ele ficasse quieto e, então, falou alto:
– Donna, você vai preparar a comida de Tony? Quero ter aquela conversa com ele.
– Claro, fique à vontade. Demorarei alguns minutos até aprontarmos tudo.

Colin Wojak abriu a janela da sala e deixou o som dos carros que passavam na avenida ao lado do prédio invadir o ambiente. Também ligou a TV e sintonizou num canal de áudio, que tocava rock clássico. Fleetwood Mac tocava *Heroes Are Hard to Find*, o que lhe pareceu uma espécie de pressentimento funesto do que precisava dizer ao sobrinho.

Finalmente, ele fez um sinal para que Tony se aproximasse e sentou-se numa das cadeiras após tirar seu paletó e colocar o coldre de sua arma em cima da mesa próxima. Abaixando o tom de voz, começou:
– O fato de você ter sido a única pessoa que estava do lado de fora da livraria quando o crime ocorreu coloca-o numa posição meio difícil.
– Eu? Mas já falei que não ouvi nada. Por que estaria numa posição difícil?
– Conversei com o chefe Nelson e ambos concordamos que você e Rod Benes deveriam assumir o caso. Porém, não gosto de saber que as vítimas eram ligadas à rede Presas Noturnas.

Tony piscou sem entender. Sentia que o tio parecia ameaçado de alguma maneira com aquela revelação.

— E o que tem a ver a tal rede com isso? Por acaso os membros dela são investidores da polícia de Little Rock ou algo assim?

Falou em tom de zombaria, mas a reação do tio o assustou um pouco.

— Seu amigo Paul não lhe falou sobre esse submundo?

— Tio, praticamente todos os segmentos da sociedade hoje em dia possuem submundos. Onde exatamente quer chegar?

— Eu sei que seu amigo atua no submundo gótico com o pseudônimo de Deus Noite e que essas meninas estão ligadas não apenas à rede gótica como também ao Madame Lilith. Com certeza, Paul deve ter falado algo a respeito.

— A única coisa que ele comentou comigo antes mesmo de qualquer acontecimento foi que havia uma pessoa, um tal de... como era mesmo?... Stalker...

O rosto de Colin Wojak empalideceu por completo.

— Stoker?

— É, isso mesmo. Um cara que mandou para ele uma mensagem no celular mandando-o ficar longe das vítimas. Paul comentou que o cara era ligado ao Presas Noturnas e que parecia ser onipresente, já que mandava mensagens sem que ninguém o visse no local. Fora isso, nem pensei em visitar o antro das vítimas, mas confesso que, de tanto vocês falarem desse Madame Lilith, estou com vontade de ir lá para conhecer melhor.

Colin Wojak fechou as mãos com tamanha força que o sangue praticamente sumiu dos dedos e deixou as juntas brancas. Tony viu que o nervosismo tomava conta do tio.

— O que há lá?

— O problema não é o local, e sim as pessoas que vão lá. Stoker é um homem perigoso.

— "Homem"? Essa história de casa noturna e redes sociais góticas parece mais coisa de adolescente. E se vocês nunca viram o dito cujo, como podem chamá-lo de homem, criança, velho ou qualquer outra coisa?

O comissário respirou fundo e limpou com a mão o suor que lhe escorria pela testa.

– Tudo que lhe peço é que tome cuidado. Benes está vindo para cá a meu pedido. Vocês irão hoje mesmo até o Madame Lilith à paisana para reconhecimento do terreno. Tome muito cuidado. Não sabemos o que há por lá, mas aposto minha reputação que algo muito ruim está ocorrendo. As meninas eram porta-vozes do Presas Noturnas, uma espécie de relações públicas. Segundo alguns relatos, eram ligadas diretamente ao todo-poderoso Stoker. Se esse indivíduo não se manifestou até agora sobre as mortes delas, é porque anda preparando alguma coisa.

– Você quer que nós saiamos de nosso papel de CSA e que entremos em campo suspeito apenas para observar?

– Pode-se dizer que sim. Benes vai usar suas habilidades de traçador de perfis para verificar se as pessoas mais conhecidas do Madame Lilith, como o dono, Tim Burke, podem ser consideradas suspeitas.

– Espere um pouco. Tudo bem que eu estou fora desse círculo, mas o cara de coruja sabe se mesclar com essa gente?

– Ele está vindo com outra pessoa. Danielle Moonstone foi a última que falou com as vítimas antes que elas desaparecessem do anfiteatro.

A imagem da bela índia, filha do dono da poderosa cadeia de livrarias, inundou a mente de Tony. Ele lembrou-se de ter visto-as conversando e gesticulando pouco antes de começar a leitura de Rod.

O barulho do fogão e das frituras que vinha da cozinha colocou os dois em alerta. O comissário tentou ao máximo esconder seu nervosismo e sua apreensão, mas os instintos de Tony começavam a funcionar. "Ele está com medo do tal Stoker? Como pode?"

– Donna, pensei que fosse usar apenas o micro-ondas! – repreendeu o tio, para disfarçar. – Você trouxe comida para fritar? Assim demora mais para ficar pronta!

Quando o tio desapareceu para discutir com sua tia, Tony se aproximou da janela do apartamento e viu um pequeno carro se aproximar pela parte da frente do edifício. Notou que era Benes com Danielle. Foi rapidamente para o quarto, trocou-se e em poucos minutos já estava pronto para sair.

Algum tempo depois, a campainha soou, e Tony recebeu Rod Benes com sua acompanhante.

— Procedimentos um tanto incomuns, não acha? — perguntou, com seu inglês fluídico.

Rod deu de ombros e acrescentou:

— Sigo ordens. Recebi hoje de manhã um telefonema de seu tio pedindo para fazer isso. E aqui estamos. Danielle Moonstone, este é o CSA Tony Draschko, meu parceiro.

Ela o cumprimentou com ar sombrio. Parecia não gostar nem um pouco de estar em companhia de policiais. Resolveu dizer de maneira resoluta:

— Isso vai acabar de uma vez por todas. Cansei de ter Stoker e companhia se metendo com pessoas ligadas a mim. Vamos logo com isso.

O comissário reapareceu e cumprimentou a srta. Moonstone.

— Obrigado por ter aceitado minhas sugestões. Seu pai sabe de tudo que está fazendo, não?

— Sim, sabe. Meus guarda-costas estão lá fora.

Tony estranhou.

— Guarda-costas?

— Insistência de meu pai. Depois que Stoker ameaçou nossa livraria pelo menos duas vezes e quase explodiu uma bomba no estacionamento, ele achou melhor que eu tivesse pelo menos dois homens para cuidar de minha segurança.

Aquilo era demais para Tony. Um submundo em que havia violência e ameaças veladas de morte? Aquilo mais parecia atividade de terrorista do que de um simples administrador de rede social.

Donna chamou todos após servir a mesa. O almoço dela estava muito bom. Ela cozinhava como poucos. Durante o tempo todo falou sobre seus alunos e suas atividades na universidade local. Danielle fazia perguntas sobre o sistema de ensino da região e revelou que pensava em prestar vestibular para seguir carreira de administradora de empresas. Rod prestava atenção o tempo todo e, com os olhos levemente esbugalhados, parecia gravar cada detalhe da conversa em seu cérebro.

Tony, por sua vez, não tirava os olhos do tio, e a sensação de que ele estava escondendo algo era cada vez mais forte. Ele sabia que Colin Wojak era um comissário considerado eficiente e que já havia enfrentado criminosos muito mais perigosos do que um simples moderador de rede social. Ele precisava descobrir o que havia por trás dos temores de seu tio. Mas como?

Após o almoço, Danielle e Donna retiraram os pratos e arrumaram a cozinha. Tony protestara, dizendo que aquela não era uma obrigação das mulheres, mas a tia o calara com uma resposta:

— Homens não precebem que, se não tiver um toque feminino, nada sai direito. Vamos arrumar a cozinha e depois estarão livres para ir.

— Mas já? — estranhou Tony — São apenas 14h30!

— Falaremos com Tim Burke antes de o local abrir — explicou Rod. — Depois ficaremos um pouco por lá. O Madame Lilith abre para o *happy hour*.

Tony insistiu em ajudar a enxugar a louça. Nem mesmo percebeu que seu tio e Rod estavam num canto da sala, conversando em voz baixa. Quando notou, seu tio simplesmente pigarreou e olhou novamente para fora da janela da sala. Isso o irritou mais ainda: como se já não bastasse terem imposto Rod para seu convívio, ainda trocavam segredos? Talvez ordens especiais que o CSA psicólogo devesse pôr em prática sem que ele soubesse. Mas o que poderia haver de tão especial que Tony não pudesse saber?

Sua tia insistia para que ela permanecesse no apartamento e ajudasse a dar uma geral no lugar. Sorte que não era mesmo muito grande. O comissário saíra há poucos minutos, alegando que ainda precisava resolver alguns assuntos em seu departamento. Enquanto caminhavam para o carro, Tony teve de brigar consigo mesmo para não jogar Rod Benes contra a parede. Mas, em respeito a Danielle, resolveu não falar nada. Para disfarçar, decidiu fazer algumas perguntas a ela.

— Pelo que entendi, conhecia bem as vítimas, não é isso?

— Mary e Lindsay, como já disse, eram as RPs, relações públicas, do site, mas, na verdade, faziam o papel de recrutadoras.

— Recrutadoras? — estranhou Benes, enquanto abria as portas de seu carro.

— Elas trabalhavam para Stoker, que as colocou em um mau caminho. Antes de começarem a frequentar o Madame Lilith, eram alunas-modelo da mesma faculdade em que sua tia Donna leciona. Mas o envolvimento com esse crápula foi mais profundo do que se imaginava.

Primeiro, elas foram atraídas pelo Presas Noturnas e lá começaram a discutir livros e outros itens da cultura gótica. Depois, começaram a se relacionar com caras que chegavam a convidá-las para festas, mas esses convites, no fundo, eram apenas desculpa para encontros sexuais. Quando foram escolhidas pelo maldito Stoker para serem as RPs do site, tornaram-se recrutadoras, ou seja, escolhiam meninas no Madame Lilith para que elas participassem das festas sexuais disfarçadas.

– Então estamos lidando com tráfico sexual? – perguntou Tony, já no banco de trás do automóvel, um Smart vermelho.

Rod sorriu e acrescentou:

– Quase, meu caro. Na verdade, falamos de algo mais profundo. E que envolve garotas (já que a maioria delas é menor de idade) que são filhas de pessoas influentes.

– Influentes? Como políticos?

– E astros do rock, artistas plásticos, pessoas ligadas à TV e ao rádio, entre outras.

Tony encarou de novo a índia.

– Como você sabe disso tudo, Danielle?

– Elas tentaram me recrutar. Fui praticamente a primeira a recusar tal oferta, o que me colocou na lista negra de Stoker. Sou *persona non grata* em certas noites do Madame Lilith.

– E hoje é uma dessas noites?

Rod olhou pelo retrovisor.

– Não, não é. Hoje é a noite dos metaleiros, uma tribo que não aceita a rede de tráfico de influência de Stoker. Por isso, estamos indo para lá. Tim Burke, o dono da casa noturna, é contra isso, mas não consegue fazer nada para se livrar do nosso misterioso gótico.

Tony olhou pela janela. Começou a se lembrar de quando assumiu o caso do assassinato de Craig Methers. Sabia que teria de saber exatamente o ambiente onde iria mergulhar. Tentou espantar os pensamentos e as lembranças, pois não era o momento de sentir pena pelo passado. Procurou, assim, se concentrar no presente.

– Esse Stoker nunca mais entrou em contato com você?

A índia exalava um doce perfume de sândalo. Voltou-se para Tony e disse, ainda em tom sombrio:

– Várias vezes. Eu sou uma pedra no sapato dele. Recusei a proposta de todas as meninas que a fizeram a mim. E Stoker não é de aceitar um não de nenhuma garota, ainda mais se estiver ligada a alguma celebridade local. Meu pai é o empresário mais conhecido de nosso povo *cherokee* e enfrentou muito preconceito para chegar onde está. Acho que herdei um pouco a teimosia dele. Mas a gota d'água foi ver o que houve com as duas ontem.

– E o que faz pensar que Stoker teve alguma coisa a ver com a morte das duas?

Foi a vez de Rod estender uma pasta para o parceiro.

– Peguei isto hoje de manhã com seu tio antes de ir buscar Danielle. Estes documentos foram entregues por nossa amiga aqui. São reproduções de e-mails que Stoker mandou para ela.

Tony folheou rapidamente os papéis. A maioria deles continha mensagens ameaçadoras que diziam que tanto Danielle quanto sua família corriam risco de perder a vida. Mas o que chamou a atenção mesmo foram algumas mensagens enviadas por Lindsay. Uma delas dizia:

Estou para sair dessa enrascada toda. Perdi o respeito de meus amigos. Cansei de toda sujeira que Stoker levanta por meio do Presas Noturnas. Nosso meio tornou-se um antro de passagem de sexo e drogas que viciam as meninas recrutadas. Você tem razão, Dani. Há duas semanas, fui surrada por dois capangas de Stoker porque não cumpri minha cota de recrutamento. Tentei falar sobre isso com Mary, mas ela ainda não se convenceu. Tem medo de Stoker e teme por nossas vidas.

– Estamos chegando – anunciou Rod, com tal ânimo que até Tony se espantou. Parecia até que o cara de coruja estivera lá antes e era capaz de conhecer o tal Stoker.

Tony divisou uma enorme mansão, toda em estilo gótico, que ocupava um quarteirão inteiro de um dos bairros mais nobres de Little Rock. Era um cenário típico de um filme de terror do tipo B: pintura marrom desbotada, quase bege, janelas com barras de ferro, sacadas com detalhes em pedra que lembravam balcões venezianos renascentistas, portas de madeira preta e telhado de pedra. Aquilo mais parecia um cenário de filme da Família Addams do que um clube noturno.

Rod estacionou o Smart, e os três saíram. Começava a cair uma chuva bem fina, e o tempo parecia cada vez mais com o de um filme de terror antigo.

– Algum problema, Danielle? – perguntou Tony, notando o receio que a índia demonstrara ao ver que a enorme porta de entrada estava encostada.

Ela sacudiu a cabeça por alguns instantes com uma veemência que surpreendeu Tony.

– A lembrança de Mary e Lindsay é muito forte. Nem tive coragem de ir ao funeral delas, que deve estar acontecendo agora. E quando viemos aqui pela primeira vez, algum tempo atrás, parecíamos outras pessoas. Nossa amizade nunca mais voltou a ser a mesma. E agora sinto que deveria ter feito mais por elas.

Tony conhecia aquele sentimento. Sentiu o mesmo quando soube da morte de Jen. Parecia normal sentir remorso quando alguém que se conhecia morria. Rod observou tudo sem falar nada, apenas com a pasta dos e-mails embaixo do braço.

De repente, um homem de uns dois metros surgiu na porta da frente. Estava muito acima do peso e usava óculos redondos e um rabo de cavalo que, junto com a bandana preta e o colete cheio de remendos de bandas de *heavy metal*, parecia mais um *hippie* ou um motoqueiro que desistira de tudo por ter ficado velho.

O homem parou e observou os três por algum tempo. De repente, Danielle saiu correndo e o abraçou emocionada. Os dois CSAs resolveram apenas observar, enquanto os sentimentos fluíam dele para ela e vice-versa.

Depois de algum tempo, Danielle voltou-se para os dois e disse, enxugando as lágrimas:

– Rapazes, este é Tim Burke, o dono do Madame Lilith. Sem ele e sua casa noturna, dificilmente teríamos um lugar para nos divertir nesta cidade fria.

O homem se aproximou e cumprimentou os dois.

– Vocês são os CSAs encarregados do caso de Mary e Lindsay?

– Bem, pelo menos achamos... – disse Tony.

– Ainda não fomos designados oficialmente, mas como meu parceiro estava no estacionamento da livraria quando as mortes ocorreram, é o que achamos que vai acontecer – complementou Rod.

A interrupção irritou Tony, mas foi algo que ele notou com certo constrangimento. Afinal, não podia deixar de levar em consideração que aquele cenário, aquele submundo, era comum para o psicólogo e escritor. Lá, Tony era o *alien*. Novamente lembrou-se do caso de Methers. Naquela época, ele também era totalmente alienígena no meio do *blues*, mas, aos poucos, aprendeu o suficiente para saber investigar. Como iria fazer isso num meio em que havia não uma ou duas, mas várias tribos se encontrando no mesmo lugar? As vítimas eram góticas, e o dono do espaço onde a tal rede de tráfico supostamente atuava era um metaleiro. Quanto mais de cultura deveria absorver para ser capaz de investigar esse caso?

– Bem, seja como for, vocês estão aqui. Não pude ir ao funeral delas por conta da requisição que recebi de seu pai, Danielle. Claro que quero ajudar a acabar com essa influência do Stoker em nosso meio. Droga, esta casa noturna é a minha vida! Foi muito cansativo torná-la um ponto de encontro para tantas tribos diferentes, mas desde que esse desgraçado entrou aqui nunca mais consegui me livrar dele!

O desespero de Burke parecia legítimo. Tony tentou falar algo, mas nem sabia como proceder sem parecer piegas. Mais uma vez, foi Rod quem salvou a situação. Com todo seu tato de psicólogo, falou:

– Calma, sr. Burke. Vamos ajudá-lo de todas as maneiras possíveis. Pode contar conosco. Mas primeiro é melhor entrarmos. Ficar desabafando aqui fora não vai nos levar a nada. E depois, com a maioria de seus clientes no funeral, talvez nem seja uma boa ideia abrir a casa hoje.

De repente, ouviram-se passos próximos à porta, que se abriu e revelou uma moça extremamente atraente com um longo cabelo que lhe descia nas costas em tons vermelhos, pintura ao redor dos olhos, munhequeira com espinhos nas pontas e roupas totalmente vermelhas. De longe, ela parecia uma versão mais jovem da Siouxsie Sioux.

– Oh, pai, desculpe. Não sabia que tínhamos visitas.

Danielle se aproximou da moça e a abraçou também.

– Estamos unindo forças neste caso, Siouxsie.

Burke apresentou:

– Esta é minha filha, Cecile Burke, conhecida no meio gótico como Siouxsie.

Tony sabia, pelo menos, reconhecer essa referência. Ela era a cara da vocalista do grupo Siouxsie and the Banshees. Olhava para a moça e sentia seu coração batendo forte como nunca. "Meus Deus, ela é linda!". Procurou se recompor antes que alguém notasse seu embaraço, mas viu, pelo sorrisinho de lado, que o sempre atento Rod já percebera.

– Bem-vindos ao Madame Lilith – disse Siouxsie. – Vamos entrar?

Capítulo 4
Inquisições

> *Bom, eu só quero ir embora deste mundo*
> *Porque todo mundo tem um coração envenenado*
> – Ramones, "Poison Heart"

Danielle Moonstone esperou seus guarda-costas chegarem para dar as ordens necessárias. Os profissionais não ficavam grudados nela, a menos que sentissem perigo iminente. Na maioria das vezes, eles apenas a seguiam de carro e aguardavam enquanto ela entrava e saía dos prédios e casas que visitava.

Tony observava cada personagem com atenção dobrada. Era tão acostumado com os procedimentos normais de um CSA em laboratório que pouco ou nenhum contato teve com as pessoas envolvidas nos casos que investigava. Afinal, nem mesmo havia sido incumbido oficialmente do caso. Rod, por sua vez, já se imiscuíra dentro da mansão onde era o Madame Lilith e se atracara num bate-papo animado com Tim e Siouxsie Burke. Notou, com toda sua perspicácia psicológica, o interesse de seu parceiro na filha de Tim, mas decidiu não falar nada e aguardar o andamento das coisas. Sabia, entretanto, pelos relatórios que lera antes de ser apresentado a Tony, que Siouxsie era muito parecida com Jen. A diferença era que a gótica parecia uma versão mais velha e roqueira do que a original. "Curioso", pensou, mas continuou a conversa com Tim.

Enquanto Tony aguardava Danielle, o celular tocou. Era seu suposto dia de folga e já fora tirado da cama por seus tios. Quem mais poderia ser? Quando viu que era o chefe Nelson, suspirou desolado. Com certeza, aquilo tudo não seria apenas uma simples visita num modo informal de investigar. Apertou o botão para receber a chamada.

– Sim, chefe?

— Tony, você já está no Madame Lilith?
— Sim, acabamos de chegar.
— Acabamos? Quem está aí com você?
— Meu novo parceiro, Rod Benes, e uma amiga da vítima, Danielle Moonstone.

Chefe Nelson deu um suspiro fundo, que Tony interpretou como um sinal de que estava irritado. Demorou alguns segundos para falar de novo.

— Isso é coisa de seu tio Colin, não é? — perguntou finalmente, irritado.

— Sim, chefe, eu sei que não é assim que agimos. Essa visita deveria ser feita por alguém da equipe de meu tio, mas ele achou uma boa ideia eu vir aqui porque estava no estacionamento da livraria quando o caso aconteceu...

— Cale-se, Tony! — ordenou Nelson. — A questão não é a sua presença ou a de Benes, mas o fato de que estão acompanhados por uma das pessoas que deveriam ser investigadas!

Tony olhou para Danielle, que ainda falava com seus guarda-costas. Parecia bem entretida numa discussão.

— Danielle Moonstone? — perguntou, abaixando a voz o máximo possível. — Mas, até onde eu saiba, ela era amiga das vítimas e falou sobre possíveis complicações na casa noturna.

— Você tem alguma ideia de onde deveria estar?

— Primeiro, chefe, confirme que o caso é meu, ou melhor, nosso, já que Rod também deverá se envolver.

— Sim, o caso é de vocês.

— Então, respondendo à pergunta: deveríamos estar no necrotério, aguardando o resultado das autópsias.

— É o ideal. Mas nem isso é necessário. Estou com uma preliminar aqui comigo. As duas foram esfaqueadas três vezes na região do abdômen e tiveram a garganta cortada de uma orelha a outra. E mais: nosso assassino deve ter algum fetiche pela clássica história de Jack, o Estripador, com exceção das facadas. Mary teve a garganta cortada, mas o cadáver estava relativamente intacto. Há uma incisão direta no pescoço, e a causa da morte foi perda excessiva de sangue, a partir da artéria principal no lado esquerdo. O corte nos tecidos do lado direito foi mais superficial, estreitando-se próximo à mandíbula direita. Já Lindsay teve a garganta aberta por dois cortes e o abdômen por um corte longo, profundo e irregular. O rim esquerdo e grande parte do útero foram removidos.

Tony passara um bom tempo nos últimos anos estudando alguns dos mais famosos casos de criminologia, principalmente os não resolvidos. Era fascinado por Jack, o Estripador, já que ninguém nunca o havia identificado. Até chegara a viajar para Londres para conhecer os lugares onde os crimes aconteceram.

– Mas essa configuração é a do assassinato duplo cometido por Jack, o Estripador! – disse, com certa excitação na voz. – O que isso pode significar? Que temos um assassino *copycat*[2]?

– Cedo demais para arriscar alguma opinião. Sabia que seu tio ia passar por cima de nossos procedimentos, mas desconfio de que ele teve razões para isso.

– Que razões?

– Talvez particulares. Não quero afirmar nada sem estar devidamente embasado, mas seria bom que você abrisse os olhos.

– Com quem? Com os suspeitos? Mas nem sei ainda quem são. A única que está aqui é Danielle Moonstone, e, sinceramente, ela me parece mais assustada do que suspeita.

O chefe Nelson parou novamente e repetiu o suspiro profundo.

– Filho, não posso dizer muita coisa, mas acredite. Há uma ligação entre Moonstone e seu tio que vem de muito antes de eu me tornar o chefe do laboratório.

– Uma ligação?

– Interesses mútuos.

Um calafrio percorreu as costas de Tony. Danielle terminou sua discussão e se aproximou da entrada do Madame Lilith enquanto os guarda-costas assumiam suas posições. O CSA tentou disfarçar sua perplexidade com as revelações, mas a índia percebeu.

– Está tudo bem?

---

[2] *Copycat* é a descrição de um comportamento de criminosos que repetem as ações de assassinos em série. [N. E.]

- Sim, sim. CSA Benes está lá dentro com o dono e a filha. Estou falando com meu chefe e já entro.

Danielle não pareceu muito convencida de que estava tudo bem, mas, mesmo assim, entrou. Tony voltou para a conversa.

– Chefe, pelo amor de Deus, isso está ficando no mínimo estranho. Moonstone nos contou uma história sobre uma suposta rede de tráfico de influência em que as vítimas estavam envolvidas, ligada a uma rede social, o site Presas Noturnas. Há um suspeito, um tal de Stoker...

Nelson o interrompeu imediatamente.

– Oh, meu Deus! Stoker? Isso pode explicar muita coisa...

– Você o conhece?

– Quem o conhece? Sempre pensei que fosse uma lenda. Rumores correm que esse... ser... tem ligações com todos os setores da cidade.

Tony não gostava das implicações de seu chefe. Estaria ele atrás de algum fuxico para tentar novamente ocupar o cargo do tio, como fizera há alguns anos durante o caso Methers? Ou seu tio Colin guardava alguns esqueletos no armário? Lembrou-se de como ele parecia tenso e nervoso em seu apartamento. Talvez se ele colocasse essas coisas em discussão com o cara de coruja...

– Chefe, uma pergunta. Vocês verificaram a ficha do cara... do Rod?

– Bem, é claro. Ele foi uma indicação boa. Muito eficaz e com excelentes recomendações.

– Já tivemos algum CSA que fosse também psicólogo?

– Não, nunca. Por que pergunta?

– Apenas curiosidade. Bem, já que estamos aqui, vamos mesmo quebrar o protocolo. Além da autópsia, encontraram algum vestígio nos cadáveres?

– Terra, originária do estacionamento, e algumas epiteliais. Estamos trabalhando nisso. Assim que tivermos alguma novidade, eu chamo você. E desculpe atrapalhar sua folga.

– Está certo. Até depois.

Tony desligou o celular com preocupação visível. Nem se lembrou de perguntar por que seu chefe achava que a índia deveria ser tratada como suspeita. A cisma de que o cara de coruja tivesse sido colocado lá como parte de uma conspiração para controlá-lo era grande e as insinuações de que haveria ligação entre o pai de Danielle e seu tio e que isso poderia significar uma união deles com o misterioso Stoker... tudo isso era muita informação de uma só vez. O que poderia significar a configuração dos assassinatos? Alguém resolveu homenagear Jack, o Estripador, matando duas garotas pertencentes a uma rede social acusada de ser ligada a tráficos de influência?

Se pelo menos ele ainda tivesse o telefone de Herb, seu parceiro no caso Methers. Mas ele havia se mudado para Nova York e estava em uma carreira promissora como chefe do laboratório de perícia de lá. Não queria incomodá-lo com um caso de Little Rock. Olhou para dentro da mansão e ouviu o que seria, com certeza, uma *jukebox* tocando Ramones. Decidiu deixar os detalhes de lado até que pudesse falar com Rod em particular e entrou.

Toda a decoração o atingiu de surpresa. A antessala estava repleta de *memorabilia*, incluindo cartazes, fotos, peças de roupa e instrumentos não usados, pendurados como se fossem peças de museu. Tony achou que nem mesmo o Rock and Roll Hall of Fame teria tantos objetos vindos de tantas bandas das mais variadas tribos do rock.

Ele seguiu a música até encontrar o salão principal, onde havia um balcão. Tim Burke estava servindo bebidas leves enquanto Siouxsie e Danielle conversavam animadamente com Rod. Tony tinha a nítida impressão de que nada era o que parecia naquele caso e que, para conseguir algum sucesso, teria de mudar o modo como operava. Talvez deixar a ciência típica que dita os passos de um CSA de lado e se dedicar ao psicológico, exatamente como o cara de coruja parecia estar fazendo.

— Com licença, meninas — disse ele, aproximando-se do grupo. — Antes de começarmos, gostaria de falar com o CSA Benes em particular. Pode ser?

Ambas concordaram com a cabeça. Tim Burke fez um sinal para que os dois o seguissem. Andaram pelo andar superior até que chegaram a um aposento. Ele abriu a porta e logo o escritório de Burke revelou ser ainda mais caótico na decoração do que o resto do Madame Lilith.

— Uau! — exclamou Rod. — O senhor tem uma camiseta do Judas Priest assinada pelo Rob Halford?

— Ele esteve aqui numa das turnês da banda. Pararam para tomar uns porres na noite metaleira. Cara, foi demais. Registrei tudo em vídeo. Rob e quase todos do Priest subiram ao palco e deram uma amostra de seu show com nossa banda local de apoio.

Rod passou a mão na camiseta, observando sua assinatura, maravilhado. Tony imaginou que seu parceiro se sentia à vontade naquele submundo. Ele teria de fazer algo para não estar em desvantagem.

Burke abriu as janelas e deixou o ar fresco e a luz do fim da tarde entrarem no aposento.

— Fiquem à vontade. Estarei lá embaixo com as meninas.

Quando a porta se fechou, Rod sentou-se na cadeira do dono e encarou Tony.

— O que há? De quem foi o telefonema que recebeu?

— O que faz você pensar que tem algo a ver com o telefonema?

— Ora, Tony, por favor, não insulte minha inteligência. Não entendo ainda por que você parece pisar em ovos comigo, mas acredito que é uma questão de tempo até confiarmos um no outro. Pelo menos é o que diz o dr. Mendes.

Por um microssegundo, Tony ficou tentado a abrir-se com Rod. Mas sabia que ainda não era hora. Confiava no instinto do dr. Mendes, mas a estranha ligação entre Rod e seu tio ainda levantava suspeitas em seu íntimo. Por isso, optou por entrar no assunto de maneira profissional. Inteirou-o de sua conversa com o chefe Nelson e discutiu como poderiam abordar o caso.

— Bem, entendo sua reticência – observou Rod. – Quebrar protocolos de investigação não é uma prática comum para vocês aqui em Little Rock. Mas, enquanto você recebia oficialmente o caso por celular, falei mais com as meninas sobre o Presas Noturnas e o misterioso Stoker. Eles se encontram uma vez por mês, durante a noite metaleira do Madame Lilith, e vão para uma casa aqui perto fazer "troca de fluidos".

Tony arregalou os olhos.

— Sexo?

— Não. Leve o assunto mais ao pé da letra.

Ele pensou um pouco e, então, concluiu.

— Beber sangue?

– Bingo!

– Com que finalidade?

– Se há uma rede de tráfico de influência, pode muito bem haver uma de drogas. E ambientes góticos podem ser interessantes nesse sentido.

Tony ouviu passos no chão de madeira do lado de fora, mas imaginou que era apenas Burke ou sua linda filha, e voltou à conversa.

– E o que você acha disso?

Rod se inclinou na mesa de Burke, franziu as sobrancelhas e disse:

– E se eles misturam alguma droga no sangue e fazem com que esses góticos a bebam?

Tony imaginou a cena e comentou:

– Faz sentido. Assim, eles tomariam a droga sem nem mesmo saber que estão se viciando. O que seria apenas um ritual ou coisa parecida, torna-se uma oportunidade para criar dependência.

– Pelo menos é isso que Danielle e Siouxsie acreditam. Ambas sabem de casos de filhos de pessoas influentes da cidade que se tornaram viciados no Sangue de Tigre.

– Isso não é o tal drinque tão propagado pelo Charlie Sheen?

– Só se o ator virou gótico. Trata-se de um preparado secreto, divulgado pelo nosso amigo Stoker, apenas para quem frequenta o Presas Noturnas e tem registro nessa rede social.

Ouviu-se um bipe bem pequeno e discreto. Os dois CSAs perceberam, mas, novamente, nada disseram.

– E quanto às vítimas terem sido mortas ao estilo Jack, o Estripador?

– Acho que é melhor conversar com as meninas e com o Burke e então ir até o legista – observou Rod. – Algo está estranho. Com certeza, nosso assassino nos enviou uma mensagem. Mas nem imagino qual seja. Precisamos de mais dados, e talvez os relatórios do legista possam nos dar um ponto de partida.

Novamente, o barulho do assoalho se fez ouvir. Tony, quase sem pensar, abriu a porta do escritório e espiou o lado de fora. Ninguém estava por perto. Quase ao mesmo tempo, o celular de Rod começou a tocar, avisando que recebera um torpedo.

– Oh, oh!

– O que houve? – perguntou Tony, olhando ainda para fora.

– É melhor você ver!
Rod estendeu o celular para Tony, que leu incrédulo:

ACHAM MESMO QUE PODEM ENTENDER MINHA MENSAGEM?
VOCÊS NEM COMEÇARAM O TRABALHO. STOKER

– Isso seria uma espécie de confissão? – perguntou Tony, sem entender. – E como esse sujeito está nos ouvindo?
Foi quase como uma deixa. Imediatamente, Rod começou a examinar os cantos superiores do escritório com o auxílio da cadeira de Burke. Tinha certeza de que havia algo por lá.
– O bipe? – perguntou Tony, começando a entender.
– Só pode ser. Tenho quase certeza de que, sem querer, entramos num lugar já ocupado por algum tipo de microfone de espião.
Foi num canto que Rod encontrou um pequeno botão do tamanho de uma unha de polegar. O pequeno vidro central não deixava dúvidas: era uma microcâmera com microfone ligado à internet. Rod o arrancou e viu que o fio que transmitia as imagens ia até o forro.
– Desgraçado! – praguejou Tony. – Este lugar pode estar cheio dessas escutas!
– E quanto aos passos? – perguntou Rod. – Acha que estávamos sendo espionados?
Tony abriu a porta e fez um sinal para Rod.
– Vamos descobrir isso agora!
Desceram de volta ao lugar onde os demais estavam. Burke viu que estavam agitados. Tony jogou a microcâmera em cima do balcão.
– Quem subiu agora há pouco?
As meninas se olharam com ar espantado. Burke respondeu:
– Ninguém. Estávamos aqui embaixo o tempo todo.
– Ouvi passos por duas vezes no salão do lado de fora. Descobrimos a microcâmera por causa de um pequeno bipe que acusou seu funcionamento.
– A casa é velha. Os assoalhos costumam estalar quando cai a temperatura e a madeira encolhe.
– A ponto de parecer passos? – perguntou Rod. – Duvido. E este torpedo que recebi prova isso.

Burke leu a mensagem. Siouxsie se manifestou:

— Stoker esteve aqui há algumas semanas.

Seu pai olhou-a espantado.

— Você conhece o desgraçado pessoalmente?

Ela concordou com a cabeça. Danielle parecia indignada.

— Não me diga que você o recebeu e deixou que ele subisse até o escritório do seu próprio pai! Cecile, isso é loucura! O cara tem fama de ser pior que um mafioso!

Tony tentou dar uma ordem àquelas informações.

— Pessoal, vamos com calma. Se o tal Stoker usa a casa como ponto de encontro dos participantes do Presas Noturnas, é claro que, cedo ou tarde, ele estaria no controle e encheria o lugar de escutas. Aqui não é mais um lugar confiável. Precisamos continuar esta conversa na delegacia do comissário Wojak.

Danielle e Burke recusaram, o que assustou Tony.

— Lá não entro nem morto! — disse Burke. — Há alguns fornecedores meus e pessoas ligadas a mim que já me falaram de algumas... há... irregularidades causadas por Stoker enquanto estavam lá.

Tony apoiou a cabeça nas mãos. Sentiu as têmporas latejando, sinal de que estava começando a se estressar.

— É por isso que detesto quebrar protocolos de investigação. Está bem. Vamos ao laboratório. Vou pedir que o chefe Nelson libere uma sala para inquérito. Enquanto isso, por favor, sr. Burke, faça uma vistoria na casa com a ajuda do CSA Benes. Temos de ter certeza de que não há ninguém aqui.

Os homens foram fazer o que Tony sugerira. Danielle chamou os guarda-costas e foi com eles para ajudar. Enquanto digitava o número de Nelson no celular, percebeu que estava sozinho com Siouxsie. Ela parecia arrependida de ter revelado algo cedo demais. Estava numa das mesas e tapava os olhos com as mãos.

Tony falou rapidamente com o chefe Nelson e desligou o telefone. Aproximou-se dela e encostou a mão no seu ombro.

— Não deve ser fácil admitir que está em contato com alguém tão elusivo, não é?

Ela olhou para ele e parecia agradecida pela palavra de apoio.

— Mary e Lindsay apresentaram-me a ele. No começo, achei que poderia ser uma boa pessoa. Nem percebi que estava usando a casa noturna para negócios escusos. Meu pai tem toda sua vida nestas salas. E, por minha causa, agora isso é um antro de bandidos.

Ela começou a chorar copiosamente. Tony sentia uma atração cada vez mais forte por ela. Notou que, se tirasse a maquiagem e tivesse outra cor no cabelo, ela lembraria Jen em muitos detalhes. Ele ainda discutia com o dr. Mendes seu relacionamento com a falecida parceira e como um convívio de trabalho num período de aprendizado havia se tornado um amor reprimido. Se pelo menos Siouxsie tivesse sido apresentada em outras circunstâncias...

Ela limpou os olhos e disse:

— Desculpe. Tudo foi tão repentino. Stoker, o Presas Noturnas, Mary e Lindsay, a descoberta das escutas...

— Você é membro do Presas Noturnas?

— Aceitei um convite de Lindsay. Estava meio carente e queria conhecer outros rapazes que fossem góticos também.

Tony quase se amaldiçoou por não conhecer a cultura gótica ou a metaleira, o que o permitiria compreender melhor tanto Siouxsie quanto Burke. Precisaria apelar para a técnica de imersão cultural de Herb se quisesse não apenas solucionar o caso como também se aproximar daquelas pessoas. Sentiu pena deles e queria fazer mais pelos dois.

O grupo da busca desceu as escadas, e Tony viu que os guarda-costas de Danielle traziam nas mãos pelo menos mais catorze das minicâmeras e vinte microfones. Burke parecia arrasado com a descoberta.

— Minha casa noturna...

Danielle aproximou-se dele e tentou consolá-lo com um tapinha nos ombros do homenzarrão.

— Meus guarda-costas vasculharam a casa toda. Não sei dizer se há mais, mas pelo menos estes não causarão mais desconforto.

— E nem sinal de alguém escondido em algum lugar? – perguntou Tony.

Rod fez sinal negativo com a cabeça. Checou o relógio e exclamou:

— O funeral de Mary e Lindsay deve estar para acabar. Não é melhor irmos para o laboratório para que o sr. Burke possa voltar a tempo de abrir o Madame Lilith?

Todos saíram da mansão e se encaminharam para os carros. Danielle foi com seus guarda-costas, Burke e Siouxsie seguiram em seu Camaro, e Tony e Rod, no Smart. Enquanto avançavam na estrada, Tony olhou para trás e divisou a sombria mansão que era a casa noturna. A sensação de que havia alguém lá dentro à espreita observando-os num esconderijo qualquer não o deixara desde que saíra do escritório de Burke. Por uns instantes, pensou que poderia ser apenas uma paranoia de sua cabeça. Afinal, contando todos os envolvidos, foram cinco pessoas que revistaram a casa. E se acharam as microcâmeras e os microfones sem fio, como poderiam não encontrar um ser humano oculto?

— Pensando em algo? — perguntou Rod, puxando conversa.

Em resposta, Tony ligou o rádio. A estação tocou a mesma música dos Ramones que a *jukebox* na mansão tocara.

— Pode parecer loucura, mas estou com um péssimo pressentimento sobre este caso. Nem bem começamos e olhe só a quantidade de pessoas que já foram afetadas por ele. A morte dessas duas meninas talvez seja apenas a ponta de um iceberg que pode resultar num acidente pior que o do Titanic.

— Entendo seus temores. Por um lado, fico contente que nosso primeiro caso como parceiros seja algo tão complexo. Por outro, imagino se esse Stoker não é alguém que pode ser mais perigoso do que pensamos.

Tony apenas imaginou quem mais poderia ser uma vítima nas mãos de tal ser elusivo.

E o que seu tio tinha a ver com esse caso para ficar tão nervoso.

Capítulo 5
Reflexões

Fiz tanto pelo futuro dourado, eu não posso nem começar
Eu tive todas as promessas quebradas,
há raiva no meu coração
– Judas Priest, "Breaking the Law"

Rod estava em sua sala no laboratório. Ou melhor, nos mesmos alojamentos que serviam de base de operação para o dr. Mendes, que já havia partido para seu período na Inglaterra. Achava no mínimo curioso que, ao mesmo tempo, dos dois lados do oceano, havia crimes em andamento que se inspiravam em Jack, o Estripador. Pelo menos, é o que explicava o último e-mail que havia recebido do psicólogo oficial do Little Rock Police Department (LRPD).

Porém, ele sentia falta de uma coisa: visualizar o caso em que estava envolvido. Por isso, livrou-se de todos os móveis que estavam encostados numa divisória de vidro localizada na parte de trás do consultório, que separava a sala de um depósito de objetos, e reuniu todos os pincéis atômicos que encontrou. Depois de testá-los no vidro um a um, abriu a pasta com os resultados das autópsias de Mary e Lindsay e espalhou-os em cima da mesa. Usou também o computador conectado à internet para imprimir algumas fotos de Tim Burke, Siouxsie e Danielle Moonstone, além de telas internas do Presas Noturnas e uma foto da mansão onde está alojado o Madame Lilith. Passou pelo menos duas horas checando dados, datas, nomes e outros itens para compor linhas cronológicas. Prendeu as fotos nos vidros, anotou algumas considerações abaixo de cada uma, calculou a quantidade de tempo que teria ocorrido entre um fato e outro e destacou com várias cores o que sabia, o que desconfiava e o que parecia ser certo em suas deduções.

"Isso está mais complexo do que imaginei", pensou Rod consigo mesmo. "Belo batismo de fogo. Se conseguirmos divisar um caminho no meio desse labirinto, será um verdadeiro milagre."

No final da linha cronológica principal, colocou um retângulo em pé com um ponto de interrogação dentro. Embaixo, apenas uma palavra: STOKER. Tudo parecia levar a esse misterioso personagem, mas nem imaginava como poderia traçar um perfil psicológico de alguém tão elusivo.

A porta do cômodo se abriu, e Tony entrou com ar visivelmente cansado. Eram nove horas da noite e seu suposto dia de folga havia chegado ao fim. Ele tinha feito de tudo, menos descansar.

– Terminou os inquéritos? – perguntou Rod, percebendo o cansaço do parceiro.

– Os três foram para casa – respondeu Tony, desabando na cadeira estofada do dr. Mendes. – Rod, eu confesso que estou perdido. Nunca fui bem nessa questão psicológica. Acho que, nesse sentido, foi uma falha em meu treinamento. E, durante todo esse tempo em que fui CSA, dei muita atenção aos procedimentos científicos. Mas acho que, agora, nem todos os livros de ciência juntos e mais a internet poderão jogar uma luz neste caso.

Rod fechou os pincéis atômicos e aproximou-se do parceiro. Podia sentir todo o cansaço que emanava dele.

– Isso acontece porque você tinha uma visão muito romanceada de nosso trabalho, pelo fato de ver muitas séries de TV. Na prática, o assunto pode ser mais complexo do que imaginamos, e isso, de certa forma, está causando conflitos com seu conhecimento. Eu vi sua ficha de arquivo quando me designaram para trabalhar com você. Seu treinamento foi um dos melhores que o laboratório e o LRPD puderam oferecer. Um conselho de amigo: esqueça os seriados. São ótimos para passar o tempo, mas raramente refletem a realidade.

Nem bem falara e a porta abriu novamente. O chefe Nelson entrou bufando, com um lenço na mão. Seu terno azul escuro parecia amarrotado e cheio de vincos, como se ele tivesse passado a noite dormindo no laboratório.

— Rapazes, preciso muito falar com vocês — olhou a parede de vidro e quase teve um enfarto. — O que estão fazendo? Destruindo propriedade pública?

Rod olhou para os esboços e sorriu.

— É um velho hábito que aprendi com meu mentor no laboratório de Nova York, onde estagiei. Serve para visualizar o que sabemos do caso.

— Não seria melhor fazer isso em um computador? Ou num quadro de cortiça?

— Certas coisas precisam ser colocadas bem à vista para ajudar, chefe. Essa é a função das linhas cronológicas.

O chefe Nelson deu de ombros e apenas acrescentou:

— Quando isso tudo acabar, vocês terão de limpar.

— Sempre foi assim — acrescentou Rod, ajustando alguns itens do mural. — Não se preocupe, não vou danificar seu precioso laboratório.

Nelson voltou-se para Tony:

— Como foi com os "suspeitos-testemunhas"?

— É o que eu comentava com Rod. Está tudo muito confuso. Mas não apenas com relação aos três; a coisa vai mais longe. Por exemplo, chefe, por que o senhor insiste que a investigação seja liderada por nós e não por alguém do gabinete de meu tio? Somos analistas de cena do crime, não investigadores da polícia.

Nelson esfregou as mãos e limpou o suor da testa. Tentou ajeitar a gravata, mas ficou ainda mais bagunçada. Por fim, declarou:

— Não queremos que ninguém do gabinete de seu tio investigue este caso por vários motivos. Desconfiamos de que esse assassinato duplo é apenas uma forma de mudar o foco da atenção. Explico! A ideia talvez seja expor Stoker ou qualquer outro suspeito para que as atividades ilícitas do Presas Noturnas possam continuar sendo encobertas por alguém do gabinete do comissário.

— Alguém de dentro? — perguntou Tony, embasbacado. — Está insinuando que meu tio possa saber algo sobre o assunto e que está escondendo deliberadamente de nós?

— Não é isso. Não falei em nenhum momento que seu tio teria algo a ver com isso. De onde tirou essa ideia?

No mesmo instante, Tony conscientizou-se de que havia traído em público seus pensamentos sobre o estranho comportamento de seu tio no começo daquele dia. Tentou emendar o pensamento, mas foi interrompido por Nelson, que continuou a falar.

– O que realmente nos importa é provar que ninguém do gabinete de seu tio está envolvido nessa suposta rede de tráfico de influência. Aliás, essa foi uma ordem dada por círculos acima dos de seu tio, e ele concordou. Por sorte ou por capricho do destino, quem estava lá quando tudo aconteceu era você. Então, nada mais natural do que encarregá-lo do assunto.

Tony não rebateu a afirmação. O que Nelson dizia tinha sentido. Mas não era por isso que ele precisava aceitar tudo. Olhou de relance para Rod, que imediatamente entendeu o pedido de socorro e se dirigiu ao chefe:

– Bem, chefe, estive na Vestígios, e eles não encontraram muita coisa em que pudéssemos nos basear. As epiteliais encontradas nas unhas das vítimas ainda estão sendo analisadas. Como não estivemos na cena do crime, não temos mais nada a analisar. Tecnicamente, estamos empacados. Nossa esperança é que tenhamos dados suficientes para traçar um perfil psicológico que bata com alguma de nossas supostas vítimas.

– Analisou a conversa com os três que estiveram aqui?

– Deles, temos apenas motivações contra. Tim Burke conhecia as vítimas e sabia do envolvimento delas com o Presas Noturnas. Acredita que é coisa do Stoker e quer se livrar dele para que seu negócio, o Madame Lilith, esteja de volta à normalidade. Sua filha, a Siouxsie, é a única que já teve contato direto com o famigerado personagem e chegou a permitir que ele invadisse o escritório de seu pai, no andar de cima da casa noturna, para instalar microcâmeras e microfones. Pode ser que tenha um caso com o nosso elusivo suspeito. E Danielle Moonstone quer denunciar Stoker porque rejeitou um convite para se unir ao Presas Noturnas e, então, ele se movimentou no sentido de afastar Mary e Lindsay de sua influência. É uma *persona non grata* na rede.

– Como sabe disso?

Rod foi até o mural e retirou uma folha de sulfite onde se podia distinguir a reprodução da tela do Presas Noturnas, a rede gótica. As cores preto e vermelho eram predominantes, e o perfil de Danielle estava lá registrado. Abaixo, havia apenas a mensagem:

EVITEM-NA. ELA É TRAIDORA DOS PRINCÍPIOS GÓTICOS E PROPAGADORA DOS IDEAIS CAPITALISTAS COLOCADOS EM PÚBLICO POR MEIO DA REDE DE LIVRARIAS DE SEU PAI.

– Repare que o perfil é de Danielle, mas não foi montado por ela – observou Tony. – Ela me confirmou isso durante o inquérito. E a mensagem é escrita toda em letras maiúsculas, como também foram os torpedos que Paul e Rod receberam de Stoker. É quase certo que tal propaganda foi postada por ele.

Nelson devolveu a folha para Rod e acrescentou:

– De que vale tudo isso sem provas de verdade? E depois, mesmo que consigam alguma coisa com as epiteliais, como vamos ligar o resultado a um suspeito que nem sabemos quem é ou se seu DNA está no VICAP ou em outro banco de dados?

Tony entendia a gravidade da situação. Rod abaixou os olhos e acrescentou:

– Estamos fazendo tudo o que está a nosso alcance para entender essas ramificações. Porém, se os CSAs que estiveram na cena do crime não encontraram mais nenhuma evidência, não temos alternativa a não ser continuar investigando pelo viés psicológico.

– E agir como policiais? – perguntou Tony, indignado. – Fiz os interrogatórios mais simplórios da minha carreira com aqueles três. Nem sei se valerão para alguma coisa.

– Claro que vão! Agora temos os depoimentos válidos dos três. E podemos documentar e guardar no caso de encontrarmos algum indício que nos leve de volta a eles.

Tony lembrou o rosto de Siouxsie e de sua semelhança com Jen. Sentiu que queria vê-la novamente e talvez até protegê-la da má influência de Stoker. Mas se recusava a abrir seus pensamentos para Nelson e Rod.

– Não há nada nos depoimentos que nos indique um caminho? – perguntou Nelson.

– Não – respondeu Tony. – Apenas suspeitas e fofocas. Pedi para um artista forense fazer um retrato falado de Stoker a partir do que Siouxsie descreve. O pessoal interno está passando o retrato nos bancos de dados para ver se acham alguém cadastrado neles.

– Você tem uma cópia aí?

Tony abriu a pasta dos depoimentos e retirou o desenho. Entregou-o nas mãos do chefe, que o observou com olhos parados, e um leve clarão de reconhecimento passou por seu semblante. Rod observou a reação e perguntou:

– Sabe quem é, chefe?

Nelson não tirava os olhos do desenho e respondeu:

– Por que você acha isso?

– Apenas suposição. Acredito que você saiba quem é.

Nelson entregou a folha para Tony, que a guardou na pasta.

– Não, não conheço. Mas ficarei de olho se souber de algo. Tony, se quiser tirar seu dia de folga amanhã, pode fazê-lo. E Rod, acho que encontrou o que fazer com esse seu mural. Vou para casa tentar me recuperar, pois estou há quase 72 horas aqui e me sinto um lixo. Caso descubram algo, contatem-me imediatamente.

Nelson saiu da sala, e Tony perguntou quase de imediato:

– O que aconteceu aqui?

Rod estava sério. Olhou para o parceiro e perguntou:

– Tony, sei que isso não é muito ético, mas acho que é hora de você me contar suas suspeitas em relação a seu tio.

Nelson caminhava pelos corredores do laboratório com a sensação de que o chão havia sido retirado de seus pés. Se aquele retrato era verdade, então tudo pelo qual ele lutara em sua carreira estava correndo risco de desabar. "Então era por isso que o velho Colin Wojak estava tão nervoso", pensou, enquanto recolhia suas coisas e preparava-se para ir embora. Sabia que precisava entrar em contato com o comissário, mas tinha medo de fazê-lo. Medo de que Stoker pudesse, com um único telefonema, acabar com ele e com o chefe da polícia ao mesmo tempo.

Nelson estava em processo de aposentadoria depois do que acontecera no caso Methers. Aceitou seu destino e queria se ver livre de toda aquela pressão. Mas os fatos da recente investigação mexeram com ele. No fundo, ele intuía o que estava acontecendo, embora não quisesse revelar a ninguém o que sabia. Ele descobriria a verdade antes que não tivesse mais os recursos do laboratório de Little Rock ao seu dispor. E se estivesse correto... Na verdade, não queria pensar nessa possibilidade; queria apenas partir para sua aposentadoria e ter certeza de que não havia mais esqueletos em seu armário prontos para sair quando já estivesse longe de lá.

O chefe foi para o estacionamento e parou em frente a seu Citroën vermelho. Ao procurar suas chaves, percebeu o quanto tremia. Seria nervosismo ou ansiedade? Seria aquela a oportunidade perfeita para se livrar de um de seus segredos mais sórdidos? Nunca havia prestado atenção nessa maldita rede gótica, apesar de quase todos os adolescentes da cidade comentarem sobre ela, até mesmo sua sobrinha e sua filha. Agora, temia pela vida delas e até mesmo pela sua.

Abriu a porta e entrou no veículo. Jogou suas coisas no banco de trás e ligou o carro. Partiu e pegou a rodovia principal em direção à parte sul da cidade, onde morava com sua esposa e sua filha adolescente. O trânsito estava ameno e relativamente fácil, o que o aliviou e fez com que previsse sua chegada para dali a trinta minutos.

Sua mente, porém, não parava de rever aquele retrato. Nunca ouvira tamanha idiotice como os boatos sobre certo *hacker* que tinha atividades criminosas em conjunto com os adolescentes locais. Sempre aconselhara Maya, sua filha, a tomar o máximo de cuidado sobre possíveis relações com pessoas erradas no ambiente virtual. Não levou em consideração quando, dias após a última festa de aniversário do comissário Wojak, recebera um torpedo em seu celular com a mensagem:

Maya é mesmo uma pérola. Eu a quero para mim. Está disposto a barganhar?

Por meses, ele recebeu aquele mesmo torpedo dia após dia. Ele tentou se convencer de que aquilo não era nada demais e, sem assimilar a mensagem à rede, não viu maldade no fato da filha entrar no Presas Noturnas. Afinal, que mal lhe poderia fazer participar de uma rede social?

A transformação da filha foi mais imediata do que ele imaginava. Falava com alguém via *webcam* quase todas as noites. Um dia, ele invadiu o quarto de Maya para verificar que era exatamente o rosto do retrato falado que estava lá, conversando com ela via *Skype*. Maya assumiu que estava de caso com aquele rapaz, embora não tivesse muitas informações sobre ele. Ela passou a sair todo fim de semana e a ir até o Madame Lilith, por vezes, voltando para casa quando o sol já anunciava a manhã do dia seguinte.

Sua esposa estava chateada. Havia uma ligação especial entre mãe e filha e perdê-la a afetou muito. Nelson começou a investigá-la por conta própria e não gostou do que descobriu. Noites estranhas com gente esquisita que sempre se encontrava na casa noturna de Tim Burke e ia Deus sabe para onde fazer vai saber o quê.

Certo dia, sua esposa chamou-o no quarto da filha. Havia sangue no travesseiro. Nelson, sempre otimista para que sua esposa não entrasse em colapso, disse que era apenas um sinal de que sua filha estava se tornando uma mulher. Porém, foi rebatido com o argumento de que o sangue estaria na posição errada e que, normalmente, os sinais de menstruação apareciam nos lençóis. Dando-se por vencido, levou a fronha para o laboratório, onde descobriu que a amostra estava com Rohypnol, um medicamento que era usado no controle de ansiedade e distúrbios de sono. Foi necessária uma revista completa no quarto de Maya para descobrir uma bolsa de sangue dada, segundo a filha, por Stoker.

O conflito atingiu o ápice quando o desgraçado mandou torpedos exigindo que certas pessoas que estavam envolvidas em casos investigados pelo laboratório no último ano fossem isentas em testes de DNA. Aquela foi a gota d'água: Nelson respondeu que nunca faria isso. Como resposta, veio a ameaça:

Você fará ou sua filha continuará viciada em Rohypnol.

Irritado, Nelson ligou para o comissário Wojak e se encontrou com ele. Foi quando começou a desconfiar de que o mesmo Stoker havia, de alguma forma, conseguido controle sobre o tio de Tony. Mas como? Até onde sabia, o sobrinho não participava de nenhuma rede social e também não frequentava a casa noturna de Burke. Como conseguira controle sobre o comissário?

Ainda pensava nisso quando, de repente, um Maserati preto surgiu atrás de seu veículo. Nelson pensou que ele tentava ultrapassá-lo e abriu espaço para que o carro o fizesse. Em vez disso, parou ao lado dele e começou a forçá-lo a sair da rodovia. O caminho estava cheio de trechos contornados por valas cheias de cascalho, parte das obras que a prefeitura da cidade estava fazendo. O Maserati forçou o Citroën a entrar cada vez mais no trecho. Nelson, em vez de diminuir a velocidade, aumentou-a. Preocupado em livrar-se do perseguidor, nem percebeu que estava com o carro já no canteiro de obras.

– Ei, imbecil, quer me matar?

Nem bem gritara isso e percebeu que, parado a poucos metros adiante, estava um enorme caminhão carregado de cascalho. O Citroën bateu com força no caminhão, cuja caçamba estava frouxa e deixou cair uma cascata de cascalho sobre o veículo. O Maserati parou como se estivesse observando a cena e depois acelerou. No local do acidente, não havia nenhum sinal que indicasse se Nelson estava vivo ou não.

– Não há muito o que falar – disse Tony, ainda observando o parceiro. – Apenas...

Rod olhava-o com um jeito que o fez lembrar-se do dr. Mendes. "Ah, que falta aquele psicólogo faz".

– Continue – falou Rod, com a voz mais calma possível.

"Ele quer me deixar à vontade", pensou Tony, sem saber o que fazer. Sua desconfiança sobre o cara de coruja ainda era alta, mas o profissionalismo falou mais alto.

– A única coisa que posso afirmar com certeza é que meu tio pareceu um tanto nervoso quando soube que estávamos mexendo com o tal Stoker.

Rod apenas se reaproximou do mural, procurando um determinado trecho de sua linha cronológica até encontrar a parte que descrevia o Presas Noturnas como "rede de tráfico de influência". Ao lado dessas palavras, estava escrito "Influência direta em círculos criminais", cercado de vários pontos de interrogação.

— Como você poderia saber?

— Tony, ser psicólogo é também trabalhar com algumas deduções óbvias. Se ele quer tanto estabelecer uma rede de influências, com certeza apelaria para a chantagem de certos figurões de seu interesse.

— Mas meu tio?

— Ele é o comissário da polícia local. E penso que o mesmo pode estar acontecendo com o chefe Nelson.

— Acha que ele de fato reconheceu o retrato falado?

Rod apenas concordou com a cabeça.

— Por que então ele não falou nada para nós?

— Talvez esteja ainda com algumas dúvidas. Talvez queira comprovar alguma teoria. E lhe garanto: aquele momento que presenciamos foi um reconhecimento. Mas precisamos ainda averiguar os motivos. Com certeza, seu tio e o chefe devem ter seus próprios motivos, talvez bem diferentes entre si, para temerem Stoker.

No mesmo instante, o *smartphone* de Rod tocou. Ele o verificou e imediatamente empalideceu.

— O que houve agora? — perguntou Tony, sem entender.

Rod estendeu o aparelho. Tony leu, sem acreditar:

É MELHOR CORREREM PARA A RODOVIA PRINCIPAL, PRÓXIMO AO PARQUE CENTRAL. SEU CHEFE NELSON COLIDIU O CARRO CONTRA UM CAMINHÃO DE CASCALHO.

— Como vamos saber se é verdade? — perguntou Tony, ainda desconfiado.

De repente, a porta do aposento abriu, e Paul entrou esbaforido:

— Imaginei que vocês estariam aqui. O chefe Nelson sofreu um acidente sério. As ambulâncias do Hospital São Pedro já foram para lá com seu tio, o comissário Wojak. Ele telefonou e pediu para vocês também irem ao local. Dois CSAs e eu vamos para lá.

— Houve tiros? — perguntou Rod, apreensivo.

– Não sabemos ainda. Seja como for, eu também sou perito em cenas de trânsito. Talvez assim tenhamos algumas respostas sobre o que aconteceu. Pelo o que o comissário adiantou, o chefe estava a mais de 100 quilômetros por hora. Só não aconteceu algo pior porque não bateu de frente com o caminhão, o *airbag* inflou-se e praticamente afogou-se em cascalho.

– Obrigado, Paul – agradeceu Tony. – Iremos assim que pudermos.

Paul saiu, e os dois CSAs ficaram em silêncio, pensando nas implicações daquele acidente. Quase de imediato ouviram bem distintamente o mesmo bipe fraco que distinguiram no Madame Lilith. Olharam-se atordoados. Tony apanhou uma cadeira num outro aposento e subiu, apalpando o forro de teto. Rod imitou-o do outro lado do aposento. Logo encontraram duas microcâmeras. Arrancaram-nas e desceram das cadeiras, sem saber o que falar.

– Meu Deus, isso não pode estar acontecendo de novo! – comentou Tony, lembrando das implicações que isso dava para a segurança do laboratório.

– Do que está falando? – perguntou Rod.

– Você leu minha ficha? Chegou a ler algo sobre o caso Methers?

Rod puxou pela memória até entender a referência.

– Ah, sim, um dos implicados era funcionário do laboratório. O entomologista, se não me engano... E um dos assassinatos aconteceu na sala dos legistas.

Tony concordou com a cabeça.

– Demorou muito para o laboratório voltar a ter a confiança do Estado por causa disso. Se vazar para a imprensa que novamente nossa segurança foi comprometida, isso pode custar a carreira do chefe Nelson...

Capítulo 6
Conjecturas

> *Jogando pelo mais alto, dançando com o diabo,*
> *Indo com a correnteza, é tudo um jogo pra mim*
> – Motörhead, "Ace of Spades"

Tony estava ocupado fazendo seu café da manhã quando Paul apareceu em seu apartamento. Ambos haviam estado no Hospital São Pedro no dia anterior para saber notícias do chefe Nelson, que se encontrava inconsciente, recebendo soro e sendo acompanhado por várias máquinas. Estava na UTI e era considerado um "caso sério em observação". Magda, a esposa de Nelson, e Maya não saíam de perto do leito nos poucos minutos que tinham para visitá-lo. Os médicos falavam que as próximas 72 horas seriam importantes para saber como ele reagiria. Tinha algumas costelas e ossos do braço direito quebrados, o que dificultava ainda mais seu estado.

Por conta disso, o CSA havia chegado em casa muito tarde. Acordara por volta das oito da manhã e preparava seu café quando Paul chegou. Era também dia de folga do perito, e os dois haviam decidido se encontrar para trocar dados informais sobre o caso. Paul esteve no local do acidente e analisou-o com outros componentes do laboratório.

– Apenas dava para saber que foi uma perseguição cerrada – explicou, enquanto comia ovos com bacon. – E que, com certeza, o Maserati já o esperava em algum trecho do caminho.

– Como sabe que foi um Maserati? – perguntou Tony, ainda sentindo o cansaço pelo corpo.

– Verificamos algumas câmeras do circuito. E os rastros que achamos na vala, apesar da grande quantidade de cascalho, ficaram impressos em uma faixa de areia. Reconhecemos no banco de dados. Estamos atrás agora de um Maserati que corresponda à descrição das imagens das câmeras.

Tony engoliu um pouco da comida. Ainda esperava que viesse uma espécie de epifania no caso.

— Você tem certeza de que foi proposital?

— Tony, vimos o conteúdo das câmeras pelo menos quatro vezes. O carro do chefe foi empurrado para a vala da construção. Sem dúvida foi proposital. E o que vocês, CSAs-maravilha, descobriram?

Tony considerava Paul seu único amigo dentro do laboratório, mas mesmo assim não se animou, por conta da descoberta das minicâmeras no consultório do dr. Mendes.

— Estamos analisando com cuidado todo o caso.

— Seu amigo, o tal cara de coruja, pareceu bem à vontade em montar aquele mural todo. Acho que já vi fazerem isso em vários seriados de TV.

A menção aos programas de TV incomodou Tony.

— Nem me fale. Prefiro não comentar isso.

Paul olhou o amigo com cuidado.

— Ora, se não é o grande fã de *CSI* e afins falando sobre o assunto!

— Antes disso começar, achei que bastava decorar a lista de episódios e as falas dos personagens para iniciar neste nosso mundo de investigações — explicou Tony, enquanto comia mais um pouco. — Mas a vida real é bem diferente da televisionada. Num caso em que não temos nada vindo das evidências colhidas na cena do crime, é melhor pensar em alternativas.

— Então começou a acreditar no papo de seu parceiro de perfil psicológico?

— E por que não? Não há seriados também baseados nisso? O que os psicólogos fazem pode ser tão interessante quanto conhecer um monte de procedimentos técnicos que não levam a nada. O elemento humano pode ser mais determinante do que imaginamos. E, infelizmente, não me sinto mesmo à vontade para analisar nada nesses campos sozinho.

— Oh, meu Deus! — disse Paul, limpando a boca com um guardanapo. — O cara de coruja conseguiu levá-lo para o lado negro da força? Você parece seu tio falando para nós em uma de suas palestras!

Tony deu de ombros.

— Só digo que nosso Freud de plantão pode ser útil. E ele tem uma vantagem por ser mais integrado ao submundo do Madame Lilith do que eu. Mas ele e você conhecem e já tiveram contato com o tal Stoker, que tem os números do celular de vocês. Eu preciso fazer uma imersão, como Herb me ensinou há alguns anos, e tentar pensar como um deles. Talvez...

Paul o olhou e esperou que completasse o pensamento.

– A menos...?

– A menos que eu resolva fazer algo mais radical. Rod sugeriu que fôssemos passar uma noite no Madame Lilith e observássemos as pessoas. Talvez seja isso que eu precise fazer. E além disso...

Paul riu com o embaraço do amigo.

– Está pensando na bela Siouxsie, não é?

Tony largou o garfo no prato com um ruído alto.

– Será possível que todo mundo que me olha percebe?

– Na verdade, foi seu parceiro que comentou comigo de passagem. Não entrou em detalhes, mas logo imaginei que você se sentisse atraído por ela. A fama dela é enorme. Mesmo quando eu vou lá, caracterizado de Deus Noite, vejo que ela pode ser a causa de muitos dissabores.

Tony riu alto.

– Ainda quero saber como é esse seu personagem.

Paul abriu a carteira e retirou uma foto. Porém, deu um alerta:

– Se você comentar isso com alguém do laboratório eu o deixo na mesa do legista!

Ele riu e pegou a foto. O que viu deixou-o de boca aberta. Lá estava o retrato de um homem (pelo menos ele pensava que era um) com cabelos longos, presas salientes, óculos escuros, usando um terno preto, camisa preta e uma cartola enorme. Um pequeno filete de sangue saía pelo canto direito da boca. Ele olhava para a câmera com os olhos por cima dos óculos e dava um sorriso sombrio. Usava ainda batom preto nos lábios e as unhas eram pintadas com esmalte da mesma cor.

– Oh, meu Deus! – disse Tony, engasgando seriamente. – O que é isso? Você parece um daqueles transformistas que gastam horas se maquiando!

Paul deu um sorriso amarelo e continuou a comer. Tony devolveu a foto e acrescentou:

– Desculpe. Não queria que soasse como uma provocação infantil. Há quanto tempo você é ligado a esse meio?

– Pelo menos dez anos.
– E por que construiu esse personagem?
– Eu era assim naturalmente. Tive de cortar os cabelos e parecer mais normal quando decidi seguir a carreira de perito criminal. Assim, passei a ter duas identidades: Paul Winsler, no laboratório, e Deus Noite, nos dias em que frequentava o Madame Lilith ou outro lugar gótico qualquer.
– E hoje em dia não vai mais a nenhum lugar assim? Por quê?
– Todos crescemos. É divertido ter uma identidade dessas, mas chega uma hora em que você precisa fazer algo mais sério para sobreviver.
– Mas o que é o gótico?
– Em termos bem resumidos, a subcultura gótica teve início no Reino Unido durante o final da década de 1970 e início da década de 1980. É derivada do pós-punk e abrange um estilo de vida.

Tony tomou um gole de água e continuou a comer.

– O modo gótico tem associação com a música *Darkwave/gothic Rock*, com o pós-punk, com a *ethereal wave*; e a estética (visual, moda e vestuário) com maquiagem e penteados alternativos (cabelos desfiados, desarrumados e desgrenhados). Também traz certa bagagem filosófica e literária. A música se volta para temas que glamorizam a decadência, o niilismo, o hedonismo e o lado sombrio. A estética sombria se traduz na combinação de vestuários *death rock*, punk, renascentista e moda vitoriana, essencialmente baseados no preto, algumas vezes com adições de lilás, roxo, carmesim e de acessórios inspirados em filmes futuristas, como no caso dos *cyber-goths*.
– Você pode me emprestar alguns CDs do gênero para eu conhecer?
– Claro. Para quê?
– Preciso mergulhar nesse mundo, sentir o que levou tantas pessoas a procurar o Presas Noturnas e se entregar a esse modo de ser e viver.

A campainha tocou, e Tony já sabia quem era. Virou-se para Paul e acrescentou:

– Preciso conversar sério com meu tio. Importa-se em ficar aqui um pouco?
– Não se incomode. Você fez o café, eu lavo a louça. E, se a conversa for muito longa, eu saio pela entrada de serviço.

Tony concordou e foi para a sala. Abriu a porta sem nem conferir pelo olho mágico. Seu tio estava parado, com um ar abatido.

– Cheguei agora do hospital – disse ele, em português. – Nelson morreu há algumas horas. Não resistiu ao acidente.

Tony mal podia acreditar no que ouvia. Primeiro um assassinato duplo, agora a morte de seu chefe. Colin Wojak entrou e pendurou seu sobretudo atrás da porta. Viu que Paul estava na cozinha, cumprimentou-o e fechou a porta de acesso.

– Precisamos conversar – disse ele, abaixando a voz para que o perito não ouvisse, embora estivesse se comunicando em português.

– Sim, eu sei – respondeu o sobrinho, na mesma língua. – E acho melhor parar de esconder as coisas e confessar o que realmente lhe preocupa.

Colin olhou pela janela e sentiu um pouco o ar que entrava por ela. Sentou-se no pequeno sofá e suspirou olhando para o nada.

– Tony, quero que tenha muita certeza de que pode se entregar ao caso sem correr perigo.

– Como posso fazer isso se nem sei no que estou me metendo?

– Que diz Rod?

– Isso lá é hora de se preocupar com o que o cara de coruja pensa ou deixa de pensar? Pelo amor de Deus, tio Colin, o chefe Nelson está morto! E ainda não deu nem mesmo 24 horas após Mary e Lindsay serem mortas na livraria!

O comissário tirou do bolso do paletó uma chave. Era antiga, alongada, com uma cabeça que possuía um estranho símbolo, semelhante a um centauro. Entregou-a a Tony e disse apenas:

– Isto é para você e Rod. Além de ser o principal motivo pelo qual pedi que o trouxessem. Acredito que, se vocês dois combinarem seus talentos, poderão acabar com esse imbróglio causado pelo Presas Noturnas. Agora que Nelson se foi, precisamos nos preocupar também com Maya, a filha dele. Soube por uma fonte dentro do LRPD que ela está a um passo de se tornar uma recrutadora da rede gótica.

Tony pegou a chave e a analisou-a com cuidado.

– O que abre esta chave?

– Tim Burke sabe.

– É algo que está dentro do Madame Lilith?
– Na verdade, é algo que faz parte do Madame Lilith.
– Não pode ser mais direto, tio Colin?
– Não.
– Por quê?
– Votos de silêncio.

Os olhos de Tony se arregalaram. Aquilo implicava uma espécie de sociedade secreta, grupo de veneração ou algo assim. A última vez em que ele ouvira alguma coisa do tipo fora anos atrás, quando descobriu que seu pai queria entrar para um grupo com essas características a fim de usar a influência para conseguir elevar seu padrão de vida.

– Vocês são membros da maçonaria ou algo assim?

Colin Wojak riu e disse:

– Nada tão simplório. É algo bem mais complexo.

– Não me diga que é algo que mudará os conceitos da religião como a conhecemos...

– Isso não é *O Código da Vinci* nem nada parecido! Mas, sim, é uma coisa bem complexa e que acredito ser o real motivo das maquinações de Stoker. Porém, é algo que gostaria que tanto você quanto Rod vissem por si mesmos.

– E é algo que Tim Burke tem noção de que esteja por lá?

O comissário suspirou de novo.

– Foi Tim Burke que colocou lá. Apenas ele, Nelson, eu e mais duas pessoas que você não conhece sabemos do que se trata.

– A mansão de fato é bem grande. Mas, até aí, haver algo lá que ninguém nem suspeite que exista...

– Vocês descobriram os apetrechos de espionagem que Stoker colocou lá. Acha mesmo que ele seria um vilão do tipo maquiavélico que quer apenas controlar as pessoas? ELE COLOCOU LÁ PARA VIGIAR E ENCONTRAR ESTA SALA.

O comissário colocou de novo a mão no bolso do paletó e retirou uma série de folhas de papel de fax.

– Steve Dokes e Marvin Hidge, os guarda-costas de Danielle Moonstone, fotografaram pegadas no piso superior da casa noturna e me mandaram.

Tony analisou com cuidado. "Então", pensou, "havia mesmo alguém lá".

– Por que não me falaram nada? Ou a Rod?

– Eles têm ordens minhas de primeiro passar qualquer indício, por menor que seja, para mim.

– Então, os guarda-costas...

– São ex-policiais indicados por mim para Moonstone usar como quiser. Ele os colocou para vigiar a filha depois que soube que ela estava na mira de Stoker.

Tony guardou a chave no bolso. Sabia que havia mais alguma coisa, e isso o irritava terrivelmente. O comissário Wojak sabia disso e colocou a mão no ombro do sobrinho.

– Acredite em mim, Tony. Quero somente protegê-lo desse gângster que matou Mary e Lindsay apenas porque Danielle tentava tirá-las de seu raio de alcance.

– Acha mesmo que esse foi o motivo?

– É claro como o dia.

– E a ausência de evidências?

O comissário o encarou com tristeza no rosto.

– O resultado das epiteliais saiu. Pertencem a um frequentador do Madame Lilith, um tal de Alan Schmidt, conhecido como Lemmy.

Pelo menos aquela referência Tony conhecia.

– Lemmy? O mesmo nome do vocalista do Motörhead?

– Ou pelo menos alguém que, como seu amigo lá na cozinha, frequenta o lugar e cria uma identidade metaleira.

Tony não gostava do rumo dessa história. As coisas pareciam cada vez mais distantes dos procedimentos técnicos do laboratório.

– Pessoas que criam identidades para frequentar um determinado meio, isso não seria falsidade ideológica? – perguntou, sem encarar o tio.

– Talvez – considerou o comissário. – Mas nesse caso não são considerados, pois não possuem documentos que os caracterizem como indivíduos perante a sociedade.

O comissário levantou-se e apanhou seu sobretudo.

– Preciso ir agora. Acredite, metade do que você e Rod procuram está nessa sala dentro do Madame Lilith. Quando falar com Burke, apenas diga que sabe a palavra de passe.

– E qual é?
– *Spider*.
– Isso é piada?
– Se é, ninguém está rindo. Agora preocupe-se em ir até a casa noturna com Rod enquanto eu enterro um amigo.

"Um amigo que tentou roubar seu cargo", pensou, enquanto fechava a porta. Sentiu a chave de novo em seu bolso e imaginou o que haveria escondido nos recônditos daquela mansão que necessitaria tanto que ele e o cara de coruja vissem com os próprios olhos. Seria algo pelo qual realmente valesse a pena matar duas adolescentes recrutadoras e agora o chefe do laboratório criminal?

Ao abrir a porta da cozinha, Paul preparava-se para ir embora. Parou quando já abria a porta de saída e olhou para o amigo.

– O chefe Nelson faleceu! – anunciou, pesaroso. – Nunca pensei que fosse dizer isso, mas até gostava daquele panaca. Ele tentou coisas contra meu tio, mas hoje até acredito que fez isso por se considerar mais digno do caso.

Paul estava pasmo com a notícia, mas ainda respondeu:
– Nelson era meio déspota. Tudo o que fazia era pelo suposto bem do laboratório. Queria ser o chefe de lá por anos ou, pelo menos, até sua morte. E parece que conseguiu!

Os dois sentaram de novo junto à mesa da cozinha.
– Devemos ir até o funeral? – perguntou Paul, sem saber o que deveria dizer.

A vontade de Tony era afirmar que sim, que deveriam prestar homenagem ao chefe tombado. Mas a vontade de verificar no Madame Lilith onde dava aquela chave e a ânsia de rever e sentir de novo o cheiro de Siouxsie eram mais forte do que ele.

– É melhor você ir. Tenho de me encontrar com Rod e ir até a casa noturna. Parece que há algumas coisas que o velho Burke ainda não nos contou.

– Algo muito sério?

Por muito tempo, Tony teve de conviver com boatos de que o pai buscava entrar em sociedades secretas e isso o levava a se meter com pessoas de reputação duvidosa. Um amigo no Brasil chegou a confessar que havia ouvido uma história de que um determinado grupo, cujo nome ele não se lembrava, era o responsável pela morte dos seus pais, e não um simples assaltante de rua. Se fosse assim e se o que estivesse na casa noturna fosse algo que envolvesse maçons, rosacruzes, *illuminati* ou seja lá qual fosse o grupo, seria interessante trazer isso a público? E se fosse, eles viriam atrás de Tony também, como fizeram com o chefe Nelson?

— Tenho de encontrar um tal Lemmy, frequentador da casa noturna, cujas epiteliais estavam nos corpos das vítimas.

— Então o assassino frequenta o local?

— Aparentemente.

Mal falara isso, o telefone fixo tocou. Tony levantou-se e foi até o local, já imaginando que uma nova notícia estaria a caminho.

— Draschko.

— Tony? É Rod. Estou a caminho de sua casa. Já soube do chefe Nelson?

— Sim, meu tio esteve aqui e me deu várias notícias.

— Danielle Moonstone me ligou e disse ter alguns *frames* de um filme da segurança da livraria que mostram um dos peões de Stoker por lá.

— Um tal de Lemmy?

— Como sabe?

— Meu tio recebeu fotos tiradas pelos guarda-costas de nossa amiga índia. Depois eu conto tudo a você. Venha para cá. Precisamos nos entender direito antes de ir atrás de Burke. Ele, pelo jeito, tem algo escondido por lá que é protegido por uma chave com um centauro na ponta.

— Como é? O que é isso e como surgiu?

— Venha. Falamos quando você chegar.

Tony desligou o aparelho, e Paul reapareceu.

— Falei com o pessoal do laboratório. O funeral é agora de tarde. Vou para lá. Por favor, tome cuidado. Por mais que seu parceiro seja conhecido no meio, as coisas podem ficar estranhas.

— Em que sentido?

— Ouvi o que você falou sobre Lemmy. O cara é o melhor amigo de Tim Burke e padrinho de Siouxsie.

— Acha que eles podem dar trabalho?

— Evite um confronto direto com esse cara. As más línguas dizem que é muito violento. Não se admira que Stoker tenha pedido para que ele fizesse o trabalho com suas recrutadoras.

Tony correu para seu quarto, apanhou o *notebook* e ligou-o. Quando carregou, acessou o site do Presas Noturnas.

– Digite sua senha – pediu para Paul.

– Eu? Não quero que saibam que acessei isso.

– Eu não tenho registro e preciso acessar o perfil desse Lemmy.

Paul suspirou e disse apenas:

– Droga, Tony, quero me desligar dessa porcaria! Ficar sem acessar é como se tratar da ausência de uma droga. Se fizer isso de novo, posso ter uma recaída!

– E quem foi que me disse, há pouco, que não tinha mais idade para essas coisas?

Paul suspirou de novo e deu sua identidade (deusnoite) e sua senha (caninos). O sistema foi conectado e foi o primeiro contato que Tony teve com a famigerada rede gótica. A logomarca Presas Noturnas tinha duas presas na última palavra que pingavam sangue, e o *layout* da página parecia o da versão antiga do Orkut, com o predomínio das cores preta e vermelha. Uma mensagem no topo da página dizia:

Bem-vindo ao Presas Noturnas, o ciberespaço de todos os góticos virtuais

Ele verificou o cabeçalho com o nome do assinante (Deus Noite) e a foto, que era similar àquela que Paul lhe apresentara. Trazia as informações comuns às redes sociais: dados pessoais, gostos, interesses e vídeos preferidos. Curioso, ele verificou a relação de amigos (que já passava de 1 200) e os grupos dos quais o amigo participava (que iam desde Sou Gótico com Orgulho a Adote um Novo Gótico). No canto direito inferior da tela estava a relação dos amigos conectados que poderiam receber mensagens instantâneas. Acima da foto do perfil, a relação de aplicativos que rodavam dentro do Presas Noturnas, que iam de Descubra Seu Nome Indígena até Receitas Diárias de Drinques Sangrentos.

– Isso tudo é realmente necessário? – perguntou Tony com curiosidade.

– Claro que não. O que acontece é que, com o tempo, entra muita coisa no perfil.

– "Receitas Diárias de Drinques Sangrentos"?

Paul deu de ombros.

– Eu gosto de tomar drinques com Martini vermelho-rubi. Que mal há nisso?

De repente, o rodapé da tela apresentou uma faixa vertical branca onde se lia:

O BOM FILHO À CASA TORNA. SEJA BEM-
-VINDO DE VOLTA, DEUS NOITE

– Eu não disse? – indicou Paul, aflito. – Esse desgraçado do Stoker controla o acesso de todo mundo! Parece estar conectado 24 horas por dia!

Tony clicou na faixa, que tinha um espaço para digitação, e escreveu:

Bom vê-lo também, Stoker. O que conta de novo?

– Que pensa estar fazendo? – perguntou Paul, preocupado.
– Dando espaço para esse bastardo se comunicar conosco. Vou me fazer passar por você.

Paul limpou a testa e falou:
– Espero que saiba o que está fazendo.

De repente, um pequeno *led* vermelho acendeu ao lado da *webcam* do *notebook*. Paul notou e gritou:
– Cuidado! Ele achou o endereço de IP e acessou sua câmera!

Tony olhou incrédulo para a tela e fez menção de sair da frente ou mesmo tapar o pequeno acessório na borda do *notebook*, mas antes de tomar alguma decisão outra mensagem apareceu.

VOCÊ NÃO É O DEUS NOITE. O QUE FEZ COM ELE?

Tony respondeu:

Você não sabe de tudo? Pois bem, descubra quem sou eu!

Imediatamente, o site recarregou e acusou que o *notebook* havia perdido o contato com a página. Paul observou tudo pasmo.
– Ele cortou o contato! O que significa isso?

Tony fechou o *notebook* com ar de satisfação.
– Aparentemente, nosso mafioso tem certos receios. Isso é muito bom.
– Em que sentido?
– Ele não é tão intocável quanto pensa ser. Talvez seja apenas uma questão de tempo até acharmos seu ponto fraco.

Capítulo 7
Reconhecimentos

> *Os pontos no tapete dizem:*
> *"Tudo a seu tempo,*
> *Vai achar seu caminho de volta para casa de novo"*
> *Mas eu estou cansada de esperar...*
> – Blackmore's Night, "No Second Chance"

O relógio de parede na sala dos CSAs marcava três da tarde quando Paul entrou, depois de passar mais uma manhã de puro estresse. Havia estado no funeral do chefe Nelson e sentiu o quanto o clima ficou pesado no laboratório. Todos aguardavam um comunicado das autoridades competentes sobre o que fariam para suprimir a falta do profissional, mas, até aquele momento, ninguém do alto escalão se manifestara. Sem dúvida, era cedo demais para fazer alguma coisa, mas, enquanto ninguém fosse designado, todos sentiam como se estivessem num barco à deriva.

Paul voltara ao laboratório há umas duas horas e seguira direto para a área de balística. Aproximou-se da câmera de água e disparou alguns tiros de festim para aliviar o nervosismo que sentia. Nem se preocupou, como era de praxe, em avisar que iria realizar alguns disparos. O local estava semivazio, pois todos receberam autorização para ir ao funeral e então decidir se voltariam ao trabalho ou se suspenderiam o expediente até o dia seguinte. Ouvira boatos de que o comissário Colin Wojak estava, naquele momento, trancado na sala dos diretores para designar quem seria o novo diretor de lá. Pelo jeito, a coisa ia longe, pois já haviam-se passado duas horas do horário do almoço, coisa quase sagrada para os peritos que lá trabalhavam sem descanso dia e noite, e ninguém saíra ainda da sala ou entregara qualquer declaração.

Foi então que teve a ideia de passar algum tempo na sala dos CSAs. O enorme recinto tinha apenas a mesa de reunião e as cadeiras estofadas. Esse era o local onde se encontravam todos os dias para receber suas tarefas do agora falecido Nelson e então entrar em ação. O clima solitário e isolado era um atrativo para Paul, que curtia, como quase todo gótico, momentos de solidão e reflexão. Mas mais do que isso, ultimamente ele se perguntava em que poderia ser útil na investigação do caso em andamento. Afinal, conhecia o ambiente e algumas das pessoas envolvidas. Nunca foi de querer se meter nos serviços dos CSAs, ainda mais agora que tinha um amigo nessa categoria, mas sentia que seu personagem, Deus Noite, poderia descobrir algo que a dupla encarregada do caso não conseguiria com suas identidades e credenciais. Queria pensar nisso. Não se animava em caracterizar-se de novo. Já fazia três ou quatro anos que decidira que não queria mais fazer parte do meio, mesmo ainda gostando de coisas góticas. Mas, depois da súbita morte do chefe Nelson, talvez fosse necessário voltar.

Assustou-se quando viu as paredes lotadas de *post-its*. Os pequenos papéis amarelos, azuis, verdes e de outras cores cobriam as paredes de alto a baixo com algumas linhas em cada um. Ele se aproximou e leu um. Algumas linhas retiradas de uma canção da banda Blackmore's Night, de Ritchie "Deep Purple" Blackmore. Foi ler outras e encontrou canções de bandas díspares entre si, que iam de Siouxsie and the Banshees a Motörhead, de Fleetwood Mac a Judas Priest, de ZZ Top a Ramones, entre muitas outras.

Foi quando Tony e Rod voltaram à sala. Conversavam entre si e quase nem perceberam a presença do perito na sala.

— Mas o que está acontecendo aqui? – perguntou Paul, observando-os.

Rod estava com os *post-its* na mão, e Tony, com um iPod com alto-falantes, que eram do atual parceiro. Os dois o cumprimentaram.

— Ainda estou tentando entender o ambiente onde estamos nos metendo – explicou Tony, ligando o aparelho e voltando-se para Rod. A voz de Candice Night saiu do aparelho de maneira suave. — Sem dúvida, essa banda tem músicas muito boas. Tem certeza de que é do mesmo guitarrista que fez "Smoke on the Water"?

— E como isso vai ajudar no caso em questão?

— Rod está me ajudando a entender um pouco das subculturas do rock. Esse é um método que me foi ensinado pelo meu parceiro no caso Methers. Ele acreditava, na época, que era possível entender as motivações dos suspeitos se conhecesse um pouco mais o clima e o ambiente do mundo do *blues*. Aqui, a coisa é um pouco diferente, mas o pensamento é o mesmo. Afinal, estamos com todas as indicações apontando para um mistério escondido em algum lugar do Madame Lilith. E lá são várias as tribos que se encontram.

Para Paul até fazia sentido. Não era de hoje que o amigo era muito viciado em trabalho; e ele não entendia nada quando o fator que envolvia as investigações era ligado à cultura e ao entretenimento. Mas fazer aquilo no dia em que enterraram seu chefe lhe parecia algo blasfemo ou uma afronta à memória dele.

– O que me intriga mais é esse relatório do legista – disse Rod, fixando a pasta nas mãos. – Se Mary e Lindsay foram drogadas, onde está a seringa, se foi injetável, ou mesmo a embalagem dos comprimidos? Não havia nada disso por lá.

Antes que Rod continuasse a divagar, Tony ouviu mais alguns versos de Candice Night e perguntou a Paul:

– Você sabe bem que não posso discutir os detalhes do caso com ninguém que não seja meu parceiro. Que você está fazendo aqui, Paul?

– Vim ver se posso ajudá-los de alguma maneira.

– Que maneira seria essa?

– Ressuscitando o Deus Noite. Sei que hoje é dia de metal no Madame Lilith. Tenho alguns amigos metaleiros que podem dar alguma dica. Eles podem dar informações sobre o local, e talvez muitas delas vocês não teriam como descobrir na qualidade de CSA.

Tony olhou desconfiado para o amigo.

– Está sugerindo participar das investigações como se fosse um infiltrado?

Rod levantou finalmente os olhos da pasta e disse, com um brilho nos olhos:

– E por que não? O personagem de Paul é bem conhecido a ponto de ter sido interpelado por Stoker quando vocês se conectaram ao Presas Noturnas. Talvez ele possa nos ajudar.

Tony se voltou para o parceiro, irritado com a perspectiva de colocar um amigo em perigo, coisa que abominava:

– Quebrar as regras e os protocolos de novo, sr. psicólogo? Nem mesmo sabemos quem irá nos dirigir a partir de agora. Como poderemos nos arriscar?

– Não estão se arriscando – rebateu Paul, puxando uma das cadeiras e retirando os *post-its* que estavam pendurados. – Pense bem, Tony. Agora, depois de você ter se conectado com minha senha, é importante que eu volte a aparecer no meio. Stoker sabe que era alguém que estava se infiltrando e provavelmente viu sua imagem quando acessou a câmera de seu *notebook*. Ninguém irá fazer nada contra mim. E se fizer, vocês dois estarão por lá. Ora, vocês são os analistas de campo, mas eu sou um perito interno. Se posso facilitar, por que não fazer?

Tony olhou para Rod ainda em dúvida, mas o psicólogo concordou com a cabeça e não falou mais nada. Suspirou e finalmente disse:

– Quanto tempo você demora para se... há... produzir?

– Mais ou menos uma hora.

– Tudo bem. Iremos para lá quando a casa abrir, ou seja, umas sete da noite. Talvez neste meio tempo possamos obter mais informações sobre o suposto assassino das duas moças, o tal Lemmy.

Paul parou de se mexer no momento em que ouviu esse nome. Passou a mão na testa e comentou:

– Lemmy? Alan Schmidt?

– Conhece o suspeito?

– Temos um histórico. O sujeito frequenta o local há anos. Uma vez, ele tentou me espancar violentamente porque, por acidente, fechei-o enquanto estava em sua motocicleta. O cara parece uma mistura do vocalista do Motörhead com o Motoqueiro Fantasma. Usa roupas que misturam os dois estilos. É considerado um dos mais violentos motoqueiros metaleiros. Então ele é ligado ao Stoker?

Antes que Tony pudesse responder algo, Rod levantou-se e acessou o terminal do computador da sala.

– Como fomos burros! – exclamou. – Ninguém encontrou os nomes que fornecemos nas buscas das compras recentes de remédios, mas ninguém também se lembrou de verificar se havia alguma aquisição de Rohypnol no nome de Alan Schmidt.

— Então o motoqueiro metaleiro seria mesmo um assassino sob o controle de Stoker? — perguntou Tony, incrédulo.

— Aposto meu diploma que encontraremos algo.

Os minutos seguintes foram bem tensos para Tony, Rod e Paul, até que o computador emitisse um sinal e mostrasse uma ordem de compra de Rohypnol feita para um laboratório farmacêutico de Dallas, no Texas, no nome do suspeito.

— Ninguém achou nada porque estávamos buscando uma compra local — explicou Rod. — É claro que, se mexermos com gente tão excêntrica, teremos de sair do escopo local. E com a internet, comprar coisas em outros estados e até em outros países é fácil demais!

Tony e Paul olharam-se por um instante. A sensação de que caminhavam no escuro parecia querer finalmente se dissipar.

— Vá se arrumar! — ordenou Tony. — Vou continuar meu processo de imersão na cultura roqueira e suas variações. Rod, vá até o consultório do dr. Mendes e atualize sua linha cronológica. E muito cuidado: se escutarem algo que se assemelhe com um bipe curto e fraco, saiam das salas imediatamente. Não quero ter de declarar para o governador do Arkhansas que nosso laboratório está comprometido mais uma vez.

Quando os dois saíram da sala, o pensamento de Tony voltou-se novamente para a canção na doce voz de Candice. A música falava em segundas chances e que ela estava cansada de chorar. Ele também estava cansado de ter na memória momentos ruins e arrependimentos por não ter salvado Jen. Estava mais do que na hora de reverter essa situação. E, quem sabe, conseguir a atenção da bela Cecile Burke. Para ele, era a chance de conseguir salvar Jen numa nova forma física.

Para Paul, tornar-se novamente Deus Noite era uma tarefa fácil. Porém, ele prometera a si mesmo que só faria isso em caso extremo. Ainda se lembrava daquela noite, anos atrás, quando Laverne, sua garota, foi morta por uma gangue de motoqueiros liderada pelo mesmo Lemmy que era agora um dos suspeitos no caso. Aquilo o encheu de uma dor que ele não esperava sentir. Na época, sonhava em se casar e continuar no estilo de vida gótico, com ele e ela fazendo parte daquele mundo estranho para sempre. Mas tudo acabara porque, em uma ocasião, o desgraçado do brutamontes metaleiro se engraçou com ela e a quis para si. Por conta disso, deu um soco em Paul tão forte que ele caiu no estacionamento do Madame Lilith, desacordado. Eles nunca andavam sozinhos, sempre estavam com sua turma de góticos. Afinal, para muitos, estar lado a lado com o Deus Noite era um privilégio. Porém, não era o que Lemmy pensava.

Enquanto ele jazia no chão, com o nariz quebrado e inconsciente, Lemmy tentou estuprar Laverne. Ela gritava o quanto podia, mas a casa noturna já havia fechado e Tim Burke não parecia estar por perto com sua calibre 32. Burke não estava por perto porque também era metaleiro? Ou seria por que ele também tinha medo de Lemmy?

Fosse como fosse, ninguém apareceu, e Laverne, uma garota linda de vinte anos, cabelos longos ruivos e curvas salientes, teve de se defender como pôde. Arranhou a cara do metaleiro com suas unhas longas pintadas de preto. Ele, nervoso, cobriu-a de pancadas com tanta violência que chocou até os peritos e CSAs encarregados do caso. Na ocasião, o motoqueiro metaleiro usara um soco inglês cheio de espinhos de ferro, que produziu um estrago ainda maior no corpo da garota. Mais tarde, foi constatado que Lemmy estava alcoolizado e que havia recebido, embora não se soubesse de quem, uma dose de estimulantes via venal. A seringa fora encontrada dentro do Madame Lilith, escondida num canto do salão principal, ainda com o sangue do motoqueiro. Laverne morreu naquela mesma noite e, quando Paul voltou a si, ficou tão chocado com o ocorrido que entrou em depressão durante um ano inteiro. Ao se recuperar, jurou não mexer mais com a identidade gótica e dedicou-se para ser perito interno do laboratório, atuando em duas categorias, a balística e a de acidentes de trânsito.

Mas agora os tempos eram outros. Sem que ninguém soubesse, Paul havia colocado todos os acessórios que o caracterizavam como Deus Noite numa espécie de baú, que guardara no salão de balística, próximo às câmaras de água onde disparavam as armas. Sentia que, mais cedo ou mais tarde, teria de se livrar de todas aquelas lembranças de uma só vez. E queria manter os pertences de sua outra vida por perto. Que lugar melhor para ocultá-los do que seu local de trabalho? Ele havia feito isso logo em seu primeiro dia na nova ocupação, esperando assim trazer para sua nova função um pouco da sorte que teve como personalidade gótica.

Os recentes acontecimentos e o fato de Tony, seu mais novo amigo, estar se sentindo perdido ao lidar com o caso levaram-no a reconsiderar se tornar mais uma vez seu *alter ego* para poder ajudá-lo. E as forças do destino colocam na linha de frente ninguém menos que Lemmy, o assassino de Laverne, que ainda não havia sido preso. Paul considerou aquela a chance de conseguir sua vingança. Sabia que, se houvesse mesmo uma ligação entre seu inimigo e o elusivo Stoker, a situação poderia ser feia. Mesmo assim, sentia que estava preparado para tudo e que queria ver o motoqueiro apodrecer numa cadeia.

Ele foi até o depósito na balística e trouxe o baú, peça com uma tampa trabalhada, toda preta, com detalhes em verniz. Abriu o cadeado com a chave que tinha em seu molho particular e retirou a tampa. Lá estavam elas, suas roupas estilo vitoriano, sua peruca de cabelos compridos, as lentes de contato amarelas, seu vidro de *pancake* e os acessórios de pintura de rosto. Respirou fundo e decidiu que Deus Noite voltaria para mais uma noite.

– Onde ele está? – perguntou Tony, impaciente. – Já são sete horas. Ele disse que demoraria só uma hora para se arrumar.

Ele e Rod estavam no estacionamento do laboratório. Tony passara a tarde toda imergindo nas várias músicas indicadas por Rod e lendo artigos na internet sobre as mais variadas tribos urbanas: surfistas, *teddy boys*, motoqueiros, *beatniks*, *greasers*, *bodgies* e *widgies*, hippies, hooligans, mods, ton-up boys and girls, rude boys, skatistas, *skinheads*, headbangers, preppies, punks, suedeheads, cyberpunks, góticos, *new age*, psychobillies, soulboys, straight edges, clubbers, rivetheads, traceuses, pit-boys, emos...

Agora, ele sentia-se super atualizado e capaz de saber as principais diferenças entre cada um desses grupos, suas músicas e seus comportamentos. E, mais do que tudo, ele queria saber o que havia atrás da misteriosa porta no Madame Lilith – a porta que seria revelada com a chave que seu tio Colin lhe dera.

Rod checava o carro, que parecia estar sem gasolina, e comentou:

— Vou precisar encher o tanque. Gastei mais do que devia esses dias. Espere por ele aqui que já volto.

— Rod!

O cara de coruja voltou-se para o parceiro. Viu nitidamente o medo estampado em seus olhos.

— Pelo amor de Deus...

Rod sorriu e o tranquilizou.

— Se vir alguma coisa suspeita, envio uma mensagem com o código 911. Ok? Depois, o posto de gasolina é apenas a dois quarteirões. Fique sossegado.

Enquanto o carro saía de sua vista, Tony observou a queda da luz ambiente. Ao mesmo tempo, brigava consigo. Queria resolver o caso, sentia que devia isso à memória do chefe Nelson. Mas não tirava a imagem de Cecile, ou melhor, Siouxsie, da mente. Imaginava se toda gótica era tão atraente assim. O doce perfume de baunilha que sentia emanar de seus cabelos negros era intoxicante, e ele ansiava por uma oportunidade a sós com ela.

Nem percebeu uma presença atrás de si. Apenas escutou uma voz tenebrosa:

— Volte-se, mortal, e contemple a evolução da vida nas trevas da noite!

Tony não acreditava no que via. A imagem da foto que Paul lhe mostrara não era absolutamente nada comparada à original, à sua frente. O terno preto em estilo vitoriano, a gola de babados, a camisa cinza, a gravata na mesma cor quase desaparecendo, os cabelos compridos, as lentes de contato amarelas, a enorme cartola, a bengala com cabo de morcego, as botas de couro e um lenço vermelho no bolso do paletó. Aos olhos de Tony, Paul parecia algo saído de um show de fantasias que tinha mais lugar durante o Carnaval no Rio de Janeiro do que num ambiente gótico nos Estados Unidos.

— Oh, meu Deus! — exclamou, reprimindo a risada.

O dândi que estava na sua frente em nada lembrava o *nerd* perito com quem fizera amizade. Ele inclinou levemente a ponta da cartola, fez um gesto discreto com a cabeça e sorriu, mostrando os caninos afiados.

— Deus Noite ao seu dispor, mortal!

— Paul, você está... Como direi...

– Ridículo? Patético? Engraçado? Caricato? Todas as anteriores?

Tony ainda se sentia constrangido em admitir que aquilo era terrivelmente engraçado. Já havia visto na internet fotos bem caricatas de *headbangers, beatniks, greasers*. As pessoas de cada tribo usam acessórios típicos de cada cultura. Mas as imagens que ele viu eram de pessoas com idade por volta de cinquenta e sessenta anos. Paul tinha meros 35. A seu ver, era algo caricato o suficiente para rir. Mesmo assim, em consideração ao amigo, reprimiu a risada.

– Bem, se isso realmente funciona no meio do Madame Lilith, vamos em frente. Mas como você consegue enxergar alguma coisa com essas lentes amarelas?

Paul, ou melhor, Deus Noite esfregou levemente os olhos em resposta.

– Não é fácil. Comprei há anos no Centro do Rock, uma galeria com lojas que vendem apenas acessórios desse tipo. No começo, elas embaçam um pouco, mas quando você se acostuma, são ótimas para filtrar a iluminação ambiente.

– Não vai parecer um tanto estranho você aparecer assim numa noite metaleira?

Os olhos de Paul quase delataram seus pensamentos. O rosto de Laverne novamente invadiu sua mente.

– Eu conto com isso, meu amigo. Se é para reaparecer depois de tantos anos, que seja com estilo!

Tony reprimiu mais um riso e chegou a se sentir na companhia de um transformista ou algo parecido. Levou em consideração o fato de que não conhecia aquele meio e reprimiu seus pensamentos.

– Onde está o cara de coruja? – perguntou Paul, ainda esfregando os olhos e pingando soro fisiológico neles.

– Foi colocar gasolina no carro.

– No posto aqui perto?

– Pelo menos foi o que ele disse.

Imediatamente, Paul lembrou-se dos vídeos que assistira naquela mesma tarde, antes de falar com os dois CSAs, das câmeras que registraram o acidente do chefe Nelson. Lembrou-se do Maserati que vira e que, com certeza, seria do perseguidor que encurralara o chefe.

– Acho melhor irmos até lá – disse Paul, empurrando Tony com a bengala.

– Por quê?

– Não gosto da perspectiva de deixar qualquer um de vocês sozinhos.

Quase como numa reposta aos piores medos de Paul, ouviu-se nitidamente tiros sendo disparados e gritos periféricos. A proximidade dos demais edifícios e construções faziam os barulhos ao longe ecoarem.

– O que foi isso? – perguntou Tony.

Seu *smartphone* tocou, e a mensagem *911* logo estava na tela, piscando.

– É Rod! – gritou Tony, saindo em disparada e fazendo um sinal para Paul segui-lo. – Está com sua arma aí?

O interior da bengala era oco e dele saiu, pelo topo, uma pequena pistola.

– Vamos em frente! – gritou Paul.

Correram pelos dois quarteirões com a sensação de que fossem dez. Os gritos se faziam mais altos e os tiros também. Tony temeu que fosse um novo ataque. Ao chegarem ao local, viram o carro de Rod parado e, atrás dele, o próprio cara de coruja, atirando contra o mesmo Maserati de vidros pretos que Paul vira nos vídeos do acidente, parado do outro lado da rua e com um dos vidros ligeiramente abaixado.

– É o mesmo carro envolvido no acidente! – gritou Paul, começando a atirar e se posicionando atrás de uma banca de jornal fechada. – Vá ajudar Rod!

Esgueirando-se o máximo que pôde, Tony conseguiu chegar ao carro parado e se juntar ao parceiro.

– O que é isso? – perguntou Tony.

– Parei para colocar gasolina, saí do carro e esse estúpido parou o Maserati e abriu fogo contra mim sem aviso nenhum!

Enquanto isso, Paul sentiu que seu inimigo poderia estar lá. Correu pelo outro lado da rua até ficar próximo ao carro. Conseguiu verificar que havia alguém lá dentro, um homem careca com o que parecia ser uma jaqueta de couro preta e uma bandana.

– Polícia de Little Rock! – gritou. – Largue a arma!

O homem parou de atirar, virou-se para o lado do passageiro e abriu um pouco a janela. Não precisou muito para confirmar seus piores temores. A mesma cara cheia de cicatrizes de brigas de bar, o mesmo que matara Laverne estava lá.

– Lemmy! – exclamou Paul.

– Uma última dança, antes de encerrarmos nossa novela, hein, Deus Noite?

Um pequeno pacote foi lançado pela janela, e o Maserati acelerou até fugir das vistas de todos. Quando Paul o abriu, viu que era um pedaço de rim humano e um de tecido azul escuro, que o perito reconheceu como sendo o da roupa de Laverne na noite em que ela morrera.

Capítulo 8
Dúvidas

> *Por crimes e violência no palco*
> *Por ser um pirralho malcriado se recusando*
> *a agir conforme sua idade*
> *Por todos os cidadãos decentes que você enfureceu*
> *Você pode ir para o inferno*
> – Alice Cooper, "Go to Hell"

— Ok, ok! Essa não deu para entender! – observou Paul "Deus Noite" no banco de trás do carro a despeito dos acontecimentos recentes. – Como eles sabiam que este carro era o dos CSAs encarregados do caso Watley-Willigam?

Estavam finalmente a caminho da casa noturna de Tim Burke. Milagrosamente, o carro de Rod havia sofrido apenas alguns arranhões no tiroteio. Por pouco, Paul não havia atirado contra o Maserati e acertado a cabeça do assassino de Laverne. Mas essa informação era algo que ele revelaria apenas no tempo certo. Não queria atrapalhar a investigação de Tony e Rod, que já tinham muito o que processar.

— Meu palpite, meu caro Deus Noite, é que alguma das minicâmeras que ainda estão no Madame Lilith seguiu-nos ontem até o estacionamento e registrou meu carro. Com o número da placa, é fácil acessar um banco de dados seguro e obter uma confirmação. Daí, mandar um capanga nos dar um recado foi fácil.

Tony estava quieto até então. De repente, virou-se para trás e encarou o amigo gótico.

— O rim era o pedaço que estava faltando do cadáver de Lindsay Willigam. Esse Lemmy mandou-o exatamente como mandaram um pedaço do mesmo órgão para a polícia inglesa quando das investigações do caso do Estripador. Isso confirma a desconfiança de Rod sobre o responsável nos passar uma mensagem.

— E qual seria? – perguntou Paul, sentindo um arrepio percorrer suas costas.

Rod deu de ombros e disse com a voz bem calma:

— Provavelmente: "Eu posso fazer tudo o que quiser. Pegue-me se puder". Na verdade, faltou colocar no pacote "Do Inferno".

— O que nos leva ao outro item – observou Tony. – Rastreei rapidamente aquele pedaço de tecido azul. O pessoal do almoxarifado de casos antigos me ajudou nisso. É de um caso não resolvido há algum tempo, o assassinato de uma garota chamada Laverne Watkins. O que você sabe sobre isso, poderoso Deus Noite?

Paul amaldiçoou os dons dedutivos de Tony e ficou quieto. Disse apenas:

— Prefiro não falar sobre isso agora.

— É certo deduzirmos que você conhece Lemmy há algum tempo e que teve uma ligação com essa garota Laverne?

— Sim, é. Mas acredite: agora não adianta falar sobre isso. Basta vocês saberem que ela era minha garota nos áureos tempos em que Deus Noite frequentava todos os eventos do submundo gótico de Little Rock.

Rod entendeu e logo acrescentou:

— Se Lemmy trouxe algo para atormentar você, só pode, de alguma maneira, saber que você está ligado a nós. Ele deve ter ido atrás de mim ou de Tony por causa do carro e depois iria deixar o pacote no laboratório ou mandar entregar para alguém. Ele está chamando-o para uma revanche ou algo assim. Ele quer vingança. Ou, quem sabe, terminar o trabalho que deixou incompleto com você e sua namorada.

Paul espantou-se. Não contara a história da morte de Laverne e mesmo assim parecia que Rod sabia de algo. Tomou coragem e contou tudo para os dois. Os CSAs escutaram em silêncio, e Rod concordou com a cabeça.

— Sim, cada vez mais me convenço de que ele quer vingança. Coincidência ele estar trabalhando para o tal Stoker?

— Precisamos verificar tudo – observou Tony, taciturno. – Se houver algo que ligue Burke e Stoker, precisamos desmascará-lo. E mais do que tudo: se Lemmy estiver lá, precisaremos pegar uma amostra de DNA qualquer dele para fechar de vez a questão da identificação que a área de vestígios encontrou nos cadáveres de Mary e Lindsay.

– Vocês já tem na cabeça o que pode ter acontecido, não tem? – notou Paul, curioso.

– Mais ou menos – confirmou Tony. – Rod e eu conversamos longamente sobre isso e temos já um retrato preliminar.

– Cada vez mais me convenço do envolvimento de Stoker – concordou Rod. – O problema ainda está no desenho do perfil criminal dele. Uma coisa está me incomodando: como traçar esse perfil se nosso suspeito é um *hacker* elusivo que não aparece em lugar nenhum e se esconde por completo?

– Nem mesmo sabemos se ele é ele – observou Tony, taciturno. – Pelo que podemos concluir, ele é bom em manipular. E se for uma mulher?

Tony colocou a mão no bolso e retirou a misteriosa chave entregue por seu tio. Observou-a por alguns instantes e passou a mão no centauro.

– Algo me diz que há muito o que explorar naquela mansão. E, talvez, o que descobrirmos nos ajude a finalmente colocar uma ordem nesse caos.

Guardou a chave antes que Paul percebesse o artefato. Ligou o som, e uma estação de rock clássico tocava Alice Cooper.

– "Go to Hell"? – perguntou Tony, curioso. – Letra curiosa, mas sinceramente, não fala coisa com coisa, não acham?

– Isso porque você não conhece a história da música – observou Paul. – É de um álbum que ele lançou em 1977, chamado *Alice Cooper Goes to Hell*. É o segundo álbum dele depois que se livrou da banda de mesmo nome que o acompanhou em todos os trabalhos anteriores...

Enquanto Paul explicava para Tony, Rod observava a paisagem que passava. Respirou fundo e pensou que deveria na verdade rezar para que não estivessem literalmente indo para o inferno. Vinha de uma família irlandesa católica e sabia que sua religião poderia até mesmo ser um empecilho em seu relacionamento com os norte-americanos. "Que Deus nos ajude, mas acho que temos muita sujeira para desencavar até que tudo termine. Temo por Tony. É hora de enviar um relatório para o dr. Mendes e perguntar a opinião dele."

O carro parou no estacionamento da enorme mansão por volta das onze da noite. As luzes intensas e o barulho indicavam que a noite estava bem agitada. Tony pensou que era ótimo a casa noturna estar num terreno relativamente isolado do resto da cidade, pois a lei do silêncio deveria ser bem rígida e provavelmente os vizinhos reclamariam do barulho. E, pelo jeito, hoje tinha alguma banda cover se apresentando. Ele pensava no cheiro e no calor de Siouxsie e ansiava tanto vê-la que parecia um adolescente.

Paul encarou o Madame Lilith com temor. Fazia exatamente seis anos desde que deixara a cena gótica e se "aposentara". Nem sabia se poderia ter efetivamente alguma influência se alguém o reconhecesse. Mas era um risco que precisava correr. E agora que aproveitara o caminho de ida para contar a história de Laverne para Tony e Rod, sentia-se mais leve. Mas nem por isso deixava de ser precavido: havia retirado do laboratório alguns pequenos apetrechos que seriam úteis caso um dos dois conseguisse alguma pista.

Rod estacionou o carro e saiu apreensivo. Mil pensamentos passavam ao mesmo tempo por sua mente. O que haveria por trás da porta da chave do centauro? E se Lemmy estivesse por lá, esperando numa tocaia? Seriam os Burke, tanto o pai quanto a filha, realmente confiáveis? E se tudo isso implicasse de maneira séria para o comissário Wojak? Sabia que, se aquilo acabasse bem, poderia usar os elementos para escrever um novo livro. Nunca havia pensado em investir num livro policial, mas talvez tudo aquilo fosse o caminho a seguir. Precisaria consultar seu agente, mas com certeza guardaria todos aqueles fatos na cabeça o máximo possível.

Paul parou na metade do caminho. Pareceu, por momentos, estar indeciso se realmente devia aparecer caracterizado numa noite metaleira. Rod parou a seu lado e colocou a mão em seu ombro, sussurrando:

– Vamos nessa. Não pense, apenas aja.

Com um enorme suspiro e um olhar de aprovação de Tony, os três subiram as escadas da entrada e deram passos confiantes. O ar abafado, o cheiro de cigarro e de cerveja, as luzes verde e branca dos tetos e as garçonetes que passavam anotando os pedidos das mesas davam um ar agitado ao local. No palco, localizado no salão principal, estava a banda, apropriadamente chamada Alice Cooper Cover. O vocalista, que imitava a fase horror dos shows de Alice, berrava a letra da mesma música que ouviram no carro com o que parecia ser uma jiboia no pescoço.

— Deus! – disse Tony, tentando se fazer ouvir. – Isso é de verdade?
— Aparentemente sim. – respondeu Rod. – Interessante, não?

Mal haviam notado a banda quando, do meio de uma multidão de pessoas que dançavam na frente do palco com roupas desbotadas, calças com joelhos rasgados, coletes de couro e faixas nos pulsos com espinhos de metal, apareceu Siouxsie, andando de um lado para o outro, com uma bandeja nas mãos. Ela parou, orientou algumas garçonetes e então viu os dois CSAs. Aproximou-se deles e, antes que pudesse cumprimentá-los, berrou:

— Meu Deus! Não pode ser! É você mesmo?

Agarrou Paul como se não o visse por anos. Tony entendeu que ela o reconhecera em sua identidade gótica.

— Eu mesmo, mortal! Há quanto tempo! Como vai, Siouxsie?

— Tentei tantas vezes contatá-lo pelo Presas Noturnas, mas seu perfil parecia estar desatualizado, quase abandonado! Papai vai adorar revê-lo!

Ela então se conscientizou dos demais e corrigiu-se cumprimentando-os. Olhou principalmente para Tony e disse:

— CSA Draschko! Pensei que você fosse me interrogar quando fomos ao seu laboratório. Bom vê-lo por aqui!

Tony estava sem palavras. Só vira Siouxsie uma vez, mas já sentia que havia uma conexão entre eles.

— Bem, não poderia perder a oportunidade de revê-la. Principalmente porque temos mais alguns assuntos para tratar com seu pai.

— Mesmo? Espero que não tenha vindo aqui só para isso. Sei que vocês perderam seu chefe num acidente de carro e por isso nem pensei que hoje poderia vê-lo. Mas o que o traz aqui?

Antes que pudesse responder, um grupo de oito garotas metaleiras vestidas de preto com cabelos compridos se aproximaram de Rod, olhando-o e rindo.

— Com licença... – disse uma delas, a menos envergonhada. – Você por um acaso não é Roderick Benes, o escritor de *sci-fi*?

Tony se divertiu com a cena. Paul observava as metaleiras com interesse. Siouxsie aproveitou e apresentou-o:

— Ele é CSA também, garotas. Além de um ótimo escritor, luta contra o crime no laboratório de nossa cidade!

Era a primeira vez que viam uma cena de tietagem que envolvesse Rod. Tony achou cômica a situação, principalmente porque Rod sempre se mostrava dono da situação e dessa vez fora totalmente pego de surpresa.

— Oh, por favor, venha tomar um drinque conosco! — disse a garota, toda sorriso. — Nós temos um clube de leitura e faz exatamente uma semana que lemos *A Dança das Máquinas*.

Rod sorriu sem graça e disse:

— Bem, é outro de meus títulos bem famosos e comentados. Eu sempre achei que ele falava diretamente com o público metaleiro.

Elas começaram a puxá-lo em direção à mesa que ocupavam. A música terminara, e a banda deu um intervalo. Tony sorriu e disse:

— Pode ir. Assim que tiver algo para lhe dizer, eu o chamo.

Mal Rod sentara-se à mesa com as garotas, outro grupo aproximou-se e interrogou Paul perguntando se ele era "o lendário Deus Noite". O perito-gótico sorriu e piscou para Tony.

— Pelo menos agora tenho certeza de que meu personagem ainda tem a influência que eu queria!

Tony respirou aliviado ao ver que também Paul estava entretido em sua tietagem e de repente viu-se sozinho com Siouxsie.

— Muito ocupada hoje?

— Não muito. As garçonetes dão conta do recado. Precisam apenas de alguém que as supervisione. E essa é a minha tarefa.

— Queria mesmo falar com você. E a sós.

Siouxsie sorriu. Sua maquiagem não estava tão carregada, então Tony pôde apreciar melhor sua beleza.

— Você não precisa estar envolvida com Stoker — disse ele, passando a mão no rosto dela. — Seja lá o que ele fez com você, podemos consertar isso antes que seja tarde demais.

Ela sorriu de maneira envergonhada e acrescentou:

— Você também me atrai, se é isso que está tentando me dizer. Eu não tenho muito a ver com Stoker. Apenas facilitei a entrada dele aqui porque ele ameaçou atormentar meu pai.

Tony considerou a revelação e perguntou:

— Faz ideia do que tanto ele queria a ponto de ameaçar seu pai?

— Ele procurava um apetrecho aqui. Algo que ele quis por muito tempo e que pertencia à Ordem do Centauro.

O nome fez com que Tony sentisse um choque pelo corpo.

— Ordem do Centauro? O que é isso?

Siouxsie olhou para os lados antes de continuar.

— Parece que, há alguns anos, os cidadãos mais proeminentes de Little Rock criaram uma espécie de grupo, responsável por proteger seus maiores segredos. Batizaram-no de Ordem do Centauro porque era uma referência à antiga família dos Braskles, os donos desta mansão, cujo brasão era o de um centauro, antes que ela fosse passada, via testamento, para meu pai, filho adotivo. Ninguém sabe onde está o legado deles.

— Pelo que eu saiba, seja lá o que for, foi seu pai quem escondeu o legado dessa ordem aqui.

Mostrou a ela a chave de seu tio Colin. Ela olhou extasiada para o objeto e exclamou:

— Então o legado existe!

— Aparentemente...

— E seria isso que Stoker tanto quer? Mas o que é?

Ele colocou de novo a chave no bolso e disse:

— Por isso preciso de você. Seu pai sabe onde está a sala. E você é da casa, por assim dizer. Venha comigo e descobriremos juntos!

— Mas onde procurar? Esta mansão é enorme!

— Seu pai não pode simplesmente revelar?

— Uma vez, perguntei a ele o que era a Ordem do Centauro. Ele me fuzilou com o olhar e disse que não era coisa para crianças. Nunca mais perguntei nada sobre isso para ele. Isso, seja lá o que for, o deixa nervoso.

Tony olhou Siouxsie e respondeu:

— A casa está cheia. Seu pai nem vai notar sua ausência, pois, como você mesma admitiu, agora sua tarefa é administrar as garçonetes. E eu preciso de uma guia. Vamos desvendar isso juntos!

— E seus parceiros?

Tony olhou a tietagem do grande autor e do personagem gótico...

— Estão curtindo a noite. Se descobrirmos algo, eu mando um torpedo para eles. Vamos lá!

Siouxsie sorriu maliciosa. Adorava a perspectiva de se aventurar com um desconhecido atraente nos corredores do Madame Lilith. Também apreciava a perspectiva de conseguir alguma coisa que acabasse com o medo que tinham do que Stoker poderia fazer com eles. Tomou a decisão, correu para o balcão, entregou a bandeja, falou alguns segundos com uma mulher loura que atendia por lá e voltou animada.

— Muito bem, por onde começamos?

— Você que manda!

Ela fez um sinal e ambos lançaram-se de novo entre a multidão que dançava agora ao som dos grandes sucessos de Alice Cooper. Passaram por partes do salão com sua *memorabilia* até uma pequena entrada na parede que era uma escada descendente. Passaram por dois lances até se verem numa parte da mansão que tinha várias salas: depósitos, escritórios, despensas e até vestiários e quartos para funcionários que precisassem passar a noite por lá. Foram para outro canto do andar e passaram por um novo lance de escadas que dava numa pequena antessala, de onde se viam cinco portas.

— Papai mantém esta ala da mansão fechada. Nunca veio aqui e proíbe este acesso a todos os funcionários.

As portas das salas eram de carvalho do tipo bem pesado. As fechaduras pareciam ser antigas.

— Sim, de fato, o tipo de fechaduras pode ser o mesmo da chave.

Observou cada uma minuciosamente e então entendeu que precisaria tomar certos cuidados. Meteu as mãos no bolso da jaqueta *jeans* que usava e retirou dois pares de luvas de látex. Entregou um para Siouxsie e disse:

— Ponha-as. Se vamos bancar os invasores sem um mandado de busca, é melhor não deixarmos vestígios. Isto é, se conseguirmos abrir uma dessas portas.

Rod estava agora um pouco mais solto na presença de suas fãs. Era uma situação bastante estranha, apesar de ele estar acostumado a frequentar ambientes diversos e ser reconhecido como escritor. Afinal, já aparecera em pelo menos quatro *talk shows*, alguns programas de rádio e fora capa de algumas revistas, mas nunca se acostumara com a presença de fãs declarados. E ainda ter a sorte de ter um grupo de oito garotas lindas e metaleiras, todas pedindo autógrafo e discutindo com ele sua obra...

— Calma, meninas — disse ele, sem tirar o rosto dos papéis que elas lhe estendiam. — Há o bastante para todas.

Elas riam alto e passavam a mão em seus cabelos. Discutiam com ele pontos de seus livros enquanto davam seus nomes para que ele escrevesse uma dedicatória. Seu instinto de psicólogo logo gritou que havia algo meio deslocado por lá. Afinal, estavam numa casa noturna badalada, e as meninas pareciam ter por volta de vinte, vinte e cinco anos. Então por que não havia mais homens acompanhando-as?

— Então você gosta de máquinas? — disse uma delas, atrás dele. — Gostaria de ver umas que desenhei? Alguns dizem que tenho talento!

Rod ia responder quando, de repente, sentiu um pano contra o rosto com o que parecia ser uma solução de clorofórmio. Ele começou a se agitar e a querer agarrar qualquer coisa para se livrar, mas a garota que o agarrava por trás era muito forte e ele, que não estava acostumado com o esforço físico, terminou por se render e pender a cabeça. A garota o olhou com ar superior e pegou seu celular. Mandou o torpedo:

Um já foi pego. Falta o segundo.

Tony testava as fechaduras com a chave. Siouxsie observava extasiada. Nem fazia ideia do que poderia haver atrás daquelas cinco portas, mas, com certeza, o legado da Ordem do Centauro estava lá em algum lugar.

— Mais rápido! — apressou ela.

— Não dá. Estas fechaduras, pelo jeito, são antigas e parecem um tanto enferrujadas por dentro.

— Quer que vá buscar algo como óleo de cozinha?

— Não. Não precisa. Se quisermos mesmo invadir isto aqui, devemos tomar cuidado para não deixar nada que nos incrimine.

— Somos então bandidos? Ou estamos usando o conhecimento dos peritos para realizar o crime perfeito?

Ele sorriu e olhou-a nos olhos. Deixou seus instintos agirem e, em poucos segundos, estavam se beijando. Foi uma troca de energia incrível, e Tony entendeu que ela estava tão atraída por ele quanto ele por ela.

Paul se divertia com seu grupo de tietes. Dava autógrafos com um pincel atômico nos seios de cada uma e completava:

— É isso aí, meninas! Se quiserem nas noites góticas conhecer um pouco mais desse fantástico mundo, basta me procurar. O nome Deus Noite abre muitas portas.

De repente, uma voz de homem se fez ouvir por trás:

— A única porta que você vai abrir aqui é aquela que vai salvar sua pele para que não se junte à sua amada Laverne.

Paul espremeu os olhos, pois as lentes de contato amarelas ainda o incomodavam. Mas sentiu o cheiro do colete de couro de longe. Lemmy lá estava, com um chapéu de *cowboy* na cabeça e calça de couro com *patches* de diversas bandas remendadas nela. Ele sentiu-se tenso como um gato pronto a entrar em uma briga para defender seu território.

— Vamos terminar isso de vez, Deus Noite?

— Aqui não é o lugar, desgraçado. Agora eu sou da LRPD e posso prendê-lo!

Lemmy sorriu. Seu cavanhaque dava-lhe um ar satânico, e ele queria atacar o mais rápido que pudesse. Mas, em vez disso, apenas ordenou:

— Prendam-no!

Imediatamente, as garotas sacaram de suas bolsas algemas e prenderam o perito gótico na cadeira.

— O que significa isso? Solte-me!

Ele aproximou-se do prisioneiro e levantou sua cabeça.

— Entregue a chave.

— Que chave?

Lemmy deu um tabefe no rosto de Paul. A peruca caiu no chão, e a mão do agressor ficou cheia da maquiagem que o gótico usava.

— Você não tem poder de prender ninguém, idiota! Eu tenho! E agora você é meu prisioneiro, perito de araque!

Lemmy colocou um soco inglês com pontas de metal e deu vários socos no rosto de Paul. Gotas do sangue e pedaços de pele caíam nos rostos das garotas, mas elas não fizeram nem mesmo um único sinal para que ele parasse. Quando Paul caiu desacordado, Lemmy fez um sinal para uma das garotas, que sacou seu celular e enviou a mensagem:

O segundo também foi pego. Estamos caindo fora.

Após o beijo, Tony e Siouxsie olharam-se sem graça. Ela riu um pouco e confessou:

– É melhor voltarmos ao trabalho!

A penúltima porta foi a que aceitou a chave. Tony, excitado pela expectativa da descoberta, girou e abriu-a. Um odor forte de mofo invadiu as narinas. Siouxsie achou o interruptor e acendeu a luz.

As paredes estavam cobertas de alto a baixo por fotos antigas emolduradas que mostravam pessoas diversas em paisagens diversas. Era como uma galeria com quadros nas paredes. Tony aproximou-se e levantou uma das fotos. Atrás de cada uma havia um cofre de parede. Mas nenhum, talvez pela idade ou pela falta de uso, fechava. Ele abriu um deles e verificou o conteúdo.

– Documentos de todos os tipos relacionados às famílias mais tradicionais de Little Rock – comentou ele, enquanto passava as pastas para Siouxsie.

– Mas que valor pode ter isso?

– Talvez burocrático, talvez administrativo, não sei direito. Mas com certeza ajudaria muito alguém que quisesse manter uma rede de tráfico de influência.

De repente, o celular de Siouxsie tocou. Ela atendeu. Era seu pai. Ela falou com ele por alguns instantes e então desligou.

– Temos de deixar isso para outra hora. Algo aconteceu com seus parceiros. E meu pai recebeu outro torpedo de Stoker falando sobre isso.

Capítulo 9
Conforto

> *Iremos saber pela primeira vez*
> *Se somos maus ou divinos*
> *Nós somos os últimos da fila*
> – Dio, "The Last in Line"

Tony ouviu o relato de Tim Burke e de mais alguns colegas deste, que contaram o que aconteceu no salão principal do Madame Lilith. Buscou a gravação das câmeras de segurança e levou-as para o laboratório. Foi com o carro de Rod, que havia deixado as chaves no local onde fora sequestrado. Como sinal deixado por Paul, havia apenas a bengala com o cabo de morcego, que também foi levada para o laboratório para que os técnicos pudessem extrair impressões digitais.

– Você precisa de descanso – disse Siouxsie, que não desgrudou um minuto do lado dele. – Está exausto. Este caso está literalmente matando-o.

– Os dois! – exclamou ele, inconformado. – Levaram os dois! E debaixo do nariz de todos nós, inclusive de seu pai. Como isso pôde acontecer?

Burke havia pedido um milhão de desculpas, mas a enorme mansão requeria cuidados permanentes e ele precisara se afastar constantemente para verificar se estava tudo bem em diversas partes. Pelas imagens das câmeras, muitas das supostas garotas que participaram do sequestro dos dois conseguiram entrar porque eram amigas ou conhecidas das garçonetes de lá. Siouxsie se sentiu terrivelmente culpada pela situação, afinal, as garçonetes eram contratadas e administradas por ela.

O relógio marcava três horas da manhã. Siouxsie teve de voltar com o pai para a mansão a fim de fechar o estabelecimento. Deu um longo beijo apaixonado em Tony e acrescentou:

– Não fale sobre o que vimos na sala da Ordem do Centauro. Vamos discutir isso depois.

Tony concordou. A prioridade era encontrar Rod e Paul. O misterioso conteúdo dos cofres da sala seria analisado mais tarde. Ele repassou algumas instruções para os técnicos do turno da noite e voltou a seu apartamento. Após falar alguns instantes com o dr. Mendes em ligação internacional, apelou para um comprimido de ansiolítico para que pudesse dormir. Mesmo assim, o sono demorou pelo menos duas horas para vir. Quando finalmente chegou, a luz do dia já invadia seu pequeno quarto. E, mesmo assim, Morpheus não lhe deu um sono restaurador. Constantemente, ele via e revia a cena dos companheiros, seu amigo e seu parceiro serem atacados e dominados por mulheres disformes vestidas de preto e que gargalhavam a cada golpe que neles desferia.

Ainda sonhava quando um barulho o fez ficar em alerta e logo estava naquele estado entre o acordado e o dormindo. Uma nova batida na porta e então ele teve a certeza de que ouvira algo. Olhou para o relógio em sua cabeceira. Já era meio-dia. Pulou da cama e sacou seu revólver, pronto para atirar. Aproximou-se com cuidado da porta e perguntou:

– Quem está aí?

O sotaque brasileiro não deixou dúvidas:

– Sou eu, Tony. Seu tio. Abra a porta.

Ele abriu a porta e logo a figura do comissário Wojak estava olhando-o com ar reprovador.

– Meio-dia. Estamos lotados de coisas para fazer e ainda na cama?

Ele entrou e fechou a porta. Tony não sentia vontade de discutir nada com ninguém, muito menos com seu tio. Sem responder, dirigiu-se para a cozinha e começou a preparar o café.

– Já sei de tudo o que aconteceu ontem à noite. Como pôde deixar que tal coisa ocorresse com seu parceiro e seu amigo?

Tony voltou-se sentindo os nervos aflorarem. Por mais que amasse seu tio e fosse agradecido por tê-lo tirado de uma vida de incertezas no Brasil após a morte de seus pais, havia coisas que não suportava nele. A mania que ele tinha de dar broncas sem sentido como essa era uma delas.

– Nós nos separamos naquela maldita mansão. E tudo porque os dois tinham tietes e se renderam a elas. Como posso mandar na vaidade dos outros?

— E o que você estava fazendo?
— Procurando a sala cuja porta era aberta por sua chave. Aquela do centauro, lembra?
— E a encontrou?
— Sim. Agora, já que estamos nesse assunto, é hora de ter algumas explicações. O que é a Ordem do Centauro? Que fotos são aquelas nas paredes? O que escondem os cofres?

Colin Wojak sentiu-se acuado, mas ao mesmo tempo sabia que seu sobrinho necessitava de todos os dados possíveis. Foi assim desde que ele resolveu o caso Methers. Afinal, para se pintar um quadro, é necessário ter todos os elementos.

— Não quis tirar as digitais?
— Para que iriam servir? Há anos não entra ninguém naquela sala.
— E como você sabe disso?

Tony parou por um segundo. Havia deixado escapar que só sabia daquilo pelo que Siouxsie havia lhe dito. Praguejou por uns instantes e tentou recuperar a calma. Se seu tio soubesse que ele estava se envolvendo com a filha de Burke, aquela discussão não acabaria bem.

— O chão estava com uma camada de poeira muito forte. As fotos nas molduras também.

O comissário fez um sinal positivo com a cabeça. Aproximou-se da mesa e sentou.

— Trouxe algo que foi recebido essa manhã enquanto você dormia. Foi enviado para mim pelo seu amigo Stoker. Dê uma olhada nisto.

A folha de sulfite era de uma impressora a jato de tinta. Lá, lia-se a mensagem:

> Estou com os dois CSAs encarregados do caso Watley-Willigam. Quero trocá-los pelos arquivos da Ordem do Centauro. Aguardem meu telefonema para esta tarde.

Tony arregalou os olhos. Sabia bem o que a frase queria dizer.
— Stoker acha que está comigo?
— Confundiu Paul com você. E agora ambos poderão morrer se não entregarmos os arquivos da ordem.

Havia várias pessoas que chegaram a dizer que, fisicamente, Tony e Paul eram parecidos. Paul era ligeiramente maior e mais forte do que Tony, mas nada era mais marcante do que o fato de que ambos andavam juntos, usavam o mesmo corte de cabelos e às vezes até o mesmo tipo de roupa esporte. Também não entendia como os capangas daquele mafioso cibernético conseguiram achar que ele, Tony, teria coragem de se vestir como um personagem gótico e posar de celebridade daquele submundo.

– Tio, pelo amor de Deus! Sou praticamente o último da linha de investigação que ainda não foi capturado. Diga-me o que há de tão importante naqueles arquivos que vale a vida dos dois.

Colin Wojak parecia nervoso. Tremia visivelmente.

– Direi tudo. Primeiro, termine de preparar o café. Acho que iremos precisar de toda a cafeína possível.

Logo, estavam os dois tomando o precioso líquido preto sem dizer muito um para o outro. Depois de duas canecas e já sentindo os efeitos da cafeína no corpo, o comissário respirou fundo. Uma lágrima começou a escorrer de seu olho.

– A Ordem do Centauro foi uma espécie de pacto que as famílias mais influentes e tradicionais de Little Rock fizeram para esconder seus documentos mais escusos.

– Escusos como?

– Digamos que aqueles papéis provam, incontestavelmente, que os maiores socialites da cidade provêm de famílias com passado duvidoso. Negócios feitos por baixo dos panos, fortunas subtraídas de outros lugares, contas superfaturadas de negócios públicos. Isso sem falar de documentos que provam a paternidade de filhos ilegítimos, testamentos falsificados, títulos de nobreza de países europeus comprados, certificados de propriedades compradas com dinheiro público, tudo catalogado e separado por família. Se alguém quiser acabar com uma, basta acessar o cofre correspondente, identificado apenas por fotos, e se refestelar naqueles papéis. Ótima pedida para chantagear alguém, pedir dinheiro, cargos altos, entre outros.

Tony não conseguia acreditar no que escutava. Era a ideia mais estapafúrdia que já ouvira. Era quase lógico que algo assim atraísse a cobiça de alguém que quisesse dominar a cidade.

— E como surgiu essa ordem?
— Foi um pacto entre os chefões e os patriarcas de cada família. Cada um possuía certa quantidade de documentos que queria que sumisse e não sabia como fazê-lo. As 22 famílias combinaram que deveriam montar um arquivo que comportasse esses papéis e assim, realizar um rodízio na escolha de quem seria o arquivista e guardião deles. O último deles foi Abraham Nocksville, o proprietário da mansão onde hoje está o Madame Lilith.
— E por que guardar esses papéis numa mansão daquelas?
— Quando o arquivo foi estabelecido, em 1901, o lugar não era uma casa noturna. Era apenas mais uma mansão de um dos envolvidos, a família de Braskle, ex-magnata da mídia impressa. Quando Tim Burke recebeu a mansão como herança, com a morte de Victor Braskle, que não deixou herdeiros, ficou também com a incumbência de guardar o arquivo. Tornou-se, assim, parte do pacto que era a Ordem do Centauro.
— Como é que você, meu tio, está também envolvido nisso? Não me diga que é porque se tornou famoso por ser comissário e colocou também alguns esqueletos naquele armário!

Colin Wojak enrubesceu. Tentou desviar o olhar, mas sabia que não podia esconder mais nada.
— Eu não sou parte da Ordem.
— Então quem é?
— Sua tia.

Em algum lugar de Little Rock, Rod acordou com um enorme peso na cabeça e com uma fita adesiva na boca. Olhou a seu redor buscando alguma evidência que pudesse indicar onde estava, mas tudo o que pôde ver é que se tratava de um porão com poucas janelas pequenas ao nível do chão e do lado de cima das paredes. Lá, conseguia distinguir pés andando do lado de fora e ouvia o barulho de carros passando. Tentou mexer-se e percebeu que estava com os braços muito bem atados ao encosto da cadeira. Também os pés estavam amarrados aos da cadeira. Ele sentia-se impotente e não via como conseguiria escapar.

Olhou para o lado e percebeu que Paul estava perto. Conseguiu divisar que ele estava desacordado, com a cara cheia de hematomas e que sua roupa de Deus Noite estava em farrapos. Temia o que os raptores poderiam fazer com ambos.

De repente, a porta de metal da sala abriu, e Lemmy entrou. Sorria malevolamente com seu chapéu de *cowboy* e seu cavanhaque, que o deixava semelhante a um Mefistófeles. Aproximou-se de Rod e levantou sua cabeça pelos cabelos.

– O tempo está passando, CSA. E a paciência de Stoker está acabando. Vê aquela pequena câmera no canto da sala?

Rod conseguiu divisar a pequena caixa apontada para eles, emitindo pequenos e espaçados bipes, indicando estar ativa.

– Ele está nos vigiando, como vigia todos que lhe interessam. Sei que vocês estavam atrás da localização dos arquivos da Ordem do Centauro. Eu os quero! E, a menos que queiram ter um fim semelhante ao de Mary e Lindsay por sua traição, é melhor me darem a chave que leva aos arquivos. ONDE ESTÁ?????

O grito assustou Rod, que nem conseguia pensar direito tamanha havia sido a dose de Rohypnol administrada nele após desmaiar sob o efeito do clorofórmio. Antes que Lemmy partisse de novo para a violência, a porta abriu-se e uma figura familiar entrou por ela. Rod arregalou os olhos ao ver a índia Danielle.

– O que você quer? – disse Lemmy, ríspido. – Não ordenei que me deixassem lidar com esta situação do meu jeito?

– Você só está aqui porque também levou meu pai. E não posso deixar que machuque nenhum dos dois CSAs. Já não chega o que fizeram com o fantasiado?

Lemmy aproximou-se da índia e a puxou pelos cabelos.

– Vocês, *cherokees*, são ousados demais para o meu gosto. Moonstone estará em lugar oculto até que possamos terminar esta operação. Até lá, Stoker disse que não vai machucá-lo, desde que você colabore.

Danielle fechou a cara e cuspiu no rosto do capanga, o que lhe rendeu um belo tabefe no rosto. Ela bateu contra a parede do porão e caiu no chão, desacordada.

Lemmy voltou sua atenção de novo para Rod.

— Aguardarei o contato que Stoker deverá fazer com o comissário Wojak daqui a pouco. Com certeza, ele não vai querer que aconteça nada com o sobrinho dele.

Foi então que Rod entendeu o que estava acontecendo. De alguma maneira, confundiram Paul com Tony. Talvez a sede de vingança e o passado terrível que Lemmy e o perito compartilhavam não tivessem deixado que o identificassem direito. Ou talvez o fato de Paul estar caracterizado de Deus Noite tenha deixado a impressão de que o sobrinho do comissário estivesse disfarçado para se infiltrar entre os frequentadores do Madame Lilith.

Lemmy apenas sacou uma faca cirúrgica e passou sua lâmina pelo pescoço de Rod, que fez o CSA psicólogo e escritor suar em bicas.

— Acho que logo terei a oportunidade de continuar a estudar os crimes de Jack, o Estripador, na prática, não acha?

O capanga saiu do porão e deixou a luz acesa. Rod agitou-se na cadeira em busca de algum ponto solto em suas cordas. Ele sabia que precisava escapar para avisar Tony de que o pai de Danielle estava também sob o poder de Stoker e sua gangue. Mas como? Paul estava num estado lastimável e Danielle desmaiada, possivelmente também ferida. A situação não poderia estar pior.

— Tia Donna? A família dela é uma das que fazem parte da Ordem do Centauro?

Colin Wojak concordou com a cabeça. Tony nem podia acreditar.

— Que tipo de negócios a família dela comanda?

— Não sei ao certo. No começo desta investigação, pensei que a presença de Stoker poderia despertar a atenção das demais famílias e revelar mais sobre os arquivos. Mas, quando nos casamos, ela me entregou a chave e me fez prometer que não diria nada a ela sobre qualquer coisa ligada aos arquivos.

— E isso teve alguma coisa a ver com sua eleição para comissário da cidade?

— Por muitos anos, procurei negar que isso pudesse ser uma probabilidade. Nem cheguei perto do lugar. Só sabia pelas descrições que

Burke me dera de que os arquivos estavam lá. Não quis saber. Por que haveria? Eu me casei com Donna, não com a família dela. Porém, aqui, a tradição e a atividade criminosa se misturam (ou se misturavam, não sei como está agora).

Tony sentia a cabeça latejar. Foi até o armário e abriu-o em busca de uma caixa de remédios. Tomou uma aspirina e tentou colocar os pensamentos em ordem.

– Quando teremos um novo chefe? Não posso simplesmente agir sozinho num caso desses. É complexo e amplo demais. Qualquer passo em falso poderá acabar com a minha carreira.

Nem bem falara isso e a campainha tocou. Ele olhou para o tio, com ar de interrogação.

– Sua tia está enrolada com os afazeres da universidade. E, se não me engano, deve ser seu novo chefe, a pessoa que vai lhe dar algum conforto nesta investigação.

Tony foi até a porta e abriu-a. O homem o olhava com um sorriso no rosto. Trazia consigo um bronzeado típico de quem esteve em Miami e um ar curioso de quem era natural de Nova York.

– Oh, meu Deus! – exclamou Tony, em inglês, não acreditando no que via. – É você mesmo?

– E então, garoto, não vai me cumprimentar? Nem parece o jovem que resolveu comigo o caso Methers.

Tony o abraçou e exclamou:

– Herb Greenie! Graças a Deus escolheram uma pessoa competente! Bem-vindo!

Herb entrou com as malas e colocou-as junto ao sofá. O comissário o cumprimentou com ar visivelmente abatido. Na mesma hora, o novo supervisor do laboratório entendeu o recado.

– O caso ficou pior?

– Muito pior – disse Tony, ansioso para reportar suas descobertas.

– Vamos com calma. Seu tio me colocou a par de tudo por e-mail. Pensei que chegaria aqui com pelo menos algo em vias de ser resolvido.

– Mas você não estava bem trabalhando em Nova York?

– Bem, digamos que senti um pouco de saudade de trabalhar numa cidade menor. Nova York é um monstro que me fazia fugir para Miami pelo menos uma vez a cada seis meses para recarregar as baterias. Aqui, por piores que sejam as coisas, pelo menos temos mais controle sobre elas.

– Queria pensar assim. Este caso é diferente de tudo o que já enfrentamos.

Herb o olhou com seu ar inquisidor. Desde o caso Methers, Tony encarava-o como um irmão mais velho. Sua partida para Nova York foi um dos momentos mais difíceis na carreira de Tony. Agora que ele estava de volta, podia sentir uma nova dose de esperança.

– A Ordem do Centauro? – perguntou Herb, sorvendo um pouco de café depois de ouvir o relato do comissário. – Essa droga, então, não era uma lenda urbana. Eu deveria saber.

– Já ouviu falar? – indagou Wojak.

– O pai de Jen participou desse pacto. Quando ela me falou, enquanto éramos casados, pensei que era algo fantasioso demais para ser verdade. Mas agora percebo que voltei a tempo. Se a cidade está mesmo em mãos criminosas, temos de usar esses documentos de maneira correta.

– Mas isso pode atrapalhar a vida de minha esposa Donna! – exclamou o comissário, visivelmente abalado. – Não revelei tudo isso para vocês apenas para ver a vida que construí com ela ir por água abaixo por causa desses malditos documentos!

Herb tomou mais um pouco de café e acrescentou:

– Comissário, ninguém vai fazer nada para atrapalhar sua vida marital, mas isso é maior do que qualquer coisa que imaginamos. Se há atividades ilícitas à solta em Little Rock, precisamos cuidar delas da melhor maneira possível. Não se preocupe, não está em nossos planos terminar com seu casamento.

O comissário levantou um pouco mais aliviado. Pegou seu sobretudo e disse:

– Preciso ir até o laboratório preparar sua posse. Estejam lá daqui a duas horas. Temos de fazer isso antes que Stoker ligue de novo. Até mais.

Quando Wojak saiu, Herb virou-se para Tony:

– Pelo jeito, vamos trabalhar juntos de novo, parceiro. Seu tio pode estar comprometido. Ele pode atrapalhar nossas investigações e nossos esforços para retirar os papéis da Ordem do Madame Lilith.

– E por que faria isso?

Herb tomou mais um pouco de café e respondeu, de maneira seca:
– Ele está envolvido com a Ordem. Ainda não sei se direta ou indiretamente, mas com certeza teremos de agir à margem dele.

Assim que o comissário entrou em seu carro, o *smartphone* zuniu. Ele pegou-o e leu a mensagem:

> O NOVO SUPERVISOR JÁ CHEGOU, PELO QUE VEJO, É HORA DE TROCARMOS NOSSOS ITENS.

A resposta foi:

Devolva minha esposa inteira e terá os malditos arquivos da Ordem.

Mais um pouco e veio a resposta:

> SEU SOBRINHO E SUA ESPOSA POR UM PUNHADO DE PAPÉIS. NÃO PARECE UM BOM NEGÓCIO? E, POR FIM, VOCÊ DEVERÁ CUMPRIR A ÚLTIM PARTE DE NOSSO ACORDO JUNTO A TIM BURKE.

"Meus Deus", pensou Wojak. "Como fui parar nessa confusão?".

Ele ligou o carro e dirigiu-se para o laboratório. Olhava de cinco em cinco minutos para ver se não havia ninguém o seguindo. Tony não podia saber que Donna havia sido sequestrada também ontem à noite. Sua esperança era que Stoker não descobrisse que haviam levado um perito de balística no lugar de seu sobrinho.

Lembrou-se da maneira como um carro preto havia encurralado ele e sua esposa quando saíam de um cinema e da figura de Lemmy levando-a sob a mira de seu revólver. Foi quando recebeu uma mensagem em seu iPad:

> SUA ESPOSA ESTARÁ BEM. BASTA CONFERIR SE SEU SOBRINHO DE FATO LOCALIZOU A SALA DOS ARQUIVOS DA ORDEM DO CENTAURO. EMPOSSE LOGO SEU NOVO SUPERVISOR PARA QUE POSSAMOS CONVERSAR SOBRE A TROCA.

Ele dirigia sentindo-se nervoso. Sabia, pelo ofício, que a família Carter tinha negócios de importação de drogas da Bolívia para os Estados Unidos. Nunca quis falar isso para Donna ou ela, com certeza, teria enfartado. Mas agora ele sabia o que precisava fazer.

Os papéis dos arquivos conhecidos como Ordem do Centauro tinham de desaparecer. Nem que para isso precisasse fazer algo com o Madame Lilith e culpar Stoker por isso. E, no caminho, impedir que Herb e Tony se aproximassem deles...

— Meu tio? Envolvido? Herb, com todo respeito, você chegou agora e talvez precise se inteirar mais sobre como está a cidade e seus habitantes...

Herb sorriu e terminou seu café. Encheu a caneca com mais um pouco e disse:

— A família Carter, de sua tia, é metida com tráfico de drogas, sabia?

— Tem certeza?

— É um velho boato. Acha que seu tio não faria qualquer coisa para proteger a esposa? Você mesmo me disse que ele jurou nunca dizer nada disso para ela.

— O casamento dos dois é bem sólido e com certeza se amam. Não sei, entretanto, se ele faria algo tão...

— Desesperado? Imagine quantos membros das proeminentes famílias de Little Rock não dariam de tudo para destruir aqueles papéis. Ser ligado, mesmo indiretamente, a atividades criminosas é algo que ninguém quer. Mas negócios de família em geral são tidos como algo sagrado. Os envolvidos nas atividades ilícitas, direta ou indiretamente, devem ser muitos. Esses papéis devem valer ouro nesse sentido.

— E o que aconselha que façamos?

Herb sabia exatamente o que fazer, mas admirava a impetuosidade de Tony. Este, por sua vez, via que havia certas semelhanças entre o "mestre" Herb e o cara de coruja.

— Aguarde. Primeiro, deixe-me ser empossado. Depois veremos nossa estratégia. Enquanto isso, meu caro, fale-me sobre esse seu novo parceiro. Um psicólogo? Justamente para você?

— Até que ele me lembra você, sabia?

Herb sorriu e terminou seu café.

— Bem, vamos lá, conte tudo sobre esse seu parceiro e sobre nosso amigo perito balístico.

Capítulo 10
Medos

> *O caminho pelo qual você anda é estreito*
> *E o abismo é íngreme e muito alto*
> *Os corvos estão todos observando*
> *De um ponto vantajoso próximo*
> — Pink Floyd, "Cymbaline"

Rod se mexeu em meio à escuridão de sua inconsciência. Sentia uma voz que parecia sussurrar constantemente seu nome em seu ouvido. Lutou para que voltasse ao normal, apesar da dose de Rohypnol ter sido forte demais. A sorte é que tinha uma constituição forte, embora seu físico fosse tão raquítico quanto o de qualquer acadêmico que se dedica mais aos livros do que aos esportes e às atividades físicas.

— CSA? Vamos, acorde! Desculpe, esqueci seu nome. Faça o possível para acordar, não temos muito tempo de vantagem!

Aos poucos, Rod conseguiu abrir os olhos e viu que estava de volta ao porão. Danielle estava a seu lado com algo brilhante na mão. O choque de ver aquela faca cirúrgica quase o assustou a ponto de deixá-lo normal. O gosto amargo na boca e a sensação de cabeça inchada diziam que o medicamento ainda estava em seu organismo. Porém, sua mente foi mais eficaz. Lembrou-se de que vira aquela faca nas mãos de Lemmy minutos antes de ele desmaiar. Ele ia usá-la... em Paul.

— Danielle? — perguntou, com a voz abafada. — O que você... faz com isso... na mão?

Ela foi para a parte de trás da cadeira onde ele estava amarrado e usou a faca para cortar as fitas e as cordas que o prendiam.

— Lemmy está lá em cima, com a gangue de patricinhas leais a Stoker. Ele me bateu, e eu desmaiei. Ele praticamente nos deixou aqui enquanto ia fazer sei lá o quê. Pelo jeito, devem ter saído, pois está tudo muito quieto.

Rod sentiu as mãos doendo quando as cordas finalmente se romperam. Esfregou a cara várias vezes e sentiu que o efeito do medicamento estava cada vez menor, mas que ainda seria complicado fazer qualquer coisa.

– Onde... está... Paul?

– O outro CSA? Lemmy o levou. Não sei o que foi fazer com ele.

– Como vamos sair daqui? Onde estamos?

– No porão da livraria de meu pai. Lemmy o sequestrou, junto com vocês e outra pessoa, uma mulher que não conheço. A livraria está fechada há pelo menos dois dias. Lemmy quer que seu amigo revele seja lá o que ele descobriu no Madame Lilith.

Rod tentou pensar, apesar da extrema dor de cabeça que sentia. Paul nem tivera tempo de descobrir nada, pois fora abordado logo que chegou na mansão. Só podia ser algo que Tony descobrira. E que tinha a ver com a tal chave de centauro. Mas onde estava Tony?

– Você se lembra do CSA que estava comigo no dia em que levamos você, Burke e a filha dele para inquérito? Onde ele está?

– Não sei. Não o vi. Acho que, de alguma forma, escapou.

– E não há nenhum telefone por perto?

Danielle estendeu um celular que estava em seu bolso. Rod verificou e não havia nenhum sinal.

– Temos de sair daqui! – concluiu o CSA. – Tenho de avisar Tony onde estamos. Não há nenhuma saída deste porão?

– Aqui era antigamente o estoque. Estava para ser reformado quando isso tudo começou. Na verdade, há uma saída desconhecida para quem não é da livraria, mas não sei se as portas ainda abrem, pois estão meio velhas. Venha!

Rod sentiu-se mal por seguir Danielle e deixar Paul para trás. Olhou para onde o perito foi mantido prisioneiro e se preocupou ao divisar trapos cheios de sangue e cordas cobertas com alguma coisa que parecia, a seus olhos, pele esfolada. Pediu permissão para Danielle e tirou algumas fotos da cena com o celular dela.

Foi então que percebeu o olho roxo e os hematomas no rosto da índia.

– Meu Deus! Sinto muito, Danielle.

Ela fez um sinal para que ele se calasse.

– Não é nada. Quando conseguirmos levar Lemmy e o estúpido do chefe dele a julgamento, estarei mais que vingada. No momento, só quero salvar meu pai antes que seja tarde demais.

Ela abriu uma porta de madeira que parecia estar travada. Fez um pouco de força e ela rangeu nas dobradiças. Por trás, havia o começo de um longo corredor. Ela ligou a lanterna de seu celular e avançou, fazendo um sinal para que ele o seguisse.

– O que era aqui? – perguntou Rod, curioso.

– Apenas um pequeno túnel que levava o depósito às docas de desembarque de mercadorias. O pátio que servia de estacionamento fica num terreno fora da propriedade da Moonstone.

Eles logo chegaram ao final do corredor. Havia apenas uma enorme porta de ferro coberta de ferrugem. Danielle pegou um pequeno molho de chaves pendurado na parede ao lado e tentou encaixá-las, mas nenhuma parecia ser a correta.

– Essa não!

– O que foi?

Ela olhou para ele assustada.

– Nenhuma delas serve na porta. Se não conseguirmos abri-la logo, Lemmy voltará e virá atrás de nós. O que faremos?

Paul ainda estava descordado quando foi levado do porão da Moonstone vazia para a parte de trás de uma SUV. Os cortes de seu corpo foram todos feitos pelo sadismo de Lemmy, que ansiava em terminar o que começara anos atrás com Laverne. Isso tudo porque, sem que Paul soubesse, sua namorada tivera um caso com o motoqueiro muito antes de se conhecerem e o trocara pelo gótico Deus Noite, coisa que Lemmy não perdoaria nunca.

Com um saco de estopa no pescoço, Paul aguardou, entre a dor de seus ferimentos, o avanço da picape por estradas não asfaltadas, num percurso que deve ter demorado cerca de quarenta minutos para ser completado. Quando o veículo finalmente parou, ele ouviu a voz áspera de seu inimigo ordenar à gangue de patricinhas que levassem o prisioneiro para "a sala de observação".

– Stoker com certeza estará bastante satisfeito com esse trabalho! – ouviu-o murmurar. – Este idiota tem o segredo da Ordem do Centauro, então cuidem para que não morra tão já!

Foi então que o cérebro de Paul ligou os pontos e percebeu que estava numa verdadeira enrascada. Por algum motivo estúpido, seu captor se convencera de que a tal chave que Tony mostrara para ele e Rod a caminho do Madame Lilith estava com ele. Lemmy era tão idiota que o havia confundido com seu amigo. Se descobrissem que não era ele quem tinha a chave, a coisa poderia ficar feia para ele. Afinal, estava nas mãos de assassinos e psicopatas perigosos.

Foi então colocado numa cadeira com estofamento. Sentiu cheiro de mogno e um zumbido que parecia o de várias televisões ligadas ao mesmo tempo. O ar era meio gelado, inserido por uma máquina de ar-condicionado. As garotas o colocaram lá e saíram, deixando-o sozinho e ainda com o saco na cabeça.

Assim ficou por algum tempo, esperando que alguém aparecesse. Os minutos arrastaram-se enquanto ele imaginava onde estava e quem estaria interessado em falar com ele. Sentiu algo solto em sua boca e, após mexer um pouco com a ajuda de seus lábios, viu que era um dente solto, resultado dos socos que levara das munhequeiras com pontas de metal que vira Lemmy usar. Decidira que, se saísse dessa fria, faria de tudo para acabar com a raça daquele motoqueiro desgraçado nem que tivesse de se tornar um assassino.

A porta da sala finalmente abriu-se e, então, ouviu passos que se aproximavam da cadeira. Alguém estava parado na frente dele e o observava em silêncio, provavelmente em busca de sinais de que ainda estivesse vivo. Queria falar algo, mas sua mandíbula doía muito e dava sinais de que poderia até estar quebrada.

– Acho que podemos dar uma luz ao assunto, não concorda, CSA Draschko? – disse uma voz, indistinta por usar um aparelho que causava pequenas distorções.

O saco foi retirado da cabeça de Paul, e a luz do local o fez fechar seus olhos meio inchados. Ele conseguiu, porém, visualizar uma enorme parede de monitores, cada um sintonizado em uma câmera de vigilância. O local parecia um ambiente de Central de Processamento, com pisos isolantes e luzes fluorescentes no teto. As paredes eram brancas e numa delas havia um enorme quadro que se parecia com a linha cronológica que Rod fizera no consultório do dr. Mendes. Lá, viu as fotos de Danielle Moonstone, de seu pai, de Tim Burke, de Siouxsie e de outras pessoas, inclusive de Donna Carter e do comissário Colin Wojak. Mas não conseguiu ver nenhuma imagem de Tony.

– Sei que seu tio lhe deu a chave para os arquivos da Ordem do Centauro – disse a figura, que usava uma máscara risonha de gárgula, que mais parecia item de Halloween do que algo a ser levado a sério. – Onde estão as caixas? Eu as quero e, se quiser mesmo, posso incentivá-lo a me entregá-las.

– S... to...ker... – balbuciou Paul, começando a entender.

– Ah, que pena. Vejo que Lemmy abusou um pouco de seu poder. Não consegue falar direito? Bem, teremos de fazer algo a respeito. Afinal, queremos fazer a troca da maneira correta, não é?

A figura – Stoker! – aproximou-se de um dos monitores, digitou um código em seu painel de controle e a imagem logo mostrou uma mulher desmaiada num colchão de uma cela escura. Stoker digitou mais um comando, e a imagem deu um zoom. Paul reconheceu a mulher como sendo a tia de Tony. Agora a situação estava ainda mais complicada.

– Seu tio lhe deu a chave para que você conseguisse localizar os arquivos – explicou. – Ele mesmo não podia quebrar o juramento feito para a Ordem por causa de sua tia. Mas, desde que a raptamos, ele faz o que eu quiser. Então o trato é este: a chave dos arquivos da Ordem do Centauro em troca da vida de sua tia. O que você acha?

Paul engoliu em seco. Como iria sair dessa e conseguir salvar sua pele? Ou melhor, como faria para ajudar Donna Carter também?

Rod tentou girar uma das chaves até o fim, mas ficou com medo de que ela se quebrasse e ficasse com um pedaço lá dentro, o que os prenderia por definitivo naquele porão.

– E então, CSA? – perguntou Danielle.

– Por favor, Danielle, chame-me de Rod.

– E então, Rod?

Nessas horas, Rod amaldiçoava-se por não ter tanta força física.

– Volte até o porão. Há uma bancada lá onde tenho certeza de que vi uma pequena lata de óleo. Acho que com isso podemos conseguir algo.

– Eu? Não, não volto lá.

Rod respirou fundo e tentou controlar o nervosismo. Ela tinha razão, não podia se arriscar a se expor para um brutamontes que tinha batido nela e que fizera sabe lá o que com Paul. Contra todos os seus instintos de sobrevivência, fez o que nunca pensou que teria coragem: bancou o herói.

– Fique aqui. Vou até lá e já volto.

– Pelo amor de Deus, Rod, tome cuidado. Aquele estúpido já espancou pelo menos meus dois guarda-costas e não sei o que pode ter feito com meu pai!

– Fique calma. Voltarei o mais rápido que puder.

Correu pelo corredor levando o celular de Danielle e deixando-a no escuro. Olhou o relógio do aparelho e viu que eram apenas onze horas da manhã. Talvez, com sorte, Lemmy tivesse ido dormir ou almoçar ou algo do gênero.

Percorreu a bancada perto da cadeira onde estivera amarrado. Viu a faca cirúrgica, cheia de manchas, no chão. Com um lenço que sempre levava no bolso, embalou-a e colocou-a num saco plástico que encontrou lá perto. Pegou também um pedaço da corda que amarrara Paul, guardou-o no mesmo saco, e a lata de óleo.

Parou para ouvir o movimento do andar de cima. Tudo continuava quieto. Tinha de usar isso a seu favor para poder fugir de lá. Voltou para o corredor escuro até onde Danielle esperava ansiosa.

– Aqui está – disse ele, entregando a lata de óleo. – Unte as chaves. Todas as quatro. Uma delas deverá abrir a porta.

Danielle obedeceu sem discutir. Quando entregou nas mãos de Rod os objetos, ambos sentiram que começavam a se atrair. Rod reprimiu os sentimentos, e Danielle agiu como se nada acontecesse. Rod tentou as quatro chaves e, finalmente, uma delas abriu o trinco. O ar da manhã invadiu-os enquanto saíam para o terreno ao lado da livraria.

– Você por um acaso não está com a chave do meu carro, não é?

– Lemmy levou. Sinto muito.

Rod fechou novamente a porta e colocou as chaves junto aos demais objetos no saco plástico.

– Então se prepare para percorrer um bom pedaço de chão. Vamos até algum lugar em que consigamos um transporte público. Ainda bem que eles deixaram a carteira em meu bolso.

– Você está bem?

Ele queria admitir que a emoção da fuga e o contato com ela haviam acabado de acordá-lo do estupor do Rohypnol. Acrescentou:

– Se não estiver, vou ficar. Não se preocupe. Posso não aparentar, mas sou mais forte do que pareço. Vamos!

Enquanto isso, Tony e Herb chegavam ao laboratório, onde foram recebidos com muito entusiasmo por todos os membros que se lembravam do apoio que Herb havia dado no caso Methers. O relógio marcava meio-dia quando foi anunciado que Herb Greenie seria o novo supervisor do local. Os peritos de lá, juntamente aos outros CSAs, comemoraram com comida e bebida. Tony tentou tirar Herb daquela confusão, mas este fez um sinal para que ele fosse um pouco mais discreto e ficasse de olho nos passos que seu tio dava durante a confusão.

O comissário, de fato, ficou isolado num canto, perdido em pensamentos e conjecturas. Seus medos sobre o que aconteceria com sua esposa sequestrada eram muitos. Há muito tempo ele ouvia boatos sobre os *modus operandi* de Stoker. Sabia que ele usava parte da droga que a família de sua esposa traficava na alta sociedade de Little Rock para prender as patricinhas e mauricinhos que faziam parte de sua gangue antes de convertê-los em góticos participantes do Presas Noturnas. Porém, eram muitas informações que ele não se sentia à vontade para compartilhar com seu sobrinho. Imagine só a imagem que ele teria da tia se soubesse de tudo isso, fora os conflitos que ele teria com os demais familiares de sua esposa.

– Tio? Vamos conversar direito – disse Tony, em português. – Este caso não pode ser resolvido se você não for totalmente honesto comigo.

Para Colin Wojak, a integridade de sua esposa e de seu casamento era algo sagrado e ameaçado por Stoker e sua rede de tráfico de influência.

– Muito bem, Tony, vamos conversar. Mas garanto que não vai gostar muito do que eu tenho a dizer.

– Desde o começo percebo que você está meio aqui, meio lá. Você me deu a chave dos arquivos da Ordem do Centauro, mas não quer que eu revele o conteúdo da sala. Você está naqueles documentos de alguma maneira?

– Não, não estou. Mas sua tia está. Ou melhor, a família dela.

– Então é verdade? A família Carter trafica drogas?

– Vejo que já sabe de alguns detalhes. Bem, para manter Stoker longe dos negócios, a família Carter concordou em dar parte das drogas para ele, que as usa para manter o controle sobre seus subordinados.

– Ele de fato usa o Presas Noturnas para espalhar drogas?

– Sim. Foi assim que pegou Mary e Lindsay.

– E por que você não fez nada contra os Carter quando foi empossado como comissário?

– Você sabe o que é necessário para manter um casamento em ordem? A influência dos Carter foi decisiva para me eleger. Sim, foi nosso casamento que salvou sua tia de seguir o caminho de traficante, que era o que o pai dela queria. Mas tivemos uma condição para tanto. Eu, um brasileiro obscuro de São Paulo, só poderia concorrer ao caso se concordasse em me tornar o guardião dos arquivos. O mesmo foi feito com a família de Nelson. Ele e eu éramos elos fracos nas famílias, que ansiavam em manter seus negócios escusos. O problema é que eles não contavam com Stoker, seja ele quem for, que os desafiou e ameaçou revelá-los à grande mídia, o que causaria um grande reboliço. Quando Nelson se recusou a revelar o paradeiro dos arquivos, Stoker mandou persegui-lo até que sofresse o acidente. E agora quer que eu entregue os arquivos em troca da vida de sua tia.

Tony empalideceu ao ouvir a última frase.

– Eles estão com tia Donna?

– Sequestraram-na ontem à noite.

O barulho da comemoração ainda se fazia ouvir do lado de fora, junto com um burburinho que parecia fazer com que o som aumentasse.

– Por que não me disse?

– Não havia nada que você pudesse fazer. Eu tinha certeza de que você poderia achar a sala.

– Na verdade não fui eu. Foi Siouxsie, ou melhor, Cecile Burke. Ela sabia de uma parte da mansão que estava fechada há algum tempo.

– Que seja. Você não tirou nenhum documento de lá, não é?

– Não, nem tive como. Era muita coisa para levar. E depois, Burke avisou Siouxsie de que havia acontecido algo com Rod e Paul.

De repente, ouviram uma voz do lado de fora da sala.

– Tony! Aqui, depressa!

Tony e o tio saíram da sala para encontrar Herb com um Rod cambaleante e uma Danielle que o seguia calada.

– Oh, meu Deus! – exclamou o comissário. – Rod! Você está bem?

O cara de coruja tentou falar algo, mas o esforço da caminhada deixou-o sem forças. Sentia as pernas doendo, os ombros inchados, e a cabeça girava sem parar. Foi Danielle quem deu as explicações sobre o que havia acontecido.

– Vou telefonar agora para mandarem um paramédico para cá fazer um exame de corpo de delito na srta. Moonstone – disse o comissário, já com o celular na mão.

Herb ajudou Rod a se sentar, e Tony trouxe água para que ele recuperasse um pouco a força. O cara de coruja sorveu o líquido com grandes goles enquanto Tony observava Danielle.

– Foi o tal do Lemmy? – perguntou.

– Ele mesmo. Tomou conta da livraria depois que sequestrou meu pai.

– O sr. Michael Moonstone também foi sequestrado?

Herb olhou para os dois e disse:

– É melhor começarmos a trabalhar direito. Vejo que este caso está bastante bagunçado, e precisamos organizar as informações que temos.

– O que sabemos foi colocado numa linha cronológica que foi montada no escritório do dr. Mendes – explicou Tony. – Dá para se atualizar lá. Precisamos agora saber o que aconteceu com Paul.

Danielle abaixou a cabeça e falou tudo o que sabia sobre o perito desaparecido. Herb escutou com atenção e, então, virou-se para Rod.

– Você precisa se desintoxicar, meu caro. Sou seu novo supervisor, e assim que você melhorar quero discutir essa situação com você. Por hora, é melhor me dar os objetos recolhidos.

Danielle estendeu o saco plástico que levara quando Rod quase desmaiou ao se aproximarem do laboratório, depois de terem caminhado por uma hora – os transportes públicos não paravam para nenhum dos dois, em razão do estado em que ambos estavam. Quando o comissário voltou, Herb disse:

– Comissário, é hora de falarmos sobre este caso. Vamos para a minha sala? Isto é, se as coisas de Nelson já foram retiradas e eu puder assumir o local.

Rod tentou falar, mas o desconforto provocado pelo esforço pareceu intensificar-se. Ele apenas conseguiu balbuciar:

– Paul... Lemmy pensa... que ele... é Tony!

Tony olhou para seu tio e recebeu um olhar de terror como resposta. O cerco de Stoker estava apertando. Agora sabiam exatamente o que o terrorista queria: todos ligados ao comissário.

O ritmo voltara logo ao normal no laboratório. Danielle foi levada para fazer exame de corpo de delito. Rod foi dispensado e colocado sob repouso e observação num hospital próximo. Wojak, Tony e Herb estavam na sala deste último já há algumas horas, inteirando-se dos detalhes do caso.

– Vocês tem certeza de que nosso laboratório foi limpo das minicâmeras? – perguntou Herb, olhando para o teto. – Se souberem que a segurança daqui foi novamente comprometida, a credibilidade pode se perder para sempre!

– Sim, está tudo completamente limpo – observou o comissário. – Meus homens retiraram boa parte dos apetrechos antes de sua chegada.

– O que faremos? – disse Tony, mudando de assunto. – Estamos com uma onda de sequestros que não sei como poderemos resolver!

Michael Moonstone, minha tia Donna Carter, Paul Winsler... Quem mais poderá estar nesse rolo?

Herb aproximou a cadeira e dirigiu-se ao comissário:

– Sem falarmos que a vida de Tim e Cecile Burke podem também estar em risco. É uma situação difícil, comissário, mas há mais do que a situação da família de sua mulher em risco. O senhor precisa nos ajudar.

– Como? – perguntou Wojak, desesperado. – Qualquer coisa que eu fizer pode colocar minha mulher abaixo da terra. Eu jamais quero isso, além disso, a família dela nunca me perdoaria.

– E como faremos para pegar esse Lemmy? – perguntou Tony. – Ele é um assassino impetuoso, matou a namorada de Paul.

Seu tio o olhou inseguro.

– Ele matou bem mais do que uma simples namorada de um perito ex-gótico.

– Como assim? – perguntou Herb. – A ficha dele está aqui no Vicap e...

Herb arregalou os olhos e fez um ar incrédulo. O comissário abaixou a cabeça.

– Então era isso que você estava escondendo? – perguntou Herb ao comissário. Recebeu um aceno afirmativo de cabeça.

– Isso o quê? – perguntou Tony.

Herb virou o monitor para ele e mostrou a ficha de Alan Schmidt. Uma longa relação de assassinatos era-lhe imputada, mas dois em especial lhe chamaram a atenção: os de Celso e Marietta Draschko, ocorridos em São Paulo, Brasil.

Capítulo 11
Receios

> *Eu sou um tolo de fazer seu serviço sujo, oh yeah*
> *Eu não quero mais fazer seu serviço sujo*
> – Steely Dan, "Dirty Work"

Tony foi para seu apartamento após acertar uma folga de um dia. O que descobrira na sala de Herb era demais para sua mente absorver de uma só vez. Pediu apenas que lhe concedessem um dia para que pudesse pensar. Detestava levar trabalho para casa, e aquelas revelações foram demais para ele. Estava sentado em seu sofá, tremendo em demasia e pensando sem parar na tela do computador com o nome de seus pais entre as pessoas assassinadas por Lemmy.

Queria fazer algo. Necessitava fazer algo. Vingar a morte de seus pais poderia parecer, à primeira vista, um grande drama. Porém, era algo de que ele sentia necessidade. E o destino, Deus, às parcas, sabe-se lá que força suprema, havia deixado a oportunidade em suas mãos.

O comissário tentou falar com o sobrinho, mas ele não queria dirigir uma palavra a ninguém. Foi Herb quem deu a ideia de ele se afastar para descanso, que foi muito bem recebida. Ao chegar em casa, ele ligou o som numa estação de rock clássico e sentou-se com um copo de uísque na mão. Não costumava tomar bebidas alcoólicas e quando fazia isso era porque estava muito tenso.

– Tudo isso parece uma enorme piada! – disse alto para si mesmo em português, tomando um gole de uísque. – Anos depois, a oportunidade da vingança cai de mão beijada na minha frente. O que eu faço? Meu Deus, dê-me uma luz!

Não foi a tão desejada luz que se fez presente, mas, sim, a campainha da porta. Tony levantou-se, foi até ela e espiou pelo olho mágico.

Não acreditou no que via! Abriu a porta sentindo um misto de satisfação e confusão. Siouxsie estava lá, parada.

– Oi! – disse ela, ainda com roupas parecidas com as que usava no Madame Lilith. – Posso entrar?

Tony tomou mais um gole e sentiu que a queimação na garganta era muito mais do que podia aguentar. Virou-se de volta para onde estava a garrafa e falou, sem se virar para ela:

– Entre! – disse, num inglês já com sotaque arrastado pela bebida. Ele se embriagava rapidamente com um único copo. – Isto é, se é que você tem algo a me dizer!

Ela entrou e olhou fixamente para Tony, enquanto ele fechava a porta. A música do Steely Dan aumentava a tensão: "Tempos estão difíceis, você tem medo de pagar as dívidas / Então você encontra alguém que faça o serviço de graça". Ele sorriu com a ironia da letra e sentou-se de novo.

– Danielle me ligou – disse ela, observando-o de longe. – Parece que seu parceiro contou o que aconteceu no laboratório.

Ele sorriu e acrescentou:

– Claro que contou! Minha vida se tornou algo que pode ser contada como se fosse uma anedota! Tudo cheira à ironia e a uma brincadeira cruel do destino!

Por um momento, ela sentiu pena dele. De fato, ela própria não sabia o que fazer se descobrisse que o desgraçado que frequentava a casa noturna de seu pai tivesse matado sua mãe. Felizmente, ela havia morrido de causas naturais há mais de oito anos. Aproximou-se dele e pegou em suas mãos.

– Você não deve pensar assim. Isso pode parecer uma piada, mas não é. E se você pensa em fazer algo, a única coisa que poderá resolver é colocar Lemmy na prisão com Stoker.

Tony riu, sarcástico. Quando se sentia assim, era muito difícil acreditar no que qualquer um dizia.

– Você não sabe o quanto lutei para escapar de tudo isso. Esforcei-me para me tornar um bom profissional, longe de qualquer tipo de influência. E agora descubro que meu próprio tio...

Ele interrompeu seu pensamento e começou a chorar. Eram lágrimas sentidas, que comoveram Siouxsie. Ela largou a bolsa e aproximou-se. Jogou a cabeça dele em seus ombros e afagou seus cabelos.

– Sabe que o meu tio...

Ela fez um sinal para que se calasse.

– Não importa. Nada importa. Apenas extravase seus sentimentos. Você precisa voltar ao caso e vencer. Não pode deixar que os bandidos ganhem.

O choro voltou, e ele praticamente desmanchou-se nos ombros dela. A música parecia acompanhar a cena: "Acenda a vela, coloque uma tranca na porta / Você mandou a empregada embora cedo como se já fizera mil vezes antes / Como um castelo em sua esquina num jogo medieval / Eu prevejo um problema terrível, e eu ficarei aqui mesmo".

Ele, aos poucos, levantou a cabeça e enxugou os olhos.

– Não queria que você me visse assim...

Ela sorriu.

– Mostra que você tem sentimentos. Que você é uma pessoa, não um objeto. Isso é importante.

Os dois beijaram-se por um bom tempo. Tony começou a sentir que finalmente o nervosismo o deixava. Sentia-se de novo no controle. De repente, nada mais importava, nem mesmo o que havia acontecido.

– Se você quiser, fico com você esta noite – disse ela, ainda observando-o.

Ele sorriu e beijou-a novamente.

Na entrada do prédio, estava o carro de Danielle, um Passat escuro. Em seu interior, estavam ela e Tim Burke. Ela parecia já recuperada da experiência da fuga, e ele olhava para onde estava a janela do apartamento de Tony.

– Não gosta disso, não é? – perguntou Danielle, sem olhar para ele.

– Nem um pouco. Minha filha não tem de ficar de pajem para o sobrinho de Wojak. Isso é uma idiotice. Eles até agora não conseguiram fazer nada para apanhar os bastardos que nos atormentam.

– Eu avisei vocês porque o parceiro dele me disse que ele é necessário, mas que está com sérios problemas para superar alguns traumas antigos. E, depois, é preferível que sua filha agrade a ele do que a algum dos capangas de Stoker, não acha?

Burke não respondeu. Ainda não sabia bem o que faria para tornar os arquivos da Ordem do Centauro novamente inacessíveis. Arrancou à força de sua filha a descoberta e a entrega da chave por parte do comissário. Ligou para Wojak e discutiram por horas o que fazer. Revelar a existência dos arquivos era um risco alto que poderia ainda resultar em mais alguma morte. Stoker não estava brincando quando disse que iria pôr as mãos nos documentos...

– Bem, parece que vocês conseguiram o que queriam – comentou, depois de algum tempo em silêncio. – O que estamos esperando?

Quase como se esperasse uma deixa, o celular de Danielle tocou. Era uma mensagem de Siouxsie:

Ele está bem, mas precisa de descanso, ficarei aqui com ele. Avise meu pai. Nos vemos pela manhã.

Ela mostrou o recado para Burke, que apenas grunhiu em resposta.

– Era só o que faltava! Minha filha vai perder a virgindade com um idiota qualquer ligado à polícia...

Danielle observou:

– Sua antipatia pelo sobrinho de Colin Wojak não vai levar a nada, sr. Burke. Se até o tio dele acredita que ele é o único capaz de descobrir a verdadeira identidade de Stoker, por que não dar um pouco mais de crédito a ele?

Burke deu de ombros. Estava difícil manter seu juramento de lealdade à Ordem quando os arquivos corriam risco. Danielle ligou o carro e comentou:

– Além do mais, vocês têm a mim. O comissário disse que os documentos ligados à minha família poderiam ser meus se os ajudasse a encontrar um novo lugar. E acho que já sei onde.

Burke mal podia acreditar. Seria mesmo a filha de Moonstone, membro da Ordem, a salvação de que eles necessitavam?

Colin Wojak caminhava pela casa com um DVD na mão. Aquilo chegara de tarde a seu gabinete, e ele sabia bem o que era. O caminho todo se martirizara por ter de esconder de Tony a verdade sobre Lemmy. Mas, agora que sabia, podia se concentrar no que realmente valia: o resgate de sua esposa Donna. Sabia que teria problemas visíveis com Tony nos próximos dias e, ao mesmo tempo, sua consciência estava tranquila: tinha feito o melhor para ambos ao entregar a chave confiada a ele pelos membros da Ordem do Centauro. Porém, a revelação de que fora Lemmy o autor da desgraça que se abatera sobre os pais de Tony tantos anos atrás colocaria a relação entre eles em xeque-mate. Não sabia nem se sua própria esposa o perdoaria por ter revelado isso.

Ele foi até o quarto do casal e retirou uma enorme caixa de madeira da parte de cima do guarda-roupa. Abriu e reviu algumas cartas antigas, amareladas e reunidas com um enorme elástico amarelo. Lá estavam a correspondência antiga que ele trocara com Donna antes de se casarem e também as cartas que ele havia escrito para seu atual sogro.

Achou a que procurava e abriu-a. O papel fez barulhos secos como se estivesse há muito tempo guardado e ressecado. Ele leu um trecho:

Seu cunhado Celso Draschko colocou todos nós em risco ao levar parte dos documentos do arquivo a um tribunal. O que ele deseja? Dinheiro? É melhor ele tomar cuidado, pois não sou apenas eu que sei que a ambição dele é maior do que a que aparece em público. Ele pode ser um advogado brilhante, mas não pode conseguir tudo com pressão legal. Uma hora, alguém mais vai se irritar com ele e chamar um dos capangas mais ligados à Ordem para apagá-lo. E, se isso acontecer, sua irmã Marietta poderá ficar viúva antes do tempo. Por favor, cuidado.

Ele lembrou como se tivesse acontecido ontem. Celso, após uma visita dos Draschko a Little Rock, tomou conhecimento, seja lá de que maneira, da Ordem do Centauro. Provavelmente, foi coisa de Tim Burke, que nunca gostou de ser o relutante guardião dos arquivos. Ou pode ter sido ainda coisa de Michael Moonstone, que achava que poderia usar um jovem advogado de renome de outro país para destruir os papéis que comprometiam suas atividades. O fato é que Celso nunca parou de falar que levaria a existência dos arquivos a público. Chegou a organizar uma coletiva de imprensa em Nova York para apresentar o caso. Foi Moonstone quem o preveniu de que sua cabeça estava a prêmio e que deveria sair dos Estados Unidos antes que fosse tarde demais.

Wojak mexeu de novo na caixa e retirou um recorte de jornal. Era uma página da *Folha de S. Paulo,* jornal que ele comprava de uma importadora. Lá, via a manchete de que os Draschko haviam sido assassinados na noite anterior. "Mais uma vítima de assalto nas ruas da cidade", gritava a manchete. Quando ele mesmo foi ao Brasil para verificar o que tinha acontecido e viu as imagens de uma câmera de trânsito, reconheceu na hora o tipo físico de Lemmy: enorme, intimidante, com aquele chapéu de *cowboy* e aquele cavanhaque inconfundíveis. Na época, mal podia saber para quem o então misterioso facínora trabalhava.

Foi quando trouxe Tony com ele de volta e providenciou tudo para que o sobrinho encontrasse no novo lar o suficiente para ter uma vida normal. Era isso que Marietta iria querer. E então, a verdade: poucos anos antes de descobrir que Tony queria se tornar um CSA, ele soube que o tipinho misterioso chamado Stoker, que já começava a "assombrar" a casa noturna de Burke, era o chefe do assassino de sua irmã e seu cunhado. Mais ainda: que Stoker tinha uma quadrilha composta em sua maioria de garotinhas góticas e alguns elementos barra pesada, como Lemmy. Enquanto eles não se metessem nas atividades da perícia ou do LRPD, tudo bem, ele os colocaria no fim de uma lista de prioridades profissionais. Nunca esqueceu que aquele tipo estranho e ao mesmo tempo exótico era o assassino de sua irmã. Mas também havia muito com o que se preocupar. Afinal, ser o comissário de polícia não era um serviço fácil.

— Mas o passado sempre volta a nos assombrar! — disse para si mesmo, em voz alta. — Eu deveria ter feito algo quando descobri essa loucura toda!

Sua lealdade estava dividida. Tinha de proteger sua esposa, ou melhor, a família de sua esposa até que encontrasse uma maneira de se livrar dos documentos do arquivo da Ordem. E tinha também de prender aquele assassino. Mas como, se o tal Stoker parecia fazer de tudo para que seu capanga saísse ileso? Apenas os bancos de dados mais ligados à perícia, como o Vicap, pareciam a salvo dos movimentos *hackers* daquele líder de gangue. No mais, procurar menções ao assassino ou a algum dos capangas do misterioso elemento era uma tarefa difícil. Ele achava que Lemmy só havia se unido a Stoker na preocupação de apagar qualquer rastro que ele poderia deixar na internet ou em bancos de dados mais acessíveis. Dito e feito: o homem parecia um fantasma. Nenhuma multa de trânsito, nenhum registro de cartão de crédito. Mas sempre esteve por perto de Burke, ameaçando-o pela filha. E, novamente, Colin não havia feito nada para impedir. No fundo, não acreditava que fossem ameaçadores. E continuou a passar outros casos na frente até ter uma oportunidade melhor para resolver as coisas.

O comissário guardou a carta e o recorte de novo e fechou a caixa. Colocou-a no esconderijo e voltou à sala. O silêncio daquele lugar estava irritando-o. Quando Donna estava por perto, sua constante falação e sua agitação deixavam aquele lugar com vida. Ele não quis ter filhos enquanto não sentisse que estariam seguros para criar uma criança.

Pensou que, agora, talvez eles nem teriam mais essa oportunidade!

Ligou o aparelho de DVD e inseriu a mídia que estava em sua mão. Adiara demais aquele momento e, mais uma vez, não falou nada a respeito com Tony. Pobre coitado! Viu que o sobrinho estava perturbado quando saiu da sala de Herb Greenie. E não fez nada para ajudá-lo em seu nervosismo.

A imagem surgiu na tela da televisão. Aquela figura era Stoker? Alguém, que ele nem sabia de que sexo era, arrumava a câmera para si mesmo. Estava todo de preto, dos pés à cabeça, e, em lugar do rosto, via-se o que parecia ser uma máscara mortuária de face dourada e olhos fechados. Aquele desgraçado parecia alguém saído de uma ópera-rock antiga ou de um show de fantasias que não havia dado certo. "Oh, meu Deus, estamos nas mãos de um sociopata!"

– Olá, comissário Wojak – disse Stoker com um alterador de voz usado em shows de rock para fazer a voz do cantor parecer a de uma guitarra falante. Mal conseguia entender o que o elemento falava. – É claro que você sabe quem sou eu. Então vamos deixar as apresentações de lado. Sabe também por que estou entrando em contato. Sua esposa está aqui conosco, como sabe. Comporta-se bem, mas dá um pouco de trabalho.

A câmera voltou-se para Donna, que estava num canto do que parecia ser um porão. Estava deitada numa cama antiga, com pés e mãos amarrados e uma mordaça na boca. Um close da câmera mostrou que seu rosto estava marcado com hematomas grandes. Com certeza, ela tentou resistir e foi subjugada, talvez por Lemmy, que parecia ser o capanga predileto de Stoker.

– Você tem 24 horas para convencer seus subordinados de que os arquivos da Ordem do Centauro deverão ser entregues a mim. Somente então sua esposa, Michael Moonstone e outros reféns serão devolvidos. Como pode ver, não prometo que voltarão intactos, mas tudo tem uma maneira para ser. Isso é apenas uma amostra de como são tratados. Vamos ver o que sua doce esposa tem a dizer?

A câmera aproximou-se de Donna. Um olho estava inchado e fechado. O outro parecia refletir seu estado de confusão. Colin sentiu o coração apertado. Falhara ao tentar proteger Celso e Marietta. Não podia falhar com Donna.

Sua esposa olhou para a câmera, tentou falar uma vez e começou a vomitar. Com certeza, estava sob o efeito de alguma droga. Ouviu a voz distorcida de Stoker falar:

– Vamos, sra. Carter-Wojak. É hora de dar um recado a seu marido. Vamos, fale!

Ela tentou levantar a cabeça e engoliu em seco. Com a voz embolada como se estivesse bêbada, disse:

– Colin... Eles só querem os malditos... arquivos. Se fizeram isso comigo... imagine o que não fazem... com os outros. Não sei... como está Michael. Isso não vale... o sacrifício. Entregue logo... os arquivos.

A câmera voltou a focar a máscara de Stoker.

– Como dizem em seu país, "a voz do povo é a voz de Deus". Mas cuidado: Deus pode ser ao mesmo tempo misericordioso e violento. Para tudo, há duas faces. E quero tanto quanto você que isso acabe rápido. Lembre-se: 24 horas!

A imagem sumiu. A gravação acabara.

Colin Wojak passou a mão na cabeça e alisou os cabelos para trás. Havia vidas demais na balança. Muita gente sairia destruída daquele caso, mas principalmente ele, sua esposa e seu sobrinho. Como fazer para resolver essa confusão?

Paul Winsler estava em péssimo estado. Sua caracterização de Deus Noite já era coisa do passado. Sua pele estava vermelha do sangue e dos hematomas. Sua roupa de dândi estava em farrapos. Suas lentes, bengala e caninos falsos estavam jogados no chão. Sua peruca de cabelos compridos era apenas uma lembrança do que fora. Lemmy havia dado uma nova surra nele há algumas horas. E seu estranho chefe havia assistido a tudo de um canto da sala. Paul queria confessar que ele não era Tony Draschko, mas sentia que o amigo corria um risco até maior do que o que ele próprio corria.

E, depois, havia algo muito estranho naquele tal de Stoker. Paul não conseguia parar de pensar. Aquele andar, o modo como falava, o contorno do corpo...

A porta da sala abriu, e Stoker entrou. Estava vestido com uma espécie de macacão marrom, e seu rosto era uma máscara branca sorridente de porcelana. Ele aproximou-se de Paul e ergueu-o pelos cabelos.

– Seu idiota! – disse o *hacker*, e deu um tapa no rosto de Paul. – Você não é Tony Draschko! Quem é você? Fale!

Paul logo percebeu quem Stoker era na verdade por causa de dois detalhes: o leve odor de amêndoas que emanava de debaixo do disfarce do *hacker* e o brilho dos olhos, marrons e penetrantes, que conseguia ver pelos buracos dos olhos na máscara. O CSA ainda conseguiu observar melhor o contorno do corpo. Tombou a cabeça para trás e começou a rir, primeiro baixinho, depois cada vez mais alto. Stoker afastou-se, cruzou os braços e pareceu observar com curiosidade.

Um sentimento de raiva invadiu Paul. Os sentimentos e as lembranças que ele mantivera consigo por anos haviam transformado-se em raiva. Ele riu de maneira ensandecida e olhou de novo para seu inimigo.

– Aproximar-se foi a coisa mais estúpida que você poderia ter feito! Acabo de perceber quem você é!

O rosto coberto pela máscara apenas balançou em negativa.

– Você está blefando! – sussurrou Stoker.

Paul riu de novo e encarou seu interlocutor.

– Quer mesmo me testar? Será possível que mudei tanto nos últimos anos a ponto de você não me reconhecer nem mesmo como Deus Noite?

A máscara escondia qualquer emoção que o bandido pudesse ter. Mas aqueles olhos... sem dúvida, eram mais do que conhecidos. Depois de um tempo parado, Stoker aproximou-se e passou a mão pelo rosto de Paul.

– Paul... – murmurou Stoker. – É você mesmo?

Um fio de sangue começou a sair pela boca de Paul. Ele próprio sentia que podia ter algo como uma hemorragia interna devido às surras que recebera de Lemmy. O capanga não estava visível em lugar nenhum do recinto e o CSA sentia que seu tempo estava acabando.

– Por quê? – murmurou ele para Stoker. – Só me diga antes que seja tarde: por quê?

– Prove que é quem realmente diz ser.

Paul sorriu. Sabia que estava no caminho certo. E, então, disse, numa voz baixa:

– Lar Perto do Mar.

Os punhos de Stoker fecharam-se. Seus braços começaram a mostrar uma leve tremedeira. Virou-se para sair do recinto, mas parou na metade do caminho. Voltou-se de novo para seu cativo. Aproximou-se dele e disse:

– Não era para você estar aqui. Nossos caminhos não deveriam se cruzar nunca mais. Você é apenas um inocente numa cruzada maior.

– Eu? Você se perdeu por completo! Isso tudo significa... que você fez o que ameaçou fazer há tantos anos. E assim... deixou uma vida para trás...

Ele deu outro bofetão no rosto de Paul.

– Lemmy pagará por ter feito essa idiotice! Isso eu prometo!

O bandido mostrou então uma faca cirúrgica que estava numa mesa num canto do recinto. Paul sabia que não sairia vivo desta vez. Aquele desgraçado não podia deixá-lo viver sabendo quem ele realmente era.

– Desculpe-me! – disse Stoker. – Não posso deixar que arrisque minha operação!

Num só golpe, enterrou a faca cirúrgica, semelhante à usada nas mortes de Mary e Lindsay, no ventre de Paul. Em seguida, desamarrou as cordas e deixou o moribundo cair no chão.

– Você vai agonizar até finalmente apagar. Um dos motivos pelos quais faço isso é por não ter se importado comigo quando deveria! E se quer saber, acredito que agora estamos quites!

– Eu... nunca... – tentou falar Paul, mas a hemorragia já havia piorado bastante, e a faca enterrada doía.

Stoker voltou-se para a porta e saiu sem olhar de novo para trás. Os minutos estavam esgotando-se. Com uma força que desconhecia, Paul conseguiu tirar a faca e com o sangue que saía escreveu uma frase no chão liso. Então deixou finalmente que a vida (ou melhor, a morte) seguisse seu curso.

Seu último pensamento: que seu sofrimento ajudasse Tony a capturar Stoker.

Capítulo 12
Instintos

> *E assim nós colocamos, nós colocamos na mesma sepultura*
> *Nosso casamento químico*
> – Bruce Dickinson, "Chemical Wedding"

Os sonhos de Tony eram agitados. A todo o momento, ele via-se revivendo a cena em que os pais morreram. Desta vez, porém, era diferente: ele não presenciou o acontecimento, mas sabia de todos os detalhes pelos relatórios de perícia que havia lido. E, em sua imaginação, ele via o carro de seus pais parando no cruzamento com o sinal fechado e uma sombra negra grande se aproximando para, depois, enchê-los de tiros. Quando a sombra virava-se para ele, conseguia ver perfeitamente o rosto do troglodita Lemmy. Ele tentava correr para salvar os pais, mas via-se novamente reduzido ao adolescente magricelo que era. Sabia que jamais deteria o assassino. E que estava condenado a reviver o momento trágico para sempre. Gritava no sonho, mas algum barulho, como se fosse um gongo, um sino ou... a campainha!

Acordou coberto de suor, enquanto a campainha tocava quase sem parar. Olhou rapidamente para o lado e viu que, pelo menos, a noite passada com Siouxsie era real. Ela também estava ainda tonta de sono depois de terem feito sexo a noite toda. Ambos estavam nus, mas não sentiam nem um pouco de vergonha. Era como se aquilo fosse a coisa mais natural que eles poderiam ter feito.

– Você está bem? – perguntou, enquanto se vestia para atender à porta.

– Sim, estou – disse ela, assustada, enquanto procurava suas roupas. – Quem é?

– Não sei – disse ele, ao sair do quarto. – Mas provavelmente é alguém que trouxe novidades do caso.

Observou pelo olho mágico e viu o parceiro cara de coruja fazendo seu já famoso bico enquanto tocava a campainha.

– Vamos, Tony, sei que está em casa! Abra a porta logo!

Ele abriu e o encarou.

– Calma, Rod. Sabe que horas são?

– Esqueça as horas. Encontraram Paul.

– Oh, meu Deus! O que houve desta vez?

Rod entrou e falou sem se virar.

– Paul está morto. Foi encontrado num dos depósitos da livraria, próximo à entrada da cidade.

Foi a deixa para que Tony desabasse no sofá.

– Oh, meu Deus! Não pode ser! Não pode ser!

Rod jogou algumas fotos no colo de Tony. Ele também parecia abalado com a descoberta.

– Foi encontrado com uma faca cirúrgica próxima ao corpo. Estava em péssimo estado. Lemmy deve ter cuidado dele antes de dar o golpe fatal. Mas acredito que isso tenha algo a ver com Stoker. O CSA que atendeu o caso me disse que havia uma cópia do vídeo de segurança. Dá para ver uma figura vestida com uma roupa que a cobria dos pés à cabeça, usando uma espécie de máscara mortuária. Foi essa pessoa quem o esfaqueou e o deixou sangrando até a morte.

Tony não queria ver as fotos. Não queria a lembrança de mais um amigo morto. Siouxsie apareceu na sala e parecia assustada. Mal a viu, Rod logo concluiu o que aconteceu e apenas observou:

– É melhor você ir embora, Cecile. Nosso colega CSA Deus Noite foi morto em um dos depósitos da livraria de Danielle. É melhor você levar a notícia a ela e a seu pai. Logo iremos convocar uma reunião para partilharmos o que sabemos.

Siouxsie murmurou sem encarar o parceiro de Tony:

– Sinto muito. Eu adorava Deus Noite. Ele foi de longe o melhor dos góticos desta cidade.

– Pois então vá ajudar a arranjar o funeral dele. Há detalhes neste caso que precisamos discutir e é melhor você não ouvir nada.

Ela concordou com a cabeça, voltou para o quarto, apanhou sua bolsa e dirigiu-se para a porta. Antes que ela saísse, porém, foi chamada por Tony. Ele aproximou-se dela e deu-lhe um longo beijo às vistas de Rod, que observava com confusão. Assim que ela se foi e ele fechou a porta, Rod disparou:

— Você sabe os riscos que está correndo com ela?

— Do que você está falando?

— Não sabemos muito sobre ela. Temos ainda de verificar muita coisa. Lembre-se de que ela é uma das únicas a já ter falado com Stoker. Pode ser uma testemunha crítica em nossa busca pela solução.

Tony não disse nada. Foi até a cozinha, pegou um copo de chá gelado e voltou. Sentou-se no sofá e acrescentou:

— Ela é tão suspeita quanto Danielle. E não pense que não sei o que houve entre vocês. Foi ela que acompanhou a índia no exame de corpo de delito. Lá, elas trocaram impressões sobre o que aconteceu na fuga de vocês.

— Que quer dizer com isso?

— Que você, meu caro cara de coruja, tem atração por Danielle assim como eu tenho por Siouxsie. Então, se faço algo errado, você também tem de analisar o que está fazendo, não acha?

Rod imediatamente ficou vermelho. Não achou que seu pequeno flerte poderia ter passado disso. Porém, se Danielle tinha comentado com a amiga, talvez a coisa tenha sido mais séria do que ele acreditava.

— Vamos com calma — disse ele, ainda tentando disfarçar o constrangimento. — Eu não dormi com Danielle. E você parece não ter perdido tempo nesse quesito, não é?

Tony levantou-se e se aproximou-se do parceiro.

— Você estava lá! — apontou para as fotos. — Resolveu fugir com ela e deixar Paul para trás! Como você espera que eu me sinta com isso tudo?

— Acha mesmo que eu não estou me culpando? Ah, pelo amor de Deus, Tony! Estou tentando ser o mais objetivo possível em minhas análises e até no perfil que estou fazendo do nosso sociopata, mas está muito complicado! A toda hora tenho de me preocupar com o estado mental do sobrinho do comissário! Nem tive tempo para enviar os relatórios que o dr. Mendes pediu sobre suas condições. Então, não me venha falar de seus sentimentos! E, depois, eu estava em melhores condições do que ele, sendo que nem na sala ele estava! Eu tentava me recuperar da dose cavalar de Rohypnol que me deram!

– Deram a você uma dose da droga do estupro?

– Para você ver que há outros usos para aquela porcaria!

Calaram-se por alguns instantes. Ambos sentiam várias coisas fervilhando dentro de si. Os dois culpavam-se pela morte do perito. Afinal, o caso era deles, e Paul havia se envolvido apenas para ajudá-los.

Tony aproximou-se da janela, e Rod sentou-se no sofá. Foi o primeiro a quebrar o gelo:

– Droga, Tony, é nosso primeiro caso e já estamos em discussão! Quatro pessoas estão mortas por causa desse maníaco e é provável que mais alguém morra até o final desta história! Temos de nos concentrar em usar nossos talentos para derrotar Stoker!

Tony virou-se, ainda mais vermelho:

– Pensa que não sei disso? Droga, Rod, o troglodita que levou vocês dois é o assassino da droga da namorada, noiva, caso, sei lá, de Paul e também matou meus pais! Eu o quero capturado e trancado numa cela para sempre! Mas como vamos conseguir isso se o sociopata *hacker* se mete a apagar os rastros da identidade verdadeira de Lemmy?

Rod levantou-se do sofá e disse, com outro tom de voz:

– Há um detalhe que você ainda não sabe. Talvez Paul tenha nos deixado uma pista.

– Pista? Que pista?

Rod pegou as fotos e entregou-as de novo para Tony.

– Sei que é difícil, mas tente passar por cima de seus sentimentos e veja as fotos.

– Não! – disse Tony, virando a cara em horror. – Não quero mais mortes de amigos e família em minha mente!

Rod aproximou-se e pegou Tony pelos ombros.

– Droga, homem, recomponha-se! Ele pode ter deixado uma pista crucial para nós e temos de correr atrás dela! Veja as drogas das fotos!

Tony encarou-o ainda se sentindo apavorado. Algo dentro dele dizia que o parceiro tinha razão. Tremendo, apanhou as fotos e ligou novamente o som para que abafasse qualquer gemido que pudesse soltar. Bruce Dickinson cantava: "Como é feliz a alma humana / Não escravizada por estúpido controle / Livre para sonhar, vagar e brincar / Jogar a culpa dos dias passados".

– Se não quer me escutar, ouça pelo menos o que Dickinson está cantando! Vamos!

Tony respirou fundo e olhou as fotos da cena do crime. Pobre Paul, estava reduzido a uma massa cinza nas fotos em preto e branco. Ele olhou para a foto do chão e percebeu que, ao lado do corpo, havia uma frase escrita com sangue.

– "Genesis 3"? Mas o que diabos é isso?

Rod deu de ombros.

– Para mim, está claro que ele tentou nos passar alguma informação. Pelas gravações das câmeras, foi mesmo Stoker quem o atacou. E a faca utilizada foi semelhante à usada para matar Mary e Lindsay. Claro que não havia nenhuma digital, mas ainda assim penso que isso era importante. Ele usou seus últimos momentos de vida para deixar essa mensagem!

A campainha tocou de novo. Desta vez, era Herb, vestindo um terno.

– Vim aqui quando soube do que aconteceu – disse ele, em tom de desculpa. – Parei antes de ir para o laboratório. Sei que ontem você estava muito abalado e que o CSA que atendeu o caso já falou com Rod.

O parceiro cumprimentou-o e logo perguntou a Herb:

– Você já tem um bom conhecimento do caso?

O novo supervisor concordou com a cabeça. Rod estendeu as fotos e perguntou:

– Isto lhe diz alguma coisa?

– "Genesis 3" – murmurou Tony. – Meus Deus, o que é que isso me faz lembrar? Parece que está na ponta da língua...

– O que sabemos sobre Paul? – perguntou Rod.

– Ele adorava Renaissance – disse Herb. – Pelo menos foi o que eu mais encontrei no micro dele. Tinha nojo de insetos, principalmente baratas, motivo pelo qual não foi aprovado para ser entomologista, segundo o Facebook. Já segundo o Presas Noturnas, ele tinha suficientes seguidores para se tornar um "senhor da noite", seja lá o que for isso. Seu filme predileto era *Drácula de Bram Stoker*...

Rod sacudiu a cabeça.

– Isso não revela muito. A *persona* dele nas redes sociais não serve para traçar um perfil verdadeiro dele. É como se tentássemos definir um personagem de livros.

Tony trouxe seu *notebook* e conectou-se à internet. Foi quando Herb levantou-se e pediu:

– Deixe-me usar isso um instante. Acho que sei o que é esta frase.

Tony desligou o som enquanto Rod acompanhava o supervisor em sua navegação.

– Isso está mesmo para um "casamento alquímico" – observou Herb, pensativo. – Paul era gótico, mas tinha esse hábito de usar letras de músicas como maneira de exprimir algo. E, se não me engano, há uma música com esse nome...

Mais algumas tecladas e então o chefe dos dois CSAs declarou:

– Eu sabia! Aqui está!

Os dois CSAs olharam a tela incrédulos.

– Não, isso não faz sentido! – disse Tony. – Não pode ser isso!

Rod leu em voz alta:

– "Ora, a serpente era mais astuta que todas as alimárias do campo que o Senhor Deus tinha feito. E esta disse à mulher: É assim que Deus disse: Não comereis de toda a árvore do jardim? E disse a mulher à serpente: Do fruto das árvores do jardim comeremos. Mas do fruto da árvore que está no meio do jardim, disse Deus: Não comereis dele, nem nele tocareis para que não morrais."

Herb não sabia o que dizer. Talvez não fosse mesmo a pista correta.

– Se não é uma citação da Bíblia, o que pode ser?

De repente, ele sabia a resposta:

– Claro! Como não pensei nisso? Se ele usava letras de música, essa também deve ser. Mas o Genesis é uma banda de rock clássico, não gótico!

Rod se aproximou curioso:

– Genesis? A banda de Peter Gabriel e Phil Collins?

– Essa mesma.

Tony aproximou-se embasbacado. A coisa começava a fazer sentido em sua mente.

– Existe algum álbum do Genesis que não tenha nome?

Herb puxou a discografia do grupo e procurou.

– O 12º, lançado em 1983.

Tony estava visivelmente ansioso.

– Acessa a lista de músicas do álbum.

Herb assim o fez.

– Se é isso que estamos procurando, o que seria o número três? – perguntou Rod, interessado.

– Se for o que estou pensando, tudo! – disse Tony.

Logo que a lista de músicas surgiu, percorreu com o dedo a tela e encontrou o que procurava.

– Eu sabia! – gritou, triunfante. – É Lar Perto do Mar!

Herb e Rod olhavam de maneira inquisitiva para ele.

– Há alguns anos, Paul comprou uma casa perto do Lago Murray. Apesar do nome "lago", não é bem algo fechado, mas, sim, parte de um rio de maior extensão que vai longe. Ele chamava a casa de Lar Perto do Mar.

– Fica muito longe daqui? – perguntou Herb.

– Talvez umas quatro horas de carro.

– Acha que temos alguma coisa esperando por nós lá? – perguntou Rod, incrédulo.

– Por que ele nos deixaria essa mensagem? – disse Tony, já com a impressão de que estavam no caminho correto. – Lembro bem de que ele falava sem parar dessa casa. Foi onde deixou sua mãe viver até que ela morreu, há mais ou menos três anos.

Herb os olhou com aprovação.

– É uma pista muito tênue, mas pode ser algo que Stoker não esperaria. Temos de seguir esta trilha. Importam-se em conferir essa pista? Ficarei aqui para que não descubram para onde vocês foram. Agiremos em completo silêncio. – virou-se para Rod. – Malagha deu os originais das fotos para você?

Rod confirmou com a cabeça. Herb sorriu e completou:

– A pior parte, claro, ficará comigo. Terei de esconder seu paradeiro inclusive de seu tio, Tony.

O CSA apenas concordou com a cabeça de maneira triste.

– Não se preocupe – disse Herb, colocando o paletó. – Quando tudo isso acabar, teremos os culpados em seus devidos lugares.

— E se acontecer algo com você? – perguntou Tony, sem se voltar para ele.

— Não vai acontecer. Sou mais durão do que aparento. E, depois, sou novo no pedaço, esqueceu? Não atrairei muita atenção. Boa sorte, rapazes!

Tony e Rod desceram com o supervisor e se separaram dele. Enquanto um ligava o carro, o outro checava a localização do Lago Murray e programava o GPS.

— Tem certeza de que quer fazer isso? – perguntou Rod, pensativo.

— Não há alternativas. Temos de estar pelo menos um passo à frente de Stoker. E se Paul nos deixou essa pista em seus momentos finais de vida, por que ignorar?

O carro começou a andar, e Rod acrescentou:

— Sinto pela discussão, meu amigo. Não queria mesmo falar aquilo. É que este caso...

— ... mexeu com você. Sim, entendo perfeitamente, Rod. Esta tarefa vai mudar para sempre meu método de ver as coisas e até mesmo como encarar a profissão e a minha família. Ou melhor, o que sobrou dela depois disso.

— Ainda pensando em seu tio e em Lemmy?

— O comissário terá muito o que explicar – acrescentou Tony, enquanto ligava o rádio. Sintonizou novamente numa rádio que tocava Bruce Dickinson. – Por que ele se envolveu com essa gente, por que escondeu a origem do assassino de meus pais, por que está com esse jogo de pistas, por que regula detalhes da investigação e, principalmente, por que estou com a impressão de que minha tia pode ser a explicação disso tudo...

Quando o carro de Tony e Rod afastou-se, Herb observou até que tivesse certeza de que estavam no caminho certo. Observou o relógio e colocou seu próprio veículo em movimento. Já havia avançado pelo menos uns oito quarteirões quando observou a aproximação de um carro marrom. Fez sinal para que o motorista passasse, mas este avançou até emparelhar com seu carro.

— Mas o que é isso? – perguntou em voz alta.

Como resposta, a janela do veículo abriu e uma figura encapuzada jogou algo, que bateu no para-brisa e escorregou na rua. Por sorte, era uma rua de pouco movimento, e Herb pôde parar o carro para verificar. Aproximou-se com cuidado do pequeno pacote e notou que havia uma espécie de barulho mecânico que vinha de dentro dele. Olhou ao redor e viu um terreno baldio, separado da rua apenas por uma pequena cerca. Foi até lá e jogou o pequeno pacote por cima do obstáculo. Alguns segundos depois, a bomba explodiu com tamanha força que abriu uma cratera no terreno e quebrou as vidraças de todas as construções ao redor do local.

Ainda sem fôlego, ele ligou para o LRPD e para o laboratório. O local foi isolado, e as perícias, feitas. Pouco tempo depois, chegou o comissário Wojak.

– Isso está saindo do controle! – gritou ele. – Quem esse louco pensa que é para atormentar assim minha cidade?

Herb fez uma série de anotações em uma caderneta de bolso e respondeu, sem olhar para ele:

– Talvez se o senhor tivesse sido honesto desde o começo, não estaríamos nesta situação.

O comissário olhou beligerante para o supervisor.

– Explique-se agora antes que eu perca a cabeça e o prenda por desacato à autoridade!

Herb sorriu e explicou:

– Claro, o senhor pode me prender a hora que quiser. Foi com esse abuso de autoridade que conseguiu fazer parte da Ordem do Centauro? Ora, Colin, todos nesta cidade sabem o quanto esse maldito pacto foi uma verdadeira desgraça para a evolução do local. Se há famílias comandando negócios escusos, isso se deve à existência dos arquivos coletados por um acordo egoísta feito pelos influentes. Você deveria mandar esse maldito pacto para o inferno antes que a situação fique ainda pior e perca alguém de sua própria família!

O comissário queria dizer algo, mas sabia que seria inútil. Se pelo menos Herb soubesse o que houve com Donna...

– Eu tenho meus motivos.

— Ah, claro, todos sempre têm seus motivos! Motivos esses que são colocados acima do bem-estar da própria família. E tudo porque você deseja manter seu cargo? Isso de fato vale a pena?

— Herbert, isso não é o que você pensa que é...

— EU QUASE MORRI AGORA! O Deus Noite, um de seus peritos, nem esfriou ainda na cova! Seu sobrinho está perseguindo uma pista que pode ser perigosa...

Colin Wojak empalideceu de repente. Herb percebeu que havia cometido uma gafe ao confessar algo que não deveria.

— Onde está Tony?

— A caminho da pista deixada por Winsler, que por sinal deixou tudo escrito a sangue. Não se preocupe, Rod está com ele. Seu sobrinho está sob controle. Preocupe-se com as ruas de Little Rock e com o cenário que estão fazendo delas. Isso está pior que o filme dos Intocáveis!

Herb sabia que não havia sido uma gafe, que fizera de propósito para despertar a curiosidade de Wojak. Assim, teria controle se a informação vazasse para alguém ligado a Stoker.

Quando estava para sair com seu carro, o comissário o parou.

— Herb, você nem mesmo entrou e já estamos em guerra?

— Não, meu caro. Não estamos em guerra. Mas sei bem por que você está tão interessado em nos afastar. É Donna, não é?

— Como... Como assim? O que tem minha esposa?

— Colin, Michael Moonstone foi sequestrado e você não fez absolutamente nada. Desde o caso Methers que admiro sua postura ao comandar esta cidade. Mas isso não faz parte de seu *modus operandi*. Portanto, só posso concluir que Donna Carter também foi sequestrada e que você está sofrendo pressão por parte de Stoker para nos manter meio distantes da investigação.

O comissário sentiu que o supervisor estava espionando-o. Como ele podia saber de tudo aquilo?

— Há mais alguma coisa a acrescentar? — perguntou, antes de continuar.

Herb saiu do carro novamente e continuou:

– Sim, digo mais uma coisa a você. Se por um lado você está sendo pressionado, por outro você quer que os arquivos sejam transferidos do Madame Lilith. Por isso, entregou a tal chave a seu próprio sobrinho, porque sabia que, se ele caísse nas boas graças da filha de Burke, ela o ajudaria a localizar a sala que apenas os membros da Ordem sabiam onde estava naquela enorme mansão. Você ainda está colocando aqueles papéis malditos acima de todos nós, inclusive de sua esposa!

– Maldição, Greenie! Eu não aprovei sua indicação para você se tornar meu inimigo!

Herb se aproximou do comissário e disse com muita calma:

– Eu não sou seu inimigo. Stoker é. Ele joga as pessoas fora com uma rapidez que deixaria até mesmo os maiores assassinos da história com inveja. Droga, Colin, pare de agir contra nós! Assim o sociopata vai ganhar! E você pode até mesmo perder seu cargo!

O comissário olhou para Herb e este viu o quanto ele estava batido.

– Já perdi. Acabei de pedir demissão. Tenho mais uma semana até encontrarem um novo comissário.

A notícia atingiu Herb como se fosse um murro.

– Esse foi um passo errado, Colin. Que poderemos fazer sem você por perto?

A resposta do comissário foi direta:

– Quem sabe você não terá de realizar uma perícia em mim? Porque estou me preparando para matar tanto Stoker quanto Lemmy e assim lavar minha honra em sangue!

Capítulo 13
Raciocínios

> *Alguém me ajude, me tirem daqui*
> *Então, de repente, fora da escuridão, ouviu-se*
> *"Bem vindo à casa perto do mar"*
> – Genesis, "Home by the Sea"

Tony havia feito mal o cálculo para se deslocarem até o Lago Murray. O trânsito não estava muito bom, o que fez com que demorassem uma hora a mais do que inicialmente previra. O tempo estava quente e, apesar da umidade, era bem seco para os padrões norte-americanos.

– O que foi? – perguntou Rod, observando que o parceiro conferia seu *smartphone* pela milionésima vez.

– Não sei – disse ele, olhando para a tela confuso. – Pedi para Herb me avisar se algo acontecesse em nossa ausência e ele começou a me mandar um torpedo a cada meia hora.

– Que exagero! Isso é realmente necessário?

– Diante de nossa situação, acredito que sim. Tanto que, na última meia hora, recebi um dizendo que teve uma "surpresa desagradável" ao voltar para o laboratório. E até agora não recebi mais nada.

– Ligue para ele, então.

Rod estava concentrado em seguir ao pé da letra as instruções do GPS e rezava para que a maldita máquina estivesse certa. Era uma característica de sua personalidade: não confiava em nada que não fosse de carne e osso. Por isso, escolhera se especializar em perfis psicológicos e se dava muito mal com máquinas de qualquer tipo. Não gostou muito de ter de confiar no aparelho para chegar ao Lago Murray, mas não queria que isso fosse algum tipo de empecilho no andamento daquele caso já tão complicado.

Tony desligou o *smartphone* ainda mais intrigado.

— Nada! Simplesmente não sabem onde Herb foi parar. Parece que está com meu tio, mas ninguém sabe dizer para onde foram.

— É melhor dar um tempo. Mande um torpedo para ele e peça para entrar em contato.

Tony seguiu o conselho do parceiro enquanto lutava consigo mesmo para confessar algo.

— Não consigo entender uma coisa. Pelas regras que seguimos, um CSA se afasta se o caso que estiver investigando gerar algum tipo de conflito pessoal. No seu caso, como no caso da maioria dos envolvidos, estamos rodeados de conflitos pessoais e mesmo assim continuamos a investigar?

— Mais uma extravagância de meu tio, o comissário.

— Está tudo muito estranho. Para não dizer surreal.

Tony não respondeu. Estava de olho no *smartphone* acessando a internet para puxar a letra da canção citada por Paul.

— De que adianta olhar para a canção? — perguntou para Rod. — Tudo o que sei é que a casa deveria ter sido o local onde ele e sua noiva, Laverne, deveriam ter vivido após o casamento.

— Casamento que nunca aconteceu, se não me engano.

— Exato. Para falar a verdade, não lembro bem o que eles eram: noivos, amantes, namorados... Ultimamente, penso pouco em relações e suas diferenças.

— Pelo menos até conhecer Siouxsie, não é?

Tony ia responder algo quando parou para pensar.

— Pare naquele shopping. Deve haver uma loja de CDs, não?

— Provavelmente. Mas o que quer de lá?

— Deve ter o tal álbum. Pensei em comprá-lo e ouvir a música até chegarmos ao destino. Se foi tão importante assim para ele, é melhor tentarmos pensar como ele.

— Rendendo-se à psicologia? — perguntou Rod, em tom de provocação e brincadeira ao mesmo tempo.

— É. Quem sabe?

Rod fez o que Tony pediu. Estacionaram o carro e seguiram pelos corredores abarrotados de gente. O CSA psicólogo logo atacou:

– Curioso como o ser humano parece mesmo ter o hábito da compra arraigado em seu ser, não acha? Não importa aonde vamos, há sempre essa multidão de gente disposta a comprar coisas sem parar. Os shoppings estão sempre abertos e cheios dessa maneira.

– Sim. Pensei que apenas no Brasil nós tínhamos o hábito de passar as tardes nos shoppings. Aqui parece ser ainda pior que lá.

Entraram na loja e, enquanto Rod pedia o CD, Tony tentava falar de novo com Herb. Depois da terceira tentativa, a voz do supervisor finalmente apareceu no telefone.

– Agora não é uma boa hora, Tony – disse ele, afobado. – Finalmente pressionei seu tio contra a parede, e ele confessou algumas coisas.

– O que foi que ele confessou?

– Sua tia foi sequestrada. E há mais alguns detalhes que ele deixou escapar, como o fato de ter pedido demissão.

Rod voltou com o CD na mão e viu a cara de desespero que tomava conta de Tony.

– Pelo menos me diga onde vocês estão – disse Tony, já sentindo a ansiedade tomar conta.

– Não. Ou melhor, ainda não. Estou tentando entender melhor o envolvimento de seu tio e ajudá-lo a recuperar sua tia.

– Ela pelo menos está bem?

– Ele recebeu um vídeo. Ela parece meio machucada. E temo que, se não localizarmos o esconderijo para onde ela e Moonstone foram levados, teremos muitos outros problemas com que lidar. Tentaram me matar hoje com uma bomba que jogaram em meu carro.

– Oh, meu Deus! Como você está?

– É preciso mais do que uma bomba caseira para me derrotar, Tony. Em breve, terei mais detalhes que poderão nos ajudar a desbaratar este caso.

– Lemmy e Stoker...

– Os dois me intrigam, para falar a verdade. Aparentemente, ele é o único homem que trabalha para nosso *hacker*-rei. Todos os demais componentes da gangue são as meninas que ele recruta via Presas Noturnas.

— E como você quer, Herb, que eu me concentre em seguir esta pista enquanto aquele maldito capanga está com as mãos em minha tia? ELE MATOU MEUS PAIS!!!

— Eu sei de tudo isso, Tony, mas me dê um crédito, estou do seu lado. Deixe que eu darei toda a assistência que seu tio precisará para localizar o esconderijo deles. E agora volte para a busca. Sei que você tem sérios problemas em seguir ordens, mas acredite, é necessário. Até que isso chegue ao fim, ainda teremos algumas surpresas. E, agora, de volta à pista. É uma ordem!

Desligou o telefone e contou tudo a Rod a caminho do carro. O psicólogo ficou tão chocado quanto ele, mas, no fundo, não tão surpreso.

— Stoker está ficando cada vez mais audacioso. Isso indica uma espécie de frenesi.

— Frenesi no sentido de agitação? Isso não é coisa de filme do Alfred Hitchcock, aquele chamado *Frenesi*? Lembre-se de que o assassino em série desse filme agia quase da mesma maneira: matava sempre que chegava a um frenesi, estimulado sexualmente.

— Então você quer dizer que o maldito pode estar a ponto de matar novamente porque alguma coisa o está incitando a isso?

— Com certeza. Busca por poder pode ser tão excitante quanto sexo ou algo assim. É um dos fatores pelo qual há tantos crimes em que os autores agem por conta de estímulos.

O carro avançou na estrada, e Tony colocou o CD. Escutaram a música com calma uma, duas, três vezes.

— Como entraremos na casa? – perguntou Rod, confuso.

— Há um caseiro que mora lá perto. Paul deixava a chave com ele e o pagava para cuidar da casa. Ele me conhece. E depois era meio que um pai substituto para Paul. Não vai se opor à nossa investigação.

Mais algum tempo de estrada e atenção à letra da música, e os dois finalmente chegaram ao local batizado pelo falecido perito de Lar Perto do Mar. A casa era um desses chalés de madeira pré-fabricados e pintados de cores simples, com jardins pequenos na parte da frente e cercas vivas que separavam a propriedade dos demais vizinhos.

O carro avançou mais alguns blocos até que Tony reconheceu a residência do caseiro, um senhor de mais de 75 anos que havia sido, segundo Paul, namorado de sua mãe pouco antes desta falecer.

– Fique aqui – disse Tony, saindo do carro. – A revelação da morte de Paul não vai ser nada fácil.

Rod observou à distância a maneira como o parceiro conduziu a revelação de que Paul havia sido assassinado para o caseiro, que estava naquele momento recolhendo folhas secas de seu jardim. Ambos sentaram em cadeiras de ferro que havia perto de uma mesinha de jardim e choraram um no ombro do outro. "Aparentemente, havia pessoas que admiravam o perito", pensou ele.

Algum tempo depois, quando o relógio já marcava uma da tarde, Tony voltou com a chave na mão. Despediu-se do velho senhor, e o carro fez o caminho de volta.

– Como foi?

Tony tentava disfarçar que havia chorado e que tinha sentimentos de culpa pela morte do amigo.

– O mais doloroso possível. Mas garanto que ele não terá morrido em vão. E antes que isso também aconteça com meus tios, é melhor que tenha de fato algo naquela casa.

– Uma coisa apenas. O que faremos ao chegar lá?

– Seguir a letra da música.

– Como assim? Do que você está falando?

Tony ligou de novo o som enquanto Rod estacionava o carro na entrada da casa.

– Preste atenção no que diz Phil Collins.

Ambos ouviram de novo a canção, e Tony apontava certas partes como dicas.

– "Se escondendo pelos lados, rastejando pela parede / Roubando entre a escuridão da noite / Escalando através de uma janela, pisando no assoalho / Olhando para a esquerda e para a direita / Escolhendo as peças e as separando / Alguma coisa não está certa."

– Hum... – entendeu Rod. – Isso parece uma espécie de guia para onde estaria alguma coisa. Seria possível que ele nos mandaria numa caçada ao tesouro, por assim dizer?

— Com a diferença de que aqui não há um tesouro no sentido em que o conhecemos, mas, sim, algo que ele deve ter escondido na casa.

Rod sentia-se confuso.

— Mas o que isso pode ter a ver com o caso? Acredita que Paul poderia ter alguma ligação com Stoker?

Tony desligou o aparelho e retirou o CD.

— Aparentemente tinha. Para mim, ele, que conhecia quase todo mundo do submundo gótico e era conhecido pelos frequentadores do Madame Lilith, sabia quem Stoker era e foi isso que deixou escondido aqui.

— Mas por que aqui e não no apartamento em que vivia em Little Rock ou mesmo lá na sala dele no laboratório?

— Não sei. Mas espero estar certo. Há muita coisa em jogo.

Os dois saíram do carro e avançaram até a entrada, que estava coberta de poeira e folhas secas.

— Se não me engano, Laverne gostava dessa música, pelo que Paul me contou — comentou Tony, observando a porta de entrada. — "Se escondendo pelos lados, rastejando pela parede / Roubando entre a escuridão da noite". Talvez tenhamos de ver tudo pelo viés da noite.

— Sugere que esperemos até o anoitecer? — perguntou Rod. — São ainda três da tarde!

— Não, talvez não precisemos esperar tanto. Vi uma cafeteria aqui perto quando passamos de carro. Vamos até lá e pensaremos com calma em tudo isso.

Eles caminharam por dois quarteirões até um local parecido com uma Starbucks. Entraram e pediram café e algo para comer. Enquanto esperavam, Rod perguntou à garçonete, uma senhora de seus 55 anos e cabelos já totalmente grisalhos:

— A senhora tem acesso à internet aqui?

— Claro, temos *wi-fi*. Basta trazer seu *netbook* e forneceremos uma senha que dura por uma hora.

Ele levantou-se da mesa onde estavam e disse:

— Fique aqui. Tenho uma ideia, apesar de arriscada.

Saiu e correu até seu carro, abriu o porta-malas e tirou dele seu *netbook*. Não costumava usá-lo, uma vez que não confiava em máquinas, mas mantinha-o por perto em caso de necessidade. Saiu correndo de volta para onde Tony estava, pediu a senha para a garçonete e ligou o aparelho.

– Que pretende fazer? – perguntou Tony, curioso. – Pensei que fôssemos discutir sobre a música.

– Acredito que você esteja no caminho certo. Porém, há uma coisa que me intriga. Lembra que você me disse que Paul acessou o Presas Noturnas e quase imediatamente Stoker entrou em contato? Se ele mantém alguma espécie de vigilância na rede gótica, deve ser por ela que conseguiremos falar com ele.

– Muito bem pensado, Rod! E como entraremos na página?

– Tenho cadastro na rede, mas seria excelente se você se lembrasse da senha do Paul.

Tony puxou pela memória o máximo que pôde. Só viu o falecido amigo acessar a rede uma única vez, mas certos detalhes ficavam na memória dele de maneira que só precisavam do estímulo correto para virem à tona. E com o que estava em jogo, era melhor que ela não falhasse naquele momento crucial.

– E então, meu caro? – perguntou Tony, ansioso. – A página já está carregada. Basta colocarmos os dados.

Tony aproximou-se do terminal e digitou no ID a identificação deusnoite. A senha é que lhe preocupava, pois só se lembrava do final. Contudo, bastava conhecer bem o amigo, psicologicamente falando, para obter os resultados. Era difícil para ele admitir que começava a ver a utilidade da psicologia em seu trabalho, coisa que levava em consideração até então.

Rod observou enquanto Tony digitava o que achava que era a senha: "laverne4ever". A página carregou e logo estavam no perfil de Paul. Tony respirou aliviado por ter acertado e nem percebeu quando a garçonete trouxe o pedido de ambos.

– E agora? – perguntou ele ao parceiro.

– Agora esperaremos.

Deixaram a página carregada enquanto comiam. O tempo havia passado, e eles nem haviam se lembrado de se alimentar. Tony passava a música do Genesis na cabeça enquanto Rod ficava de olho na página para ver se alguém se comunicaria por ela.

Num dos vários porões que serviam de esconderijo para Stoker, Lemmy estava praticamente deitado na enorme cadeira de couro que o chefe usava junto à parede de monitores de internet e câmeras de vigilância que monitorava. Estava com as mãos atrás da cabeça e os pés bem em cima do console.

De repente, o monitor que vigiava a rede Presas Noturnas apitou. Uma mensagem apareceu no meio da tela e ficou piscando.

Deus Noite está conectado

Lemmy, que estava quase dormindo, viu a mensagem e não entendeu. Até onde ele sabia, o chefe havia cuidado daquele gótico desgraçado. O que significava aquilo? E onde estaria o chefe?

Levantou-se da cadeira e percorreu alguns corredores de uma espécie de *bunker* subterrâneo. Foi até uma enorme porta de metal e bateu nela. Escutou com atenção se havia algum sinal de vida no interior. Ouviu o que pareciam soluços e então barulho de alguém que se mexia. A porta abriu-se, e ele viu a máscara do chefe:

– O que você quer?

– É o monitor do Presas Noturnas. Parece que alguém se conectou à nossa rede com o apelido de Deus Noite.

O chefe escancarou a porta e saiu correndo, com Lemmy logo atrás. Parou na frente da parede dos monitores e observou a mensagem.

– São eles! – sussurrou, quase inaudível. – Depressa, acesse nosso sistema de rastreamento de endereços IP e tente triangular o sinal. Agora os pegamos!

– Quer que cuide deles agora?

– Não. Primeiro temos de saber onde eles estão. Depois, poderemos ver o que fazer. Porém, fique preparado. Se conseguirmos localizá-los, você deverá ir para lá imediatamente e, então, finalmente matar Tony Draschko e seu parceiro.

– Não entendo – observou Lemmy, coçando o cavanhaque. – Se ele já localizou os arquivos, com certeza não está com eles. Por que ainda não voltamos ao Madame Lilith e retiramos tudo de lá simplesmente ameaçando Burke e a filha?

— Porque, se conseguir eliminar Tony, terei Colin Wojak na minha mão. Ele já está fazendo o que quero, graças à influência de Donna Carter-Wojak. Porém, ele deixa pistas para que o sobrinho consiga descobrir minha identidade e, assim, salvar os arquivos. Se destruirmos a família Wojak, nada nos impedirá de finalmente queimar aqueles malditos papéis e sair desta cidade de uma vez por todas!

Stoker sentou-se no teclado, acessou o monitor da rede gótica e começou a teclar com quem estava conectado.

O primeiro bipe de mensagem colocou Rod em alerta. Já no final de consumir o último pedaço de um monte de panquecas, ele atirou os talheres ao prato:

— Finalmente!

Leu a mensagem para Tony.

Quem é você? O que quer aqui no Presas Noturnas?

E digitou:

Quero falar com você, Stoker. Estamos quase na iminência de saber mais sobre você. E, assim, colocá-lo onde merece: atrás da grades.

Tony observou, enquanto acabava um hambúrguer:
— Acha mesmo que deveria provocá-lo dessa forma?
Rod sorriu amarelo e tristemente.
— Não, não tenho. Mas com certeza ele deve falar alguma coisa.
Logo veio a resposta:

Com certeza você deve ser Tony Draschko. Só ele saberia a senha do falecido Paul Winsley.

Tony se esforçou para não digitar algo que comprometesse a investigação. Ao mesmo tempo, soltava palavrões e pragas. "De que adianta meu vasto conhecimento técnico se neste caso tudo o que posso fazer é jogar com os aspectos psicológicos dos envolvidos?"

> *Tony está aqui comigo. Mas não é quem está teclando. Se quiser saber, sou um velho conhecido de seu amigo Lemmy.*

— Você está se entregando! — Disse Tony, inconformado.
— Tony, isto é um jogo — explicou Rod, com a voz bem calma. — Ele quer saber quem sou, e eu entrego pistas. Eu o provoco, e ele faz a mesma coisa.
— Qual a vantagem disso?
— Stoker é impulsivo. Logo se entregará.

A mensagem seguinte deixou Rod espantado.

> Então é o CSA escritor Roderick Benes. Pena que não conseguimos nos falar enquanto estava drogado. Lemmy pagou pelo erro cometido.

— Ele está bem confiante de seu palpite — observou Tony enquanto seu parceiro continuava teclando.

> *Isso não importa, mais cedo ou mais tarde, estaremos nos aproximando de você. E quem será drogado e espancado será você.*

A resposta:

> Isto é o que você pensa, assim que eu destruir por completo a família Wojak e os Burkes, irei atrás de você. Afinal, escritor bom é escritor morto.

Tony suspirou sem paciência.
— Isso não está levando a nada. Parece uma briga de galos! Tudo que está saindo são provocações.
— Calma. Vamos brincar mais um pouco com ele...

Stoker admirava a audácia do CSA escritor. Já lera seus livros e sabia que seria um contraponto nas investigações com sua mania de que tudo teria uma origem psicológica. Precisava prosseguir com as provocações para que Lemmy conseguisse triangular a origem da comunicação.

Alguns instantes depois, seu capanga finalmente anunciou:
— A conexão é de um café que está num vilarejo próximo ao Lago Murray.

A menção ao local pareceu provocar alguma reação pequena em Stoker. Ele desistiu de teclar e, então, fechou as mãos em punhos.

— Esses desgraçados estão em busca da casa de Winsler. Depressa, pegue a van e vá atrás deles. E desta vez, Lemmy, é melhor que não falhe.

Rod já achava que o todo-poderoso Lemmy havia finalmente desistido de responder às provocações. Estava preocupado com a reação de seu inimigo. Sabia bem que, quando alguém demorava para teclar, não era um bom sinal.

— Ele parece ter desistido — observou Tony, ainda bebendo um gole de chá gelado. — E agora?

Rod suspirou e arriscou:

— É melhor passar para a ofensiva!

Ele digitou:

Quer saber de uma coisa? Já sabemos sobre o Lar Perto do Mar.

Tony ainda tentou apagar a mensagem antes de Rod enviá-la, mas o parceiro foi mais rápido.

— Por que fez isso?

— Para que ele saiba que não estamos brincando.

Stoker esmurrou a mesa do console. Lemmy estava pegando suas coisas e já estava para sair quando seu chefe gritou:

— MALDITOS! Droga, Winsley, você tinha de deixar alguma pista!

Lemmy aproximou-se, e Stoker pegou-o pela gola da camisa.

— Eu os quero mortos! Tão mortos quanto está Winsley! E, se falhar desta vez, é melhor nem voltar porque, se isso acontecer, eu mesmo cuidarei de você!

Entregou-lhe kits que continham seringas com um preparado à base de Rohypnol, a mesma droga usada antes contra Rod, e facas cirúrgicas.

— Isso funcionou bem para me livrar das traidoras Mary e Lindsay. Use neles agora. E retire os órgãos deles, assim como fiz com elas!

Lemmy não gostava de fazer isso. Estava mais para um valentão do que para um estripador.

– Algum problema? – perguntou Stoker, visivelmente irritado.

– Você não acha que isso já está indo longe demais?

Seu chefe aproximou-se ainda mais irritado.

– Você, seu imbecil provocador, sabia muito bem no que estava se metendo quando se uniu a mim. Por que agora quer dar para trás?

– Não quero. Disse que estaria com você até o final e pretendo manter minha palavra. Porém, não gosto de me tornar carniceiro!

– Você não reclamou quando eu eliminei Mary, que ameaçava revelar nossas operações ao comissário, apesar dela ter sido sua amante. E nem Lindsay, que a apoiava a entregar-nos para aquela índia nojenta, a filha de Moonstone.

Lemmy sabia que o chefe falava a verdade. Nunca havia pensado em matar como estava fazendo naquele momento. Claro, perseguir o chefe Nelson ou atirar uma bomba no carro do novo supervisor do laboratório da cidade era uma coisa. Mas enterrar aquelas facas em corpos de CSAs seria algo perigoso, que o colocaria na prisão de uma vez por todas.

– Você vai fazer ou eu terei de assumir a tarefa?

O capanga apenas respondeu:

– Passe-me o endereço do café.

Capítulo 14
Atrações

Deixando coisas reais para trás
Deixando coisas que você ama na mente
– Aerosmith, "Toys in the Attic"

– Está louco, Colin? Por que, em nome de Deus, você fez semelhante besteira?

O comissário estava em reunião com Tim Burke e o agora chefe Greenie em meio ao labirinto dos salões do Madame Lilith. Naquela tarde, enquanto Tony e Rod provocavam Stoker pela internet e o funeral de Paul Winsley acontecia, ninguém apareceria na casa noturna, que não tinha perspectiva de abrir para mais uma noite agitada.

– Não, não estou, Burke. Foi a única coisa em que pude pensar para salvar minha esposa. E, por hora, dê-se por satisfeito que aquele sociopata desgraçado não apareceu por aqui para privá-lo de sua filha ou algo parecido.

– Por falar em Siouxsie, onde ela está? – perguntou Herb, curioso, de olho em seu próprio celular.

– Lá em cima, conversando com Danielle Moonstone. Aposto que devem estar tagarelando sobre o fato de que ela resolveu passar a noite em companhia de seu sobrinho.

O comissário pareceu ofendido com a citação a Tony.

– Cecile e Tony? Juntos?

– Parece que eles se entenderam desde a noite em que ele esteve aqui com a chave dos arquivos e encontraram a sala onde os papéis estão guardados.

Herb praguejou. Sabia que Tony era precipitado, mas nunca imaginou que seu possível apetite sexual poderia colocar um caso como aquele em perigo.

– Eu preciso falar com sua filha, Burke – observou o supervisor, com ar grave. – Se ela puder dar alguma dica sobre como é na verdade Stoker, poderemos chegar a algum lugar.

– O melhor que tem a fazer é subir. Elas devem estar no salão superior, onde há o segundo ambiente, em frente a meu escritório.

Herb subiu enquanto Burke olhava-o atentamente. Quando viu que o supervisor não estava por perto, virou sua ira contra Colin Wojak.

– Tudo isso é culpa sua!

– Como pode ser? – perguntou o comissário, fazendo um esforço sobrenatural para esconder sua irritação.

– Se você tivesse aceitado se livrar dos arquivos há alguns anos, depois que foi eleito, muita coisa poderia ter sido evitada. Isso sem falar das pessoas que ainda estariam por aqui: sua irmã e até as garotas que foram mortas no início dessa bagunça! Você nem mesmo confiou em seu próprio sobrinho para revelar o que estava acontecendo!

– Não é isso! – respondeu Wojak, irritado. – Eu quis que ele estivesse, de alguma forma, bem longe disso tudo. Ele sempre me teve como um ícone da lei e da ordem, alguém tão intocável quanto Eliot Ness[3]. E agora ele sabe que eu também tinha meus esqueletos escondidos no armário. Acha que eu não me culpo por ter perdido minha irmã e meu cunhado? Eu sabia muito bem onde estava me metendo. E cheguei a avisar você para que desistisse de ser o guardião resoluto desses arquivos e que os entregasse para a justiça. Mas não, preferiu deixar os papéis apodrecerem num canto deste casarão enorme e se dedicar ao mundo dos metaleiros, dos góticos e de outros grupos que enchem a cara todas as noites!

Os dois se olharam com certo ódio estampado nos rostos. Um acusava o outro do mesmo: não ter tido coragem para delatar a existência dos arquivos da Ordem do Centauro. Ambos sabiam que não era fácil porque envolvia também a vida daqueles que amavam. Do lado de Wojak, havia tanto Donna quanto Tony. Do lado de Burke, Cecile. Isso não era, de modo algum, uma desculpa, mas admitir que poderia

---

[3] Eliot Ness (1903 - 1957) era agente do Tesouro Americano. Ness foi, em 1926, líder de uma equipe de agentes federais apelidada de "Os Intocáveis". [N. E.]

ter sido diferente se tivessem a coragem necessária para deixar de lado certos juramentos feitos às pessoas erradas, não estariam no aperto em que se encontravam.

– Se eu não tivesse feito o juramento quando recebi a mansão como herança... – começou Burke.

– Ah, claro, e se não tivesse feito o juramento à família de Donna quando nos casamos... – completou o comissário. – A verdade agora é uma só: nossos erros passados estão no nosso encalço. Estamos unidos para proteger um pacto do qual nenhum de nós participou. Essa Ordem do Centauro merecia ser destruída para sempre. E que se danem as famílias tradicionais daqui! Se foram elas que me colocaram no cargo de comissário ou que o tornaram um empresário da noite famoso, isso pode ser revogado a qualquer hora. O problema agora é impedir essa loucura toda que estamos vivendo!

Burke pegou dois copos e encheu-os de um licor muito forte. Entregou um a Wojak e virou o outro goela abaixo. Tirou a bandana da testa para enxugar o suor e completou:

– O que faremos para resgatar Moonstone, além, claro, de Donna?

O comissário virou o copo e tossiu por algum tempo. O licor, feito de raízes aromáticas, era mesmo uma bebida que somente os metaleiros da tribo de Burke sabiam apreciar.

– Moonstone procurou por isso também. Michael sempre teve esse negócio de obter documentações falsas para os índios *cherokee* que vinham de maneira ilegal para cá. Ele é um dos índios mais bem-sucedidos de todo seu povo e o único com influência perante nós, brancos. Ele prosseguiu com essas atividades e, para proteger e continuar a emissão de documentos ilegais, associou-se com as demais famílias.

– Mas Danielle ia usar Mary e Lindsay para denunciar o esquema de Stoker...

O comissário fez um sinal para que Burke enchesse mais uma vez o copo. Virou de novo e sentiu o líquido quente rasgando sua garganta.

– Stoker precisa ser detido para que possamos nos livrar de uma vez por todas do arquivo. Eu já desisti do comissariado para poder fazer isso. Se você fizer o mesmo, o problema voltará para as famílias pertencentes à Ordem do Centauro. E que Stoker, se não o pegarmos antes disso, faça bom proveito assombrando-as!

Burke não entendeu. Limpou de novo o suor da testa e voltou a colocar a bandana, que ele acreditava ser uma espécie de talismã de proteção.

– Desistir? Desistir do quê?

– Do que você acha? O que foi que o ligou ao pacto?

Burke arregalou os olhos e sentiu-os marejados por algum tempo. Tomou também mais um gole do licor de raízes e completou:

– Não! Eu não vou me livrar da mansão e do Madame Lilith!

– Ora, Burke, você não é tolo! Sabe muito bem que o Madame Lilith pode renascer em outro imóvel. É a sua empresa, pode levá-la para onde quiser. O problema é esta mansão. Você precisa se livrar dela! E se Cecile se envolver mais? Lembre-se de que ela é a única que chegou a ver e conversar com Stoker. Ele sabe que, para atingi-lo, basta fazer algo com ela.

– E por que diabos vocês nem mesmo pegaram Lemmy?

– Os CSAs do laboratório já têm o suficiente para ligá-lo pelo menos às mortes do chefe Nelson e do perito Winsley. Devem expedir um mandato de prisão a qualquer momento. Mas não adianta prender o membro da gangue enquanto o cabeça está à solta, cheio de planos obscuros que envolvem sei lá quem mais!

Burke olhou a seu redor. Aquela mansão havia sido sua vida pelos últimos quinze anos. Não podia se imaginar em qualquer outra casa naquela cidade. Havia algo muito forte que o prendia lá. Ele sentia que, se quisesse livrar da casa o espírito de seu ex-chefe, que lhe deixou o local como herança, poderia até mesmo se revoltar contra ele. Não sabia se isso era possível, porém começava a acreditar no inevitável. E sabia que Wojak tinha razão. Então, por que era tão difícil pensar em se livrar daquele imóvel?

Herb subiu as escadas e orientou-se pelas vozes femininas que reverberavam pela mansão vazia. Encontrou Siouxsie e Danielle sentadas, com uma garrafa de vodca ao lado. Aproximou-se da mesa de ambas com calma. Não queria invadir o espaço das duas moças.

– Importam-se se eu me juntar a vocês?

As duas olharam com desconfiança para o supervisor, até que Siouxsie respondeu:

— Vocês não deveriam estar em busca do pai de Danielle e da esposa do comissário?

— Tenho alguns homens verificando as pistas. Já temos provas suficientes para obter um mandato de prisão para Alan Schmidt, vulgo Lemmy. Ele deverá ser preso a qualquer minuto. Com ele sob nossa custódia, será fácil pressioná-lo para obter o esconderijo de Stoker.

Danielle virou a garrafa de vodca no copo e bebeu um pouco. Seu rosto parecia bem melhor dos violentos tapas que recebera do capanga de Stoker, mas as manchas brancas ainda maculavam o belo rosto.

— Se pelo menos conseguirem tirá-los da livraria de meu pai, já estou satisfeita. Estamos fechados há dias, e o lucro que perdemos é muito grande.

Siouxsie pegou um copo para Herb, que tomou alguns goles e então disparou:

— Precisamos de pistas, meninas. Precisamos saber quem é Stoker. Li a descrição que fez em sua declaração ao CSA Benes, Cecile...

— Siouxsie, por favor!

— Está bem! Siouxsie, também sei que você está... como direi... ligada ao CSA Draschko. Por favor, ajude-nos. O que você pode dizer sobre esse sociopata miserável?

— Eu já disse tudo o que sabia...

Herb bebeu mais um pouco e colocou o copo na mesa.

— Não creio nisso, Siouxsie. Há algo que ainda está muito estranho. Por exemplo, que tipo de relação você teve com ele?

— Como assim? Ele apenas tentou me recrutar para o Presas Noturnas. Queria que eu fosse sua, sei lá, relações públicas ou menina de programa. Para mim, dá tudo na mesma. Eu recusei, e ele me perseguiu por algum tempo. Só isso.

— Você nunca pensou em se aproximar dele... sexualmente falando?

Danielle olhou assustada com a pergunta. Ia responder algo, mas Siouxsie fez sinal para que ela se calasse. Respondeu:

— É o que todo mundo pensa de qualquer garota que se envolve com o Presas Noturnas. Deixe-me esclarecer algo, chefe Greenie.

Ninguém pode sequer pensar em chegar perto de Stoker, ainda mais se insinuar para ele.

Ela levantou-se e fez sinal para que ele a acompanhasse. Danielle também foi. Os três seguiram por um corredor até o final, quando Siouxsie usou uma corda pendurada no teto para fazer baixar uma escada que levava ao sótão. Eles subiram, ela acendeu a luz e pegou uma caixa antiga de sapatos. Abriu-a e dela retirou algumas fotos.

– Estas foram tiradas por Lindsay quando estava quase convencida de que deveria pular fora do barco de Stoker. Olhe bem para elas.

Nelas estavam alternadamente Siouxsie, Danielle e Lindsay, todas em companhia de uma figura misteriosa coberta de alto a baixo com uma roupa de veludo preto e uma máscara com traços ligeiramente femininos que lhe cobria o pescoço.

– Este é Stoker – explicou Siouxsie. – Estas fotos foram tiradas no dia em que dei minha recusa para ele. Entende agora?

– Não dá nem para saber se ele é homem ou mulher – observou Herb.

– Exatamente! – exclamou Danielle. – Sempre foi assim. Pelo menos quando ele se digna a descer até nós, pobres mortais. Soube que uma vez Mary tentou seduzi-lo para redimir-se de uma falha cometida. Ele quase arrancou os seios dela com as facas cirúrgicas que costuma usar.

– E nenhuma de vocês tentou de novo algo desse tipo?

– Que eu saiba, não – disse Siouxsie. – Ainda mais quando vi o quanto ele e Lemmy socam e esbofeteiam as garotas que os desagradam.

Herb examinou melhor. Aquela roupa que o sociopata usava parecia uma fantasia de Halloween. E era tão densa que não dava para saber absolutamente nada sobre quem estava por baixo dela. "Como ele consegue vestir algo assim?"

– Conhecem alguma mulher que poderia ter assumido essa personalidade e trabalhado para conquistar o meio gótico? – perguntou ele, desconfiado.

– Não, nenhuma – respondeu Danielle. – Já pensamos nisso por conta própria, mas a tarefa de descobrir quem ele é sempre foi impossível.

– Então temos de assumir que vocês se referem ao nosso amigo como "ele" por uma questão talvez de conveniência... – pensou o supervisor. – Precisamos mesmo de algo que nos ajude a indicar o caminho correto.

De repente, um barulho de vidro se quebrando se fez ouvir no andar de baixo. Danielle e Siouxsie saíram correndo, e Herb vinha logo atrás. Desceram as escadas e encontraram o comissário e Burke olhando para um tijolo envolto por um papel que havia sido atirado pela janela principal da mansão, ao lado da entrada. Colin Wojak aproximou-se, pegou o tijolo, abriu o embrulho e viu que se tratava de um bilhete. Leu em voz alta:

> Estou a caminho de onde seu sobrinho está, Comissário. Ele é o próximo. S.

– Uma jogada nada esperta para quem é um *hacker* tão cheio de recursos – observou Herb, pegando o celular.

– Stoker está apelando. Seria esse o frenesi que uma vez ouvi o dr. Mendes comentando? Droga, Greenie, onde Tony e Rod estão? – gritou Wojak, já sentindo o desespero tomar conta dele.

O celular indicava que o telefone de destino estava fora da área de cobertura, ou seja, havia perdido o sinal. Ele olhou para todos e disse:

– Os dois estão atrás da pista que Winsley deixou com sangue.

– Aquilo era uma pista? – perguntou o comissário. – A tal frase que você comentou que ele escreveu?

– É nossa melhor aposta no momento. Estou tentando falar com Tony, que me ligou há algumas horas quando chegamos aqui e vocês dois começaram a discutir – explicou o supervisor, de olho no comissário e em Burke. – Depois, não consegui mais falar com ele.

– O que era a frase? – quis saber Siouxsie.

– "Lar Perto do Mar" – revelou Herb.

– A casa que o Deus Noite possuía no Lago Murray – explicou Danielle. – Ele sempre falava dela para nós. Mas não entendo...

Todos olharam para ela sem entender. Danielle tentou explicar, mas sua própria mente já tentava chegar a algum lugar.

– Deus Noite sempre manteve o hábito de deixar por escrito tudo o que lhe acontecia. Dizia que, se um dia conseguisse, publicaria um livro sobre a vida dele no meio gótico. Mantinha diários e mais diários, escritos em cadernetas enormes de anotações. Desistiu do projeto quando Laverne morreu assassinada. Será...?

Siouxsie entendeu o pensamento dela.

– A identidade de Stoker pode estar em alguma daquelas cadernetas? Se ele mantinha tudo o que lhe acontecia e era muito bem relacionado, só pode ser isso.

Danielle aproximou-se de Herb.

– Os seus CSAs foram para a casa dele, não é?

Herb concordou com a cabeça de maneira relutante.

– Faz todo o sentido do mundo! – comentou Burke, entendendo onde as garotas queriam chegar. – Por que mais Stoker iria atrás deles ou mandaria alguém?

O supervisor tentou de novo contatar Tony, mas o sinal continuava fora do alcance.

– Burke, você e o comissário podem até tentar falar com Tony. As garotas e eu temos uma tarefa que poderá nos ajudar neste caso.

Enquanto os dois homens ocupavam-se tentando contatar Tony, Herb e as garotas foram para um canto do balcão. Ele retirou de seu paletó uma caderneta pequena e a abriu.

– Vocês conhecem o submundo do rock tão bem quanto Winsley conhecia. Pensem bem. Quem eram as pessoas que mantinham contato com ele?

– São várias! – observou Siouxsie. – Ele era muito famoso e popular. Vai dar trabalho.

– E o que não está dando trabalho neste caso? – perguntou Danielle. – Se isso puder nos dar uma pista, é melhor mesmo fazer. Siouxsie, não há nada entre os seus "brinquedos" do sótão que poderia ajudar?

A gótica levantou o olhar para a amiga:

– As fotos dos concursos que havia aqui! Fotos de Polaroid! Todos daqueles testes de caracterização em que Paul criou o personagem Deus Noite. Com certeza estão lá em algum lugar! Vou buscar já!

Enquanto a agitação prosseguia dentro do Madame Lilith, Lemmy observava tudo com a caminhonete parada. Foi ele quem resolvera jogar o bilhete para alertar o comissário, que sabia estar lá dentro. Lemmy precisava fazer algo, pois entendia que Stoker estava conduzindo-o a caminhos sombrios. Tinha medo de que tudo pudesse acabar de maneira insatisfatória para ele e um verdadeiro pavor começava a tomar conta. Não podia se safar da tarefa que o chefe lhe dera, mas podia, pelo menos, colocar a polícia no caminho correto.

Ele queria acabar com aquilo. Ligou o carro e pensou ainda em jogá-lo contra a mansão para que o comissário pudesse de uma só vez capturá-lo. Mas seu lado valentão queria desafiar os homens da lei e mostrar que era intocável. E depois, se conseguisse se livrar daqueles dois CSAs, talvez ficasse numa boa com o chefe de uma vez por todas.

– Oh, meu Deus! Oh, meu Deus! – gritou Siouxsie, quando voltou com as fotos dos concursos ocorridos no passado dentro do Madame Lilith. – Cara, estão todas na minha mão! Acha mesmo que a verdadeira identidade do Stoker estava aqui esse tempo todo?

Herb deu de ombros. Nos minutos em que estivera a sós com Danielle, fizeram uma longa lista de possíveis suspeitos, divididos em várias tribos: *headbangers*, surfistas, *punks*, *mods*, *skinheads*, *suedeheads* e *psychobillies*. Cada uma possuía pelo menos vinte nomes.

– Se alguns de seus suspeitos estiverem nas fotos, teremos de marcar cada um deles e depois repassar os seus nomes para o pessoal do laboratório procurar nos bancos de dados.

Siouxsie abriu a caixa e despejou pelo menos duzentas fotos de diversas versões do concurso de criação de personagens. Via-se a imagem de Paul Winsley em várias delas, já com a mesma fantasia que usava quando foi sequestrado e morto. Com ele, havia uma mulher bonita, ruiva, de traços delicados e rosto marcado com pintura que mais se assemelhava a um clone da Mortícia Addams.

– Esta é Laverne – disse Danielle, abaixando a voz. – Até o ano passado, os góticos ainda faziam peregrinação ao túmulo dela para relembrar o ocorrido.

– E Winsley aparecia nesses eventos? – perguntou Herb.

– Raramente. Eu mesma só o vi lá umas duas ou três vezes. Depois que ele entrou para a polícia daqui e se tornou perito, nunca mais apareceu.

– E Laverne? Onde ela está enterrada? – perguntou o supervisor, com uma ideia na cabeça.

– No Cemitério Hill Gates, na entrada da cidade.

Herb pegou o celular e falou com seu pessoal para que arrumassem um geólogo e fossem até o cemitério analisar o túmulo da namorada de Winsley.

– Se for necessário, teremos de pedir uma exumação – explicou no telefone. – Porém, somente apelaremos para isso em último caso. Façam o possível para varrer a terra com aparelho de ultrassom.

– O que significa isso agora? – perguntou Burke, ainda tentando falar com Tony.

– Apenas um palpite. Já imaginaram que Stoker pode ser alguém que quer se vingar da morte de Laverne?

– E que, para tanto, contratou o assassino dela para fazer seu serviço sujo? – perguntou Burke, sem entender o pensamento do supervisor. – Desculpe, mas não acho isso nem um pouco possível.

Herb olhou de novo para o bilhete jogado.

– Acho que nosso amigo está começando a se arrepender de seus trabalhos.

– Stoker? – perguntou Danielle, incrédula.

– Não. Lemmy.

– Lemmy? Um assassino se arrependendo de matar? – perguntou o comissário, que também estava ocupado tentando falar com o sobrinho. – Essa foi a ideia mais idiota que já lhe passou pela cabeça, Greenie.

Herb, em resposta, apanhou o bilhete e mostrou-o para todos.

– Aqui há uma tentativa de chamar a atenção. Não, não sou psicólogo, mas, com certeza, apesar de estar assinado pelo nosso sociopata, não acho que este seja um bilhete dele. Stoker prefere usar tecnologia, não mandar bilhetes em tijolos.

– Então é Lemmy quem está atrás de Tony? – perguntou o comissário. – Isso é ainda pior do que pensar que é Stoker quem vai tentar alcançá-lo!

— É apenas um palpite. Vamos nos concentrar em nossas tarefas. Se não conseguem falar com Tony, é melhor dar um tempo e tentar de novo daqui a pouco. Enquanto isso, ajudem na triagem das fotos.

Então, todos voltaram-se para a tarefa que tinham pela frente. Apenas o comissário ficou de fora por não conhecer direito as pessoas que estavam nas fotos. Todas eram checadas e checadas de novo por Herb antes de ter os nomes liberados para que seu pessoal procurasse qualquer tipo de indicação de que pertencia a um banco de dados qualquer.

— E se consultássemos a Unidade de Comportamento do FBI? — sugeriu o comissário.

— E arriscar que eles venham aqui, tirem o caso de nossas mãos e ainda descubram que vocês estão envolvidos num pacto com as famílias tradicionais locais? — perguntou Herb, incrédulo. — Não acho uma boa ideia.

De repente, o celular de Herb tocou. Ele atendeu. Ouviu em silêncio e deixou escapar um sorriso de acerto. Desligou o aparelho e anunciou:

— Muito bem. Acho que finalmente temos uma pista. Meus homens saíram do cemitério. O túmulo de Laverne Watkins está vazio. Alguém levou o corpo de lá!

Capítulo 15
Certezas

> *Este mundo nunca é o bastante*
> *E eu não estou desistindo (para sempre)*
> *Minha fé no amor é como sangue*
> *Eu derramo livremente para alguns (para sempre)*
> – Live, "Forever May Not Be Long Enough"

A tarde passou devagar para Tony e Rod. Depois do almoço tardio e da sessão de provocações via internet, terminada abruptamente por Rod (que se mostrava cada vez menos paciente com máquinas e com quem se comunicava por elas), os dois CSAs procuraram obter alguns materiais que os ajudariam a improvisar um kit de perícia. Tony conseguiu grafite, fitas adesivas, talco, lentes de aumento, sacos plásticos e outros itens nas papelarias e em lojas de conveniência que encontraram ao longo das ruas do vilarejo. Com aquele material, os dois esperavam obter alguma impressão digital ou algum outro material biológico de que quem quer que fosse Stoker.

— Eu não acho que você deveria ter feito o que fez — explicou Tony, enquanto aguardavam a fila do caixa andar. — Se nós somos capazes de rastrear uma ligação de celular, e nosso inimigo é um especialista em tecnologia, para ele deve ser fácil nos localizar.

— E daí se ele conseguir isso? — perguntou Rod, visivelmente irritado. — Eu quero, e exijo, uma revanche, por assim dizer. Ele não tinha motivos para me sequestrar.

Tony o olhou com reprovação.

— Na verdade tinha, sim. Se é mesmo verdade que o capanga dele confundiu Paul comigo (só Deus sabe por que), então isso significa que ele estava querendo algo. Se eu não estivesse atrás da tal sala do arquivo da Ordem do Centauro, talvez...

A fila andou um pouco, e Rod acrescentou:

— Isso é verdade. Não é fácil admitir isso para você. A dose que as meninas de Stoker me deram de Rohypnol foi muito forte, a ponto de me deixar cambaleando por um dia inteiro. Porém, eu consegui ouvir os murmúrios de Paul enquanto Lemmy o espancava. Aquele idiota não sabe a diferença de nada com nada e de fato pensou que ele era você.

Tony sabia que, no fundo, teria de conviver com a culpa pela morte de Paul. E, assim que tudo terminasse, ele teria os inevitáveis pesadelos com aqueles que se foram, como tinha com seus pais e com Jen. Também sabia que era coisa de sua própria psique, pois as lembranças só se manifestavam em tempos de paz ou entre um caso e outro. Era por isso que ele continuava a frequentar o consultório do dr. Mendes.

Os dois CSAs pagaram pelo material adquirido e dirigiram-se para o Lar Perto do Mar. Pararam de novo na entrada enquanto Tony buscava a chave. Rod olhava tudo com certa atenção e parecia procurar algo.

— O que foi? — perguntou Tony, curioso, enquanto colocava a sacola com o material num canto.

— Parece... — começou Rod. — Parece que... Bom, deve ser besteira...

Tony aproximou-se e tocou-o no ombro.

— Se somos parceiros, é melhor começarmos a aprender a dividir tudo — observou. — Incluindo observações idiotas.

Rod deu de ombros e disse:

— A casa parece ser uma daquelas que refletem um pouco de seu proprietário. Ou proprietários. Há alguma coisa que lembra Paul. É só ver a varanda e a maneira como está arrumada. As sebes bem aparadas, os bancos de madeira do lado de fora com pintura recente. Os batentes das janelas também bem cuidados. Esses detalhes mostram uma tendência do Paul. O escritório dele no laboratório tem as mesmas características.

— Ele vinha para cá apenas em feriados — observou Tony, olhando pelas janelas. — Queria manter a casa como uma espécie de santuário que lembrasse a mãe e, de uma maneira mais superficial, o pai.

— Os pais dele eram separados?

— Sim. Depois de um tempo, ele perdeu o contato com o pai. Nem quando a mãe morreu conseguiu localizá-lo. Provavelmente, se ele ainda for vivo, nem sabe que perdeu a ex-esposa e seu único filho.

Os dois observaram a casa por mais alguns instantes em silêncio e então foi a vez de Rod ser o afobado:

– Já chega. Abra logo a porta e comecemos a busca.

Imediatamente, Tony relembrou a música citada por Paul:

– "Se escondendo pelos lados, rastejando pela parede / Roubando entre a escuridão da noite." Parece-me que o que quer que nos espere lá dentro está num esconderijo da casa e não num aposento.

– Boa intuição. Vamos lá?

Tony abriu a porta, e o cheiro típico de casa fechada há muito tempo invadiu suas narinas. Rod procurou o interruptor e acendeu a luz. A grande quantidade de móveis cobertos com lençóis fazia lembrar o cenário de um filme antigo. Toda a casa era em estilo vitoriano, com móveis que valeriam muito se fossem colocados à venda em uma loja de objetos antigos. Os lustres de cristal balançavam com as correntes de ar que entravam pelas frestas das janelas pesadas. As cortinas eram grossas e bordadas. Havia cristaleiras em quase todos os cômodos, cheias de copos e tigelas de cristal. Os móveis eram todos em estilo antigo e davam a impressão de que seus ocupantes eram pessoas de certa idade. Tony passeou pelas salas e quartos de ambos os andares antes de descer e falar com Rod, que examinava tudo com atenção, como faria um sabujo.

– Luvas? – ofereceu Tony, tirando do saco plástico as de látex.

Rod apanhou-as e calçou-as. Tony fez o mesmo. Estavam prontos para começar. Mas havia uma dúvida que persistia.

– Onde será nosso ponto de partida? – perguntou Tony, confuso.

Rod entrou em ação. O psicólogo começou a analisar o ambiente.

– Com certeza, ele esconderia algo num lugar ligado à sua infância ou adolescência. Você disse que ele morou aqui por um bom tempo até a morte da noiva, quando se mudou para Little Rock e começou a carreira de perito, não foi?

Tony concordou com a cabeça.

– Viu os quartos de cima? Qual deles seria o de Paul?

– O dos fundos da casa. O da frente tem uma cama de casal. Ele me contou que sua mãe dormia na cama mesmo depois do pai dele ter sumido.

Rod subiu as escadas com Tony vindo atrás. Abriu a porta do quarto de trás. Analisou o ambiente: uma cama de ferro, um guarda-roupa de mogno, estante com livros, cômoda de madeira, uma TV num canto. Nas paredes, pôsteres de bandas como Alien Sex Fiend, The Cure, The Cult, Gene Loves Jezebel, Dead Can Dance, Nightingale, Bauhaus, The Sisters of Mercy, entre outras, com as bordas já amareladas pela passagem do tempo.

– "Se escondendo pelos lados, rastejando pela parede / Roubando entre a escuridão da noite" – repetiu Rod. – O que leva um fã de rock gótico a usar uma música de rock progressivo para esconder algo?

– Não sei. Talvez para despistar – admitiu Tony. – Mas acho melhor procurarmos a resposta. O relógio já acusa cinco horas da tarde. Se a noite nos pegar aqui, teremos de ficar. Não sei se Herb gostará que faltemos no serviço neste momento tão crucial.

– Rastejando pela parede! – exclamou Rod. – Claro! Se eu estou aqui e ele passa grande parte dos momentos na cama, como seria de se esperar num quarto, ela é o ponto de partida natural. Rastejar pela parede significa que levanto da cama e vou me guiando por ela para saber aonde vou.

Tony deitou-se na cama, que fez um barulho como se precisasse de óleo. Então levantou e se apoiou na parede.

– Se for pela esquerda, há o guarda-roupa. Se for pela direita, há a porta de entrada.

– A opção natural é o guarda-roupa.

Os dois abriram a peça de mobília e começaram a revirá-la. Nada, a não ser diversas roupas guardadas cuidadosamente em sacos plásticos, cada uma pendurada com cabides e etiquetadas conforme a ocasião em que deveriam ser usadas.

Meia hora depois e quase cansados, os dois deram por encerrada a busca no guarda-roupa.

– Aqui não há nada – observou Tony. – E se formos no sentido da porta do quarto?

– Como era o resto da letra?

– "Escalando através de uma janela, pisando no assoalho / Olhando para a esquerda e para a direita."

Rod andou até a entrada do quarto e observou o corredor.

– O que é aquela cortina?

Tony foi olhar e viu que era uma espécie de coberta para o que seria uma janela, mas uma que não dava para o lado de fora, e sim para o que parecia ser outro corredor menor.

– Hum... – murmurou Tony. – Há um corredor menor. Acho que é uma pequena passagem que leva ao sótão.

– Experimente-a. Veja se abre.

Tony levantou a pesada janela e viu que se movia. O corredor era uma passagem pequena e escura que tinha, na extremidade, uma escada fixa que subia.

– Provavelmente deve ser um anexo da casa... – disse Rod. – Algo que não teve como ser acrescentado à planta e que foi deixado assim. Estranho não terem aberto uma porta aqui.

– A única maneira de acessar é pulando a janela – observou Tony.

– Vamos lá, então.

Os dois pularam e viram que o assoalho do corredor era de madeira. Tony sentiu que havia algo no chão liso.

– Parece... Um adesivo fosforescente como os que são colocados nas estradas para orientar os motoristas durante a noite.

Tony sacou imediatamente seu *smartphone*, que possuía uma luz que servia de lanterna.

– Não tem sinal – observou. – Bem, no momento não precisamos mesmo...

Dirigiu o foco da lanterna improvisada para o adesivo, que estava na parede direita e indicava o caminho na escuridão até a escada. Na parede oposta estava outro adesivo que indicava o caminho de volta. Os dois CSAs seguiram na escuridão e subiram a pequena escada com uma dúzia de degraus. A porta do aposento também estava aberta, e eles entraram. O sótão parecia ser comum, com diversos objetos e baús espalhados por todos os lados numa confusão típica.

– E agora? – perguntou Rod.

– "Escolhendo as peças e as separando / Alguma coisa não está certa". Meu Deus, há coisa aqui que não acaba mais! Como vamos saber quais "peças" separar?

– É melhor você descer e pegar nosso material. Precisaremos dos pós e das lentes para identificar as impressões de Paul.

– E como faremos para identificar as impressões?

Rod sorriu e pegou um pequeno envelope que estava no bolso de trás de sua calça. Abriu a folha e mostrou-a a Tony.

– Quando quis acesso à internet não foi bem para acessar o Presas Noturnas, mas sim para obter uma cópia das impressões de Paul na rede.

– Como é? – estranhou Tony. – As impressões digitais dos participantes da rede gótica estão lá?

– Imaginei que haveria algo assim. Quando vi que havia, pedi para imprimir no café.

Tony estava pasmo. Aquela rede social era bem mais perigosa do que poderiam imaginar. Ele próprio tinha certas relutâncias em participar de qualquer tipo de rede social. Ou melhor, sua natureza antissocial era mais forte e ele não via muito sentido em estar numa, quanto mais colocar em público dados tão pessoais como suas preferências. Imagine só se ele colocasse as impressões digitais!

Rod começou a espalhar os pós e a recolher as impressões digitais assim que Tony voltou com o material. Foi um serviço bem mais difícil do que seria normalmente, mas teria de funcionar. Passaram pelo menos duas horas entretidos em obter as impressões. E a sorte não ajudava: a maioria era apenas parcial, apenas um computador poderia identificar com precisão. As luzes diurnas no lado exterior da casa começaram a diminuir e indicavam que logo escureceria.

De repente, Rod gritou triunfante:

– Ah! Finalmente! Acho que encontrei o que procurávamos!

Ele se referia a um antigo álbum de fotografias com páginas e mais páginas de diversos retratos. Provavelmente, era onde Paul ocultava suas façanhas como Deus Noite. E, de fato, estava tudo lá: desde registros dele criando o personagem, separando as roupas, experimentando e finalmente no concurso de fantasias no Madame Lilith, onde ganhou o prêmio de melhor criação.

Ao lado de uma enorme fotografia onde ele aparecia com a noiva, Laverne, havia o que parecia ser uma carta. Rod abriu-a e leu em voz alta:

"Laverne e Lavínia estão contentes. Hoje consegui fazer meu gênio criador ser finalmente reconhecido. As duas irmãs pararam um pouco de disputar minha atenção e finalmente aceitaram que eu escolhi Laverne. As irmãs são meio geniosas e pretendem oficializar nosso noivado em breve. Talvez este seja o dia mais feliz da minha vida."

– Laverne Watkins tinha uma irmã? – perguntou Tony.

– Aparentemente...

– Mais um maldito detalhe que nos escapou. Você acredita que ela esteja envolvida nisso tudo?

– Pode ser. Mas como?

Nesse momento, o *smartphone* de Tony indicou que ele recebera um torpedo. Ao lê-lo, comentou:

– Acabo de receber mais uma peça do quebra-cabeça. Herb pediu que fizessem uma varredura de ultrassom no túmulo de Laverne. Parece que foi violado. Está vazio!

Rod levantou-se e caminhou um pouco pelo aposento, digerindo o que descobrira.

– Então, finalmente temos um suspeito. Ou melhor, uma suspeita. A irmã de Laverne, Lavínia. Ela pode ter preparado uma espécie de vingança ou algo assim pela morte da irmã. Precisamos arrumar a ficha dela. Tente sair e falar com Herb. Peça a ele que levante os dados sobre Lavínia Watkins.

Tony desceu as escadas correndo e saiu da casa. Ao sair, estacou na entrada. Tinha jurado que vira o mesmo carro que trocara tiros com Rod próximo ao laboratório. Tentou verificar se havia alguém suspeito por perto, mas não havia nada. Pensou que fosse algum tipo de alucinação e concentrou-se em ligar para Herb.

– Oh, Deus, finalmente você ligou! – reclamou Herb. – Tony, estou trabalhando com Danielle e Siouxsie para identificar clientes do Madame Lilith suspeitos de serem Stoker, baseados em antigas fotos de um concurso que havia aqui no Madame Lilith.

– Sim, eu sei. Há uma carta num velho álbum de fotos deixada pelo próprio Paul. Ele indica outro detalhe que não sabíamos: que Laverne tinha uma irmã, Lavínia, com quem disputava a atenção dele.

— Uma irmã? Seria ela a responsável pelo sumiço do cadáver do túmulo?

— Ainda estamos vasculhando o sótão da casa de Paul. Não sabemos se há outras pistas desse tipo por lá. Processar uma cena sem o material adequado está sendo demorado. Talvez tenhamos de passar a noite aqui.

— Não acho uma boa ideia. Recebemos um bilhete de Stoker escrito à mão e entregue envolto num tijolo, que quebrou a vidraça da casa noturna.

— Uma pessoa tão dada à tecnologia quanto Stoker usando algo tão antigo? Ah, espere um pouco! Isso não bate mesmo com o *modus operandi* dele!

— Eu sei disso! Acredito que seja obra de Lemmy. Ele quer que saibamos que está a caminho de outro "serviço". E vocês podem ser os alvos.

Tony olhou com desespero ao redor da casa, tentando pegar alguma indicação de que o que vira momentos antes era real. As ruas estavam vazias, e não se via em lugar algum um automóvel em andamento.

— Se Lemmy aparecer por aqui, daremos um jeito.

— Por favor, Tony, tenha cuidado! Já morreu gente demais. Não quero acrescentar vocês dois à lista!

— Não se preocupe. E, por favor, diga a meu tio... que dará tudo certo.

Ele desligou o *smartphone* preocupado. Nem mesmo sabia se daria tudo certo. Com certeza, deveria haver algo mais escondido naquele sótão, entre as memórias de Paul Winsley, mas seu corpo se sentia extremamente cansado de todo aquele esforço e aquela carga emocional. Tudo que ele queria era que isso se resolvesse. Se Stoker fosse mesmo a irmã de Laverne disfarçada, isso poderia explicar o porquê daquela fantasia ridícula que ele usava. Mas por que ela se ligaria ao assassino de sua própria irmã?

Ainda pensava nisso quando entrou na casa. Fechou a porta e procurou trancá-la para evitar visitantes indesejáveis.

Em seu esconderijo, Stoker finalmente tirou a máscara e parte da roupa preta que cobria seu corpo. Andou de um lado para o outro na sala cheia de monitores e sentiu-se agitado. Não sabia onde estava seu cúmplice e nem mesmo se ele havia conseguido chegar ao local onde os dois CSAs estavam. No fundo, rezava para que tudo que construíra não fosse por água abaixo sem mais nem menos.

Olhava sem parar para o monitor de contato. Tinha uma espécie de linha direta com o celular que Lemmy usava. Esperava ver em breve indicações de que as entranhas daquele maldito Draschko estivessem espalhadas nas mesas do Madame Lilith. Ele tinha de destruir aquele pacto conhecido como Ordem do Centauro, custasse o que custasse, antes que algo ainda pior ocorresse por conta dos bandidos que tomaram Little Rock. E o comissário Wojak tinha de pagar por ter assumido essa tarefa.

Stoker aproximou-se da mesa onde deixara sua máscara. Ninguém sabe reconhecer um rosto gravado em porcelana. Um pouco de pintura e todos pensariam que fosse uma boneca chinesa ou algo parecido. Só ele sabia o que era: a máscara funerária de Laverne Watkins. Para que todos lembrassem o que tinham feito a ela. Principalmente o que as ditas famílias distintas da cidade haviam feito – haviam contribuído para acabar com uma vida promissora.

E, de repente, aparecia aquele comissário idiota que colocava tudo a perder. Ele não cumprira com sua obrigação perante a lei e aceitara fazer parte daquele pacto idiota. Ele tinha de pagar também. E Stoker estava pronto a usar seu exército de meninas góticas para conseguir seu intento: a destruição definitiva dos arquivos da Ordem do Centauro. Nome pomposo para esconder as atividades ilícitas de um bando de *socialites*!

Ele olhou o relógio impaciente. Já se passara tempo suficiente para que o troglodita chegasse a seu destino. Lemmy também cumpriria seu papel tão logo a destruição dos arquivos estivesse assegurada. O seu celular tocou, e ele atendeu após verificar que era uma de suas meninas:

– Você tinha razão, Stoker. Lemmy foi até o Madame Lilith e jogou um tijolo lá dentro. Com certeza, tinha algum bilhete lá. Tentei verificar com as traidoras Moonstone e Burke, mas nenhuma delas quis me dizer o que era.

Stoker sabia. Já esperava que Lemmy fosse, em algum momento, virar-se contra ele. Os preparativos para se livrar do assassino de Laverne tinham de ser acelerados. Talvez, nesse mesmo instante, o idiota pensasse que poderia traí-lo entregando sua verdadeira identidade para os CSAs. Isso se eles já não tivessem revirado os pertences de Winsley e descoberto por eles mesmos.

– Mina, volte para suas obrigações. Descubra quem de nossas listas está nas vizinhanças do Lago Murray. Tenho uma tarefa especial.

Desligou o celular e aguardou mais um pouco. Quando o celular voltou a tocar, ele atendeu:

– É Lucy. O que você quer?

– Sempre volto a você, não é?

– Meu tempo é curto, Stoker. Já tive problemas demais por invadir um cemitério. Não quero mais complicações.

– Ah, minha cara Lucy, mas as complicações sempre voltam, não é? Chegou a hora de nos livrarmos de Lemmy por tudo que ele fez. Quero que você o capture e o leve para um local-surpresa.

– E depois disso você me deixará em paz?

– Com certeza. Depois disso, todos nós ficaremos em paz. E você terá seu dinheiro para sumir dos Estados Unidos quando achar mais conveniente.

Uma curta pausa foi a resposta. Então Lucy respondeu:

– Dê-me o endereço de onde ele está.

Tony voltou ao sótão ainda preocupado. O silêncio da casa não ajudava em nada. Dava a impressão de que havia uma surpresa em cada cômodo.

– Rod? – chamou ele. – Alguma novidade aí?

Não houve nenhum tipo de resposta.

– Rod? Está me ouvindo?

Pulou a falsa janela, subiu a escada e entrou no sótão. Rod estava parado, ainda com algumas fotos na mão, olhando fixamente para a porta.

– O que houve?

Das sombras atrás da porta apareceu Lemmy, com uma arma apontada para eles. Tony sentiu o ódio subir pela garganta.

– Eu não quero ter que apelar – disse o capanga de Stoker. – Mas farei isso se vocês não colaborarem.

Tony pôde ver o que parecia ser uma pequena lona na outra mão de Lemmy. Quando ele se aproximou, deu para perceber que ele tremia e suava frio.

– Já chega de mortes! Eu não quero matar vocês também!

– Você matou meus pais! – murmurou Tony, tentando conter-se.

– Já chega! Eu quero sair de uma vez desse tipo de vida! Vocês precisam me ajudar a me livrar de Stoker!

A declaração pegou os dois CSAs de surpresa. Nunca imaginariam que o capanga de confiança do sociopata teria finalmente uma crise de consciência.

– O que você disse? – perguntou Rod, incrédulo.

– Eu preciso me livrar de Stoker. Estou mais do que disposto a entregar de uma vez a verdadeira identidade dele em troca de uma chance de desaparecer e recomeçar minha vida.

– VOCÊ MATOU MEUS PAIS! – gritou Tony, e atirou-se em cima de Lemmy, derrubando-o no chão.

A arma de Lemmy escorregou para longe enquanto Tony esmurrava com vontade o brutamontes. Pego totalmente de surpresa, o bandido não apresentou resistência e se deixou ser esmurrado pelo CSA. Rod recuperou a arma, guardou-a e foi segurar o parceiro.

– Tony! Calma! Calma!

– EU O QUERO MORTO!

– Ele vai pagar pelo que fez, de uma maneira ou de outra. Se já está disposto a nos entregar a identidade de Stoker, pode ser uma vantagem!

Tony aos poucos acalmou-se. Foi para um canto enquanto Rod ajudava Lemmy a se levantar e a se limpar.

– A arma está comigo – lembrou ele. – Tente alguma gracinha, e ela entra em ação! Entendido?

Enquanto levava Lemmy para lavar o rosto, ouviu-o murmurar:

– Não é comigo que vocês têm de se preocupar, pode acreditar nisso...

Rod levou-o de volta e algemou-o ao aquecedor do sótão, que estava desligado. Olhou para o parceiro e deu um suspiro de desespero. Como ele iria administrar uma situação tão insólita?

Capítulo 16
Surpresas

Na hora do meu fim, não quero ninguém de luto
Só o que quero que faça é levar meu corpo para casa
– Led Zeppelin, "In My Time of Dying"

— Acho que isso é suficiente por hora – disse Herb, levantando-se da mesa em que ocupara as últimas horas com as duas adolescentes. – Tenho certeza de que nossos suspeitos incluem Stoker e que, em breve, teremos surpresas.

Siouxsie e Danielle estavam animadas. Queriam que tudo aquilo acabasse logo. Burke e o comissário estavam parados, aguardando o chefe Greenie para confabularem do lado de fora da mansão.

Herb despediu-se das duas e fez sinal para que ambos os homens o acompanhassem. Saíram da mansão e foram até o estacionamento.

— Tony deve encontrar mais alguma coisa que poderá nos ajudar, tenho certeza – comentou o supervisor. – Ele me pediu para dizer a você, Wojak, que tudo vai terminar bem.

— Espero que sim – disse o comissário. – Só tenho mais uns dois ou três dias como comissário. E depois me verei livre do fardo que assumi quando fui eleito. Se até lá puder ter Donna sã e salva de novo comigo, já dou graças a Deus!

— Se eu pudesse fazer a mesma coisa... – comentou Burke, desolado.

— Já disse a você como se livrar disso! – insistiu Wojak. – Livre-se desta mansão!

— Como? Quando a aceitei como herança, havia uma espécie de condição imposta pelo meu ex-chefe: que eu a mantivesse e que nunca a vendesse.

O comissário e o supervisor olharam para Burke surpresos.

– Então você está obrigado a ficar com a mansão? – perguntou Herb. – A apólice de seu seguro deve então estabelecer algum tipo de compensação se algo acontecer à casa...

– Não. Meu chefe tinha tanta preocupação de que alguém ficasse com o local para proteger o maldito pacto da Ordem do Centauro que nem se preocupou com o que poderia destruir o local. E eu também nunca mexi com isso.

O tempo virara, e havia uma ventania constante. A noite começava a cair e havia um ar estranho na noite que se aproximava. Herb instintivamente olhou para os limites da propriedade e percebeu um enorme carro negro aproximando-se.

– Esperando clientes para hoje? – perguntou para Burke.

– Não. Hoje é o nosso dia de folga. E com esses acontecimentos tivemos mesmo um movimento baixo nos últimos três dias.

O carro negro entrou sem cerimônias no estacionamento e manobrou perto dos três homens. Parou próximo deles e, então, uma mulher alta, vestindo calça jeans e uma camiseta cinza, extremamente forte e com traços masculinos, saltou dele e aproximou-se dos três.

– Não se mexam! – gritou ela, apontando uma arma. – Para dentro da mansão, andem!

– Quem é você? – perguntou o comissário, estranhando a pouca sutileza daquele mulherão. Como resposta, levou uma coronhada na cabeça e teve sua arma retirada de seu esconderijo.

– É melhor os três entrarem. Sem demora. Andem!

Herb ainda não tinha tido tempo para se armar, pois esperava obter um armamento naquela tarde. Fez um sinal para o assustado Burke ajudá-lo a apanhar o desmaiado Wojak e levá-lo para dentro. Quando eles entraram, as garotas estranharam a mudança de planos. Foi quando viram a mulher que segurava a arma.

– Lucy? Lucy Marxinne? – chamou Danielle. – O que pensa que está fazendo?

Como resposta, a mulher deu um tabefe na cara de Danielle, que quase a fez voar pelo recinto. Siouxsie foi ajudar a amiga e voltou-se para a recém-chegada.

– O que houve, Lucy?

– As chaves da mansão! – gritou ela, apontando o revólver para Burke. – Quero as chaves da mansão agora!

Todos trocaram olhares e então Burke foi até o balcão e trouxe as chaves. Entregou-as na mão da capanga de Stoker, enquanto Danielle gritava:

– Sua idiota! Stoker vai se aproveitar de você como fez com Mary e Lindsay! Ele roubou o corpo de Laverne do túmulo, sabia?

Ela guardou as chaves e apenas comentou:

– Sim, eu sei. Fui eu que roubei o cadáver.

– Você? – perguntou Herb. – E confessa assim, como se fosse algo comum de se fazer?

– Eu tenho que acertar as pendências com o idiota do Lemmy e com Stoker. Se eu o ajudar mais esta vez, estarei livre desse maldito pacto de uma vez por todas!

As garotas imediatamente entenderam a preocupação da mulher.

– Você faz parte da busca pelos arquivos?

Os malditos arquivos. As provas cabais da existência dos negócios escusos de cada família tradicional de Little Rock. Praticamente todas tinham alguma atividade a esconder, disfarçada em negócios tradicionais: os Wellingtons tinham uma cadeia de lanchonetes que traficava animais exóticos para ricaços; os Curry, postos de gasolina que passavam endereços de redes de prostituição; os Weinberg disfarçavam laboratórios de anfetaminas e crack nos fundos de supermercados. Cada um desses negócios estava registrado, junto a papéis que indicavam sua existência (recibos, notas fiscais frias e registros comerciais falsos). E tudo havia sido reunido nos arquivos com um pacto: ninguém poderia dizer o paradeiro dos documentos sem trair todos os envolvidos, sob pena de ser preso por práticas criminosas.

– Por que vocês acham que Stoker montou essa maldita rede gótica? Eu própria entrei em contato com ele por causa do Presas Noturnas. Ele conseguiu o suficiente de dados de cada uma de nós para fazer chantagens às famílias. Há anos quero sair do pacto e viver minha vida em paz, mas minha família sempre fala a mesma coisa: enquanto existirem os arquivos da Ordem do Centauro, não há nada a fazer.

Então fiz um acordo com nosso amigo. Ajudá-lo em troca da destruição dos arquivos. E hoje nós vamos fazer isso.

Todos ouviram um barulho como se houvesse mais pessoas na parte de fora da mansão.

– O que... – começou Burke. – O que pensam que estão fazendo?

– Minhas ajudantes, ou melhor, as meninas de Stoker estão se certificando de que não vão fugir em nossa pequena ausência. Teremos de fazer mais uma parada e, então, tudo acabará. As janelas e as portas deste andar estão com as frestas cobertas com camadas de explosivo plástico que serão detonadas por uma delas, que ficará de sentinela. Se tentarem fugir, explodiremos a mansão com vocês dentro.

– Vocês não podem fazer isso! – disse Danielle, indignada. – Que pretendem fazer? Deter-nos aqui e...

Então tudo tornou-se claro na mente dela.

– É isso que vocês querem! Trazer todos para cá e explodir de uma só vez a mansão, destruindo os arquivos e matando todos nós!

Lucy deu um estalo e da entrada surgiram algumas garotas que trouxeram Michael Moonstone e Donna Carter. Ambos pareciam dopados, provavelmente com Rohypnol, pensou Herb. Danielle correu para junto do pai enquanto Colin Wojak aproximava-se da esposa.

– Bela reunião! – disse Lucy, sarcástica. – Teremos mais três convidados e então poderemos encerrar a festinha!

Uma das garotas comunicou:

– Tudo está pronto! Podemos ir!

– Iremos buscar os convidados finais – disse Lucy, sarcástica. – E, então, terminar de vez com essa brincadeira.

– Lucy! – chamou Siouxsie. – Para seu próprio bem, é bom mesmo que garanta que nenhum de nós saia daqui. Porque, se eu conseguir, juro que irei atrás de você!

A mulher deu um sorriso amarelo e fez um sinal para que suas comandadas saíssem. Fecharam a porta da frente e trancaram-na. Um silêncio mortal caiu sobre todos os que lá estavam. Herb não sabia bem o que fazer naquela situação. Pelo menos Moonstone e Donna estavam de volta. Ele era um índio forte, apesar de já ter mais de cinquenta anos, e o que restou de seu terno indicava que ele também havia passado por poucas e boas. Ela parecia bem, apenas dopada e com alguns hematomas no rosto. Os demais estavam mexendo-se para cuidar deles.

Herb pegou seu celular e tentou novamente entrar em contato com Tony. Logo, a mensagem de falta de sinal se fez ouvir. Por um breve instante, pareceu completar a ligação, mas logo caiu. Quis mais uma vez usar o aparelho para chamar alguém do laboratório ou mesmo do LRPD, mas nenhum número parecia funcionar. O que estaria acontecendo?

Em seu esconderijo, Stoker teclava alguns comandos em vários consoles para isolar a área do Madame Lilith. Assim, se Lucy tivesse usado o local para deter seus convidados, eles ficariam isolados de todo o resto da cidade. E, quando os fogos começassem, todos estariam inclusos nas "festividades".

Os prisioneiros já haviam sido transferidos. A essa altura do campeonato, já estavam com seus entes queridos. Os Moonstones e os Wojaks logo aprenderiam a respeitar os pactos corretos. E ele mesmo poderia se ver livre de sua missão de vingança e deixar aquela identidade para trás para sempre.

Ele puxou outro console e digitou a mensagem, que logo foi publicada na página do Presas Noturnas:

A partir de agora, o Presas Noturnas está encerrando suas atividades. Agradecemos a todos que participaram desse projeto.

Verificou sua caixa de e-mail. Quase imediatamente, milhares de mensagens entraram em sua conta de uma só vez, perguntando o que havia acontecido. Stoker ainda voltou na página do recado e acrescentou:

Laverne será lembrada, e a Ordem do Centauro, derrotada.

Tony e Rod estavam ainda em busca de mais alguma pista. Procuraram ignorar a presença de Lemmy no recinto. Para Tony, tudo acabaria lá mesmo. Ele não se importava em se tornar um assassino, desde que se sentisse finalmente vingado. Apenas a influência de Rod conseguia segurá-lo.

– Tenho que acabar com ele! – murmurou Tony, encostado em um baú.

– Nós faremos isso do modo certo! – explicou Rod. – Pode não entender neste momento, mas a verdade é que, se eu deixar você se tornar um assassino agora, não haverá retorno para você. Pelo menos é isso que o dr. Mendes tem me falado por meio dos e-mails que trocamos.

– Você ainda fala com ele? Quando retornará?

– Ainda vai demorar. O caso da Scotland Yard é bem complicado. Mas não se preocupe, ele continua a acompanhar seu caso à distância. E se preocupa com você. Sabe muito bem de seu potencial, seja para o bem, seja para o mal.

Tony sorriu de maneira amargurada.

– Eu não sou uma arma que deve ser programada para um ou outro lado. Quero viver minha vida e deixar finalmente certas coisas para trás.

– Matando o assassino de seus pais? Se fizer isso, estará tão perdido quanto ele! Vê só como ele se mostra assustado? Tenho certeza de que o que ele falou antes é a verdade. Ele está com medo de Stoker. É raro que um bandido como ele tenha um ataque de consciência.

Tony olhou o prisioneiro. Estava com a cabeça abaixada, com o queixo no peito, sentado ao lado da grade do aquecedor. Não fazia um barulho que se traduzisse em tentativa de se livrar da prisão e sair correndo ou algo assim.

Rod voltou sua concentração para outro baú. Finalmente pareceu encontrar algo que chamou sua atenção. Era um livro de capa de couro com páginas cor de creme. O diário de Paul Winsley, que insistia em registrar outros pormenores de seu nunca realizado livro sobre o mundo gótico.

Rod pegou-o e começou a folheá-lo. Estava cheio de ilustrações e desenhos feitos à caneta. Tony estava tentando conseguir mais digitais, dessa vez de uma caixa de metal com alguns pequenos bonecos dentro.

– Aqui diz que Lavínia, a irmã de Laverne, era um pouco mais nova e, de certa forma, menos desenvolvida.

— Desenvolvida? – perguntou Tony. – Em que sentido?

— Total, ao que parece. Não tinha as mesmas formas ressaltadas que a irmã. Morria de ciúme e inveja da atenção que ela tinha e procurava manter-se longe dela. As duas não se davam muito bem, pelo visto – Rod virou outra página. – Hum, interessante. Parece que Lavínia era bastante apegada a Laverne. Então, essas duas observações anulam-se. Como alguém não se dá bem com uma pessoa e ao mesmo tempo é apegada?

— Lance de irmãos. Na frente dos outros, são uma coisa, mas, no íntimo, são outra.

Rod balançou a cabeça.

— Paul é bem incisivo nesse ângulo. Lavínia era apegada à irmã. Começo a imaginar...

Tony levantou a cabeça em interrogação quando um barulho pareceu interromper seus pensamentos.

— O que foi isso? – perguntou, sacando a arma tomada de Lemmy.

— Pareceu vir lá de baixo. É melhor ir verificar. E tome cuidado com essa arma!

Tony saiu do sótão, passou pelo estreito corredor e novamente pulou a pequena janela falsa. Desceu ao térreo e começou a adotar a posição dos oficiais de polícia quando invadem um local. Apontava a arma para frente e andava prestando atenção a qualquer detalhe. Foi quando viu uma das janelas quebrada. Saiu para verificar, mas a noite já batia na entrada da casa e a luz da Lua e dos postes públicos não eram o suficiente. Lamentou por não ter sua verdadeira lanterna por perto. Examinou o jardim e as casas vizinhas. Nada! Tudo parecia no mais completo silêncio.

Quando se voltava para entrar, recebeu uma coronhada na cabeça. Tudo ficou preto enquanto desabava desacordado no chão.

— Nada – disse o comissário, deixando seu celular de lado. – Meu telefone simplesmente não completa ligação nenhuma para lugar algum. O que terá acontecido?

Herb tentava examinar as janelas. De fato, estavam todas cobertas por camadas de explosivo e, ao longe, conseguiu verificar uma van parada com uma das garotas observando a paisagem e de olho na mansão.

– Elas, com certeza, espalharam aparelhos embaralhadores de sinais de celular por toda a propriedade – explicou, sem tirar os olhos do exterior. – Estamos cercados e fechados aqui.

Donna Carter começava a recobrar a consciência, e Michael Moonstone já estava acordado com sua filha. Burke e as garotas cuidavam de tudo da melhor maneira possível.

– Tenho suprimentos aqui para aguentar por um tempo – comentou ele, enquanto trazia alguma coisa para Moonstone comer. – Aqui, Michael, coma.

O índio comeu e bebeu muita água. Ainda se sentia tonto quando comentou:

– Onde... ela... está?

Danielle aproximou-se dele e sussurrou:

– Quem? Donna Carter está ali num canto.

– Não... Ela... Aquela...

Por mais forte que fosse, a droga ainda fazia estragos em seu organismo. Tentou colocar os pensamentos em ordem, mas tudo parecia muito confuso. Vomitou um pouco, o que Herb viu como um bom sinal.

– Seu organismo está limpando a droga – explicou. – Enquanto vocês tratam deles, eu e Burke iremos ao andar superior encontrar uma maneira de escapar ou acionar os telefones.

– Como? – perguntou Burke, confuso. – Os fixos estão fora do ar. Não há nem mesmo internet. O embaralhador de sinal deve bloquear a transmissão dos celulares, e o sinal dos fixos. Não há o que fazer lá em cima.

Siouxsie deixou seu lugar com Danielle e falou para Herb:

– Talvez haja sim, chefe Greenie. Há uma varanda no ponto mais alto da mansão. É meio isolado e, para subir lá, precisamos passar por uma passarela do lado de fora. Se a garota que estiver na van nos ver, pode acionar os explosivos.

Herb olhou para Burke, que confirmou com a cabeça.

– Muito bem – disse, tirando o paletó. – É um tiro no escuro, mas ainda assim é melhor do que ficar parado aqui esperando que Lucy volte. Aliás, quem é ela e por que só agora entrou em cena?

Danielle respondeu de seu lugar, ao lado do pai:

— Lucy Marxinne é a herdeira de Marcius Marxinne, um ex-professor de matemática de Harvard que controlava a entrada de drogas na cidade. Foi o primeiro a falar publicamente sobre a existência do pacto e da Ordem do Centauro. Lucy, que nunca foi uma garota bonita, detestou quando o sobrenome de sua família a impediu de seguir carreira no magistério. Ficou muito tempo sem emprego e viu-se obrigada a retomar a contragosto os negócios da família para ganhar algum dinheiro. Ouvi boatos de que ela odiava Laverne e que tinha uma queda por Paul Winsley, mas ele já era envolvido naquela época tanto com Laverne quanto com Lavínia, que não largavam dele. Acho que ela deve mesmo ter se envolvido com Stoker — ela deve ter visto nele uma chance de se livrar dos arquivos da Ordem e, assim, retomar sua carreira interrompida.

Herb olhou para os demais.

— Não entendo uma coisa. Se esses arquivos significam apenas sofrimento e miséria para as famílias, por que não destruí-los de uma vez?

— Porque fizemos um pacto! — disse Moonstone, com a língua enrolada. — Esse mesmo pacto... que nos torna... presas tão... fáceis para alguém... como Stoker.

Herb não acreditava em tudo aquilo. As lealdades dos envolvidos ainda eram bizarras demais para que ele entendesse, mas não ia gastar mais tempo com aquilo. Virou-se para Siouxsie e perguntou:

— Como faço para chegar lá?

Ela descreveu brevemente o caminho e deu para ele um cartão plástico.

— A fechadura é automática. Só concede acesso com o uso deste cartão. Se precisar digitar o código numérico, ele é 671903.

O comissário aproximou-se preocupado.

— Pelo amor de Deus, Herb, sei que você é magro, mas cuidado para que seu peso não denuncie sua presença. E mais: se cair algo na varanda perto das janelas, pode esbarrar com o explosivo C4.

Danielle ainda perguntou:

— O C4 não precisa de um detonador para explodir?

— Exatamente — comentou Wojak. — Mas não sabemos o que ou como o dispositivo é. Já vi casos em que o C4 era acionado com o peso de um objeto.

— Isso é possível?

— Não sei, querida, sinceramente não sei. Não vamos mais perder tempo — e o comissário virou-se para Herb. — Consiga socorro e volte o mais breve possível.

Herb concordou com a cabeça e subiu as escadas. Seu coração estava praticamente na boca e suava bastante. Não podia deixar aquelas pessoas todas entregues aos caprichos de um maníaco. Ainda pensava isso quando chegou à porta, depois de percorrer pelo menos uns quatro corredores, passar o cartão e digitar o código. O clique da fechadura fez com que a porta revelasse uma pequena passagem que levava a uma ponta da mansão. A passarela era toda feita de metal e rangia com seus passos. Herb percebeu que, se não quisesse chamar a atenção da sentinela lá embaixo, teria de dar um passo de cada vez. Calculou que deveria dar uns vinte passos até chegar no extremo e tentar burlar o embaralhador de sinais.

Fez o sinal da cruz, já que era um homem muito religioso, e deu o primeiro passo.

Tony voltou à consciência aos poucos. Quando abriu os olhos, estava amarrado ao lado de Rod. Os diários e as fotos que haviam recuperado dos pertences de Paul estavam todos empilhados e prestes a se tornar uma pilha de tiras de papel, a julgar pelas mulheres que os jogavam no que parecia ser um triturador.

— Foi Stoker, não foi? — perguntou Lemmy, em tom desafiador. — Esse desgraçado não aceitou que eu pudesse querer me livrar dele e mandou você, não foi?

Lucy sorriu e, após verificar que tudo estava reduzido a tiras, puxou o cabelo do enorme capanga e tirou uma faca cirúrgica de trás da calça. Colocou-a no pescoço dele e observou:

— Stoker nunca confiou em você. Afinal, foi você quem matou Laverne, não foi? Por que ele haveria de esquecer esse pequeno detalhe?

A coisa parecia bem feia. Lemmy começava a dar sinais de que estava tremendo muito. Lágrimas rolavam de seus olhos enquanto a ponta da faca marcava seu pescoço e fazia escorrer sangue.

— Laverne era minha vida... — disse ele. — Eu me arrependo de tê-la matado. Foi um acidente. Como foi quando me contrataram para matar os pais deste CSA!

A mulherona puxou ainda mais os cabelos de Lemmy até quase arrancá-los.

— Stoker deu ordens para levá-lo até a festinha programada no Madame Lilith. Porém, eu posso acabar com a sua colaboração aqui mesmo! Ele iria adorar que o assassino de Laverne, que ainda conseguiu confundir um CSA justamente com o noivo da falecida, estivesse morto!

Por um breve instante, Tony sentiu pena de Lemmy. Porém, seu lado vingativo logo voltou. Queria mesmo que a mulher acabasse de uma só vez com o desgraçado. Uma vez que isso fosse verdade, poderia concentrar-se em destruir Stoker para salvar sua tia. Isto é, se conseguissem se livrar daquela que parecia ser a nova capanga.

— Quer saber, Lemmy? — disse ela, aprofundando o corte da faca. — Eu me cansei de um idiota como você. Lidei com traficantes de drogas mais violentos que você, que não passa de alguém que adora se fazer de valentão. Laverne era minha amiga, uma das poucas que conseguia me tratar como uma mulher. E você a matou daquele jeito. Pois bem, acho que chegou a hora de você pedir desculpas a ela pessoalmente.

Com um golpe certeiro, a garganta de Lemmy foi cortada de alto a baixo. O jato de sangue espirrou por quase todo o cômodo, e a vítima ficou agonizando até que finalmente morreu. Parte de Tony estava em êxtase por finalmente ver o assassino de seus pais morto. Parte estava em pânico, por imaginar o que o mulherão poderia fazer com ele e seu parceiro.

— E agora? — perguntou uma das que a acompanhavam.

Ela limpou a faca e indicou os dois.

— Levem-nos para a nossa van. Eles devem estar na festinha no Madame Lilith em algumas horas.

Ela aproximou-se deles, ajustou a fita adesiva que tapava as bocas de ambos e concluiu:

— Calma. Estamos no fim desta aventura. E vocês poderão finalmente respirar aliviados quando ela acabar.

Capítulo 17
Análises

> *Agora eu percebo que o que eu sou está me aprisionando*
> *Eu mudarei tudo isso, oh sim*
> – Boston, "Don't Look Back"

A estrada era longa e esburacada. Tony e seu parceiro estavam no carro de Rod com uma arma apontada o tempo todo para eles por uma das capangas de Lucy. Tony sentia-se nervoso e agitado. Saíram da casa de Paul e haviam deixado o cadáver de Lemmy para trás. Com certeza, seria descoberto, e o pequeno vilarejo do Lago Murray teria assunto para os próximos meses.

Tony observou, pelo retrovisor, que quem os vigiava, uma mulher parecida com sua líder, pestanejava com o sacudir do carro. Disfarçadamente, ele esticou a mão e ligou o aquecedor. Rod, que estava dirigindo, apenas observou sem dizer uma palavra. Não demorou muito para que a mulher caísse no sono e relaxasse a mão que segurava a arma.

– Por que fez isso? – sussurrou Rod, sem entender. – Não adianta nada. Estamos cercados de carros que pertencem a essas mulheres.

Tony fez sinal para que se calasse e virou para trás. Quando viu que sua vigilante estava mesmo adormecida, ele disse:

– Você conseguiu transmitir alguns dos papéis para o laboratório?

– Usei o aparelho de fax antigo que estava ainda ligado no sótão. Espero que tenham recebido por lá sem problemas.

Tony sacou seu *smartphone* e imediatamente mandou um torpedo para Brian McWillingham, perito que recebia as requisições de exames; outro para Walter Orghminton, do gabinete do comissariado do LRPD; e um terceiro para Rose Murphy, a secretária do chefe Greenie. Acreditou que, agora, todos estariam avisados de que corriam perigo e que estavam sendo levados para o Madame Lilith.

— Dessa vez, conseguimos dados suficientes para identificar Stoker — disse Tony, sorridente.

— Não contaria com isso. Você só está assim porque cuidaram de Lemmy — observou Rod, soturno. — Ele nada mais era do que uma peça no quebra-cabeça. Para mim, ele sabia muito bem quem era Stoker e até mesmo arrisco dizer que tinha uma relação com ele, embora não saiba bem de que natureza. Talvez uma certa ternura.

Tony olhou de novo para trás e comentou:

— Se seguirmos essa sua teoria, podemos ter dois caminhos: que Lemmy era homossexual e que tinha um caso com Stoker, o que o tornaria um homem; ou que Lemmy era heterossexual e que, se tinha um caso, Stoker seria uma mulher.

— Os papéis de Paul falam muito sobre as irmãs Watkins. Laverne foi assassinada, mas ainda há a questão do que aconteceu com Lavínia. Em outro trecho de seu diário, ele relata que Lavínia teria viajado para se afastar da cidade após a morte da irmã. Não me espantaria se isso realmente tivesse acontecido.

— E se levantarmos a hipótese de que Stoker pode ser Lavínia, ainda nos resta saber o motivo que a teria levado a se tornar uma sociopata.

Rod pensou por mais uns instantes e respondeu:

— Se for ela, voltou para se vingar do assassinato da irmã. Apenas uma busca nos arquivos da Ordem do Centauro poderia dizer se o pacto teve algo a contribuir.

Tony olhou para o parceiro. Agora podia dizer uma certeza.

— Mas claro! A família Watkins! Havia uma foto deles na sala! Lavínia pode ter voltado porque queria assumir os negócios da família, que possui uma cadeia de lojas de aparelhos eletrônicos! Talvez assim dê para entender de onde vêm os recursos usados nas atividades de Stoker.

Rod negou com a cabeça.

— Não, algo ainda não bate. Ela volta, assume os negócios da família e parte para se vingar do assassinato da irmã unindo-se ao próprio assassino e tendo um caso com ele? E, agora, resolveu livrar-se do amante sem mais nem menos?

O *smartphone* de Tony vibrou. Viu o que aparecia na tela e falou:

— Parece que Stoker encerrou o Presas Noturnas. Colocou uma mensagem na página central que cita Laverne. Acho que isso explica tudo. Ele é mesmo Lavínia.

— Se pelo menos não estivéssemos com esta escolta — disse Rod, olhando para trás. — Poderíamos resolver as análises no laboratório em pouco tempo.

Os carros pareciam estar se aproximando, e Tony diminuiu o aquecedor. Logo a mulher no banco de trás recuperou a consciência e voltou a apontar a arma. Tony olhou para o parceiro e pareceu se resignar em percorrer o resto do trajeto em silêncio. Em seu íntimo, rezava para que tudo se resolvesse no final.

Herb olhou para baixo. Sentia o vento acariciando seu rosto enquanto ele se equilibrava na passarela para avançar até a extremidade. Conseguia ver apenas o teto da van, parada em frente à mansão, embora não distinguisse se havia ocupantes.

Numa determinada posição, ele checou o celular. Finalmente conseguira pegar o sinal. Ligou imediatamente para sua secretária, Rose Murphy. Agradeceu pelo fato de ela ser viciada em trabalho e sempre sair mais tarde. Falou brevemente com ela e ordenou que acionasse o esquadrão antibombas o mais rápido possível.

No meio da conversa, Rose disse que Tony entrara em contato e que estava sendo levado para a mansão. Aproveitou e conseguiu passar alguns dados que a equipe havia levantado sobre os papéis transmitidos por Rod no fax antigo.

Herb arregalou os olhos e sussurrou:

— Desta vez pegamos você, desgraçado!

Tentou guardar o celular no bolso e dar o primeiro passo para sair da passarela quando ouviu algo sob seus pés fazer clique. Percebeu então que tinha descoberto um detonador oculto. "É claro", pensou, "alguém que observou a casa noturna de Burke por tanto tempo saberia os pontos exatos para esconder detonadores nesse tipo de armadilha". O problema agora era saber onde estaria escondida a carga ligada àquele detonador e quantos mais haveria ainda pela casa. Se tirasse o pé da posição, com certeza a carga, estivesse ela onde fosse, explodiria e assustaria os demais lá dentro.

Herb sentiu o ar passar de novo por seu rosto e viu quando a caravana chegou à propriedade com o carro de Rod no meio. Ele precisava passar as informações e livrar-se daquele detonador, mas como proceder sem arriscar as vidas lá dentro?

O comissário viu pela janela a chegada da caravana. Reconheceu o veículo de Rod e observou quando Rod e Tony saíram do carro, escoltados por uma das capangas de Lucy. Ele virou-se sem demora para Danielle:

– Rápido, suba até a passarela e verifique o que houve com o chefe Greenie. Depressa! Eles podem dar falta se qualquer um de nós for até lá, mas posso usar algumas desculpas se você não demorar muito!

Danielle não sabia o que fazer e olhou para o pai. Michael concordou com a cabeça e acrescentou:

– O chefe Greenie é o único que pode conseguir nos tirar dessa. Vá verificar e volte o mais rápido possível! Eu já estou melhor e ajudarei o comissário.

Ela olhou para Siouxsie e então saiu correndo bem a tempo. Alguns segundos depois, a porta abriu-se, e a gangue de Lucy entrou, escoltando os dois CSAs. Tony correu para verificar como a tia estava e trocou olhares significativos com seu tio. Wojak sabia que algo havia mudado no relacionamento deles, mas essa era uma questão para outro momento.

– Eu estou bem, querido – respondeu Donna, em português. – Preocupe-se agora com seu tio. Estamos nessa por causa de minha família. Não seja tão duro com ele, que apenas cumpriu um compromisso assumido em nosso casamento.

– Por que ele? – perguntou Tony, bem baixinho, sem entender ainda a relação.

– Ele sempre foi superprotetor. Quando soube que minha família estava envolvida nesses negócios, quis me livrar desse fardo. Por isso assumiu a responsabilidade de proteger o pacto e, assim, livrou-me de qualquer peso que a Ordem do Centauro poderia exercer sobre mim. Em troca, minha família o elegeu comissário.

Colin se aproximou com cuidado e murmurou:

– Prometo inteirá-lo de tudo quando isso acabar – disse, também em português. – No momento, temos de rezar para que Herb tenha conseguido se comunicar com o pessoal do laboratório e do comissariado.

Rod percebeu as presenças de Donna e Michael e rapidamente aproximou-se deles para conversar.

– Já que estão todos aqui, por que você não continua com a festa? – desafiou Burke, querendo criar uma distração antes que a ausência de Danielle fosse notada.

Lucy, que confabulava com as cúmplices, apenas observou o metaleiro e fez menção de se aproximar dele, mas desistiu no meio do caminho.

– Lucy, você sempre foi uma pessoa digna de nota – começou Burke, em tom de discurso. – Por que se meteu com essa gente?

– Tudo que eu quero, Tim Burke, é me livrar do peso que esse maldito pacto tem sobre minha vida. Se for preciso, eu entrego esses documentos para que a promotoria processe minha amada família pelos negócios ilegais que eles insistem em manter até hoje. Mas é por causa do pacto que nunca consegui prosseguir com a minha carreira no magistério. Assim, nada mais justo juntar forças com quem também quer a destruição dos arquivos. Entregues ou não para a justiça, o resultado pouco me importa, já que, sem eles, poderei finalmente recomeçar minha vida em outro lugar.

– Lucy, você não pode estar falando sério – disse Siouxsie, de olho na escada por onde Danielle tinha subido. – Veja quantas pessoas já morreram! Não sente pena pelo Deus Noite? Ele era o noivo de Laverne!

Ela riu alto e respondeu:

– Por que não pergunta isso para Stoker? Ele está vindo para cá, e então vocês terão as respostas que tanto querem!

Danielle subiu as escadas e parou por alguns momentos para ouvir a movimentação lá embaixo. Depois voltou a caminhar pelos corredores do Madame Lilith em busca da entrada da passarela. Então, sentiu uma corrente de ar, o que indicava que a porta do local deveria estar aberta. Pensou o que poderia estar retendo o chefe Greenie tanto tempo lá.

Aproximou-se e abriu a porta, que de fato estava encostada. Sentiu o ar da noite aproximando-se cada vez mais. Tentou ligar a lâmpada do lado de fora, cujo interruptor estava próximo à entrada, mas não houve luz. Apalpou as paredes, que estavam cobertas de pó e indicavam que ninguém passava por lá há algum tempo.

– Chefe Greenie? – chamou ela. – É Danielle. Onde o senhor está?

Ouviu a resposta quase inaudível próxima ao fim da passarela:

– Danielle! Aqui, depressa!

Ela entrou na passarela e viu que Herb estava parado com o pé direito ligeiramente mais à frente do resto do corpo.

– O que houve?

– Pisei sem querer num detonador. Essas mulheres colocaram alguns dispositivos que são acionados com peso provavelmente para prevenir que fujamos. Se eu tirar o pé daqui, a carga, seja lá onde estiver, vai ser acionada imediatamente.

Ela olhou para trás e falou:

– Posso voltar e tentar o truque da substituição do peso.

Ele sorriu e acrescentou:

– Onde você vai arrumar um peso de quarenta quilos, pelo menos, para pôr aqui? Estou usando apenas metade de meu peso corpóreo e mesmo assim acionei. Elas devem ter colocado o detonador no piso. Se você andar por aqui vai parecer um campo minado. Se pisar na posição correta, aciona o mecanismo.

– Como vamos tirá-lo, então?

– Consegui acionar o esquadrão de bombas. Devem chegar aqui a qualquer instante – ele sacou o celular e jogou-o para ela. – Vi que os carros da gangue de Stoker estão aqui e devem ter trazido Tony e Rod. Entregue isto para um deles. Diga que o laboratório mandou algumas informações para meu aparelho baseado no que conseguiram na casa de Winsley. E aguarde com os demais lá embaixo. Quando os reforços chegarem, eles poderão me tirar daqui. Agora vá, ou as mulheres de Stoker perceberão seu sumiço! Apenas lembre o esquadrão de que estou preso aqui. E cuidado: não sabemos onde estão os demais detonadores.

Os participantes ficaram quietos quando Lucy e as demais mulheres montaram guarda para esperar a chegada de seu chefe. Os minutos pareciam se arrastar, e o silêncio era de matar. Havia muita coisa que os CSAs já haviam descoberto, mas Rod, o mais quieto deles, parecia processar tudo em sua cabeça. A breve conversa que tivera com Tony no carro a caminho de lá parecia ter despertado algo nele. Seus olhos brilhavam com uma luz estranha, como se ele já soubesse de toda a verdade e quisesse colocá-la para os demais.

Tony sentou-se ao lado de sua tia e pareceu não se importar com a presença do tio. Este, por sua vez, sussurrou, ainda em português:

– Fico feliz que Lemmy não tenha pegado você.

O sobrinho deu de ombros e respondeu:

– Na verdade, ele não pegou nada nem ninguém. E Lucy cuidou dele.

O comissário entendeu perfeitamente o recado:

– Lemmy está morto?

– Aparentemente também está nessa de vingar a morte de Laverne. De repente, todo mundo parece se importar com a morte dessa garota. Ela deve ter sido espetacular mesmo.

– Era uma das melhores filhas de uma família tradicional da cidade. Amada por todos e respeitada pelo que fazia.

– E o que ela fazia para ter tanto destaque?

– Era membro da Cruz Vermelha. Voluntária inclusive no onze de setembro. Foi para Nova York servir os necessitados.

– Ótimo! Paul e todos os demais se importavam com uma Madre Teresa?

– Ela não queria seguir os negócios dos Watkins e se afastou tão logo soube do pacto. A irmã Lavínia, por sua vez, já queria retomar tudo. O interesse das duas por Paul foi muito comentado na cidade. Os pais delas não queriam que se envolvessem com seu amigo gótico. Dizem que foram eles que contrataram Lemmy para matá-lo, mas a coisa saiu do controle e ele matou Laverne.

Donna acrescentou:

– Dizem que Lemmy se apaixonou por Laverne e fazia tudo que ela queria. Que a matou porque não queria que ninguém mais estivesse com ela se ele não podia. E que esperava apenas uma oportunidade para atacar seu amigo.

Lucy voltou para junto dos demais e observou:

– Onde está a índia? Muito bem, apache, onde ela se meteu?

Michael se sentiu ofendido:

– Sou *cherokee*, sua amazona desengonçada! E se quiser saber, ela está no banheiro do andar de cima, passando mal.

Lucy se virou e ordenou a uma das capangas:

– Depressa, vá lá em cima e traga a índia para cá! Se Stoker chegar e não encontrar todos reunidos, teremos problemas sérios.

Uma voz na escada deixou todos mais calmos:

– Não é... necessário. Estou... aqui.

Danielle desceu aparentando estar mal. Na verdade, usava todo o seu talento para fingir estar doente. Desceu as escadas apalpando o bolso da calça que usava, como para garantir que sua carga chegasse inteira ao seu destino.

– Por que demorou tanto? – perguntou Lucy, desconfiada. – Preferia que eu mesma tomasse sua temperatura da maneira que os veterinários fazem?

– Você sempre foi grosseira, Lucy! – respondeu Danielle. – E não, não esperava nada vindo de alguém tão sem coração quanto você.

Lucy, por sua vez, sorriu e passou as mãos nos cabelos que, agora todos viam, estavam na verdade unidos na parte de trás da cabeça em uma espécie de coque.

– Logo isso chegará ao fim. E então não terei de aturar mais nenhum de vocês.

Herb observava sem parar a entrada da propriedade. Onde estariam seus homens? Por que demoravam tanto? Começava a sentir os pés dormentes e sabia que não podia se mexer de jeito nenhum. Não sabia bem onde estava o detonador e temia que confundisse a localização.

Viu um carro preto aproximando-se. Pensou que fosse o do esquadrão e que finalmente estaria salvo daquela situação incômoda. Porém, viu que o carro, um Sedã preto, não era nem de longe conhecido. Notou que parou ao lado da van e apenas viu uma figura negra saindo dele. Porém, ao ter o luar batendo em seu rosto, percebeu que o recém-chegado usava uma máscara de porcelana branca.

"É o desgraçado!", pensou. "Veio acabar com todos nós de uma só vez". E, então, soube qual era o verdadeiro motivo daqueles explosivos: destruir o Madame Lilith e os arquivos da Ordem do Centauro, junto às únicas pessoas que poderiam impedi-lo de conseguir seu objetivo.

Olhou de novo para a entrada e rezou para que seus homens não demorassem muito a chegar. Ou sua carreira como o novo supervisor do laboratório chegaria a um fim antes mesmo que começasse.

Stoker parou na entrada na mansão. Observou-a com muito cuidado. Os personagens de seu teatro pessoal estavam finalmente reunidos. O palco, preparado. Tudo estava pronto para finalmente deixar o passado para trás e nunca mais olhá-lo.

Abriu a porta e foi saudado pelas mulheres membros da gangue de Lucy. A mulherona logo veio ter com ele.

– Estão todos aqui, como você ordenou – disse ela.

– E Lemmy?

– Já está servindo de comida para os vermes, como ele mesmo foi. Eu mesma o matei. E agora quero minha recompensa!

Stoker observou-a por algum tempo. Depois colocou a mão num bolso oculto e retirou um mapa.

– Siga-o ao pé da letra. Ele deverá levá-la à sala onde estão os arquivos. Tire de lá o que quiser. Se não quiser retirar, destrua. Ou simplesmente fique para os fogos finais.

Ela encarou aquele ser estranho de máscara. Pegou o mapa, viu as indicações e retrucou:

– Você era mesmo próximo a Laverne?

– E a Lavínia.

– Você fez parte do passado delas?

– Mais do que você imagina. Você vai me desculpar, doce Lucy, mas meu tempo é curto. Você pode ir em busca de seu passado manchado pelo maldito pacto ou ficar para ver a sessão detetivesca que farei com os presentes. Qual a atrairá mais?

Ela segurou o mapa e respondeu:

– Fique com eles. Irei atrás da sala. Se der tempo, ainda voltarei para ver o final de suas explicações.

Stoker deu de ombros e respondeu:

– Como quiser. É uma pena, pois você irá perder uma cena e tanto, principalmente quando eu finalmente retirar a máscara.

Lucy viu o misterioso Stoker caminhar em direção ao salão onde os demais estavam. Verificou de novo o mapa e disse para a mulher que estava perto dela:

– Venha você comigo. As demais fiquem aqui para ver se ele precisará de algo.

Todos empalideceram quando o sociopata Stoker finalmente entrou na sala. A máscara de porcelana, com aqueles olhos semifechados e lábios parados como se estivessem num eterno beijo davam um ar estranho àquela cena.

Stoker parou no meio do caminho. Pareceu estar hesitante em avançar, mas logo tomou coragem e aproximou-se. Analisou cada um dos presentes e então começou seu discurso:

– Imagino que pensem por que eu os quis aqui nesta noite – disse o bandido, começando a procurar algo por seu corpo. – Porque simplesmente cansei desse jogo. Os principais representantes da Ordem do Centauro estão aqui, bem como todos aqueles que me conheceram no passado e que podem oferecer resistência. Isso sem falar nos bravos CSAs que foram encarregados de desvendar o tenebroso caso e que, ao que penso, sentiram-se inúteis, pois tive o cuidado de não deixar muita coisa para que vocês analisassem.

Tony levantou-se para falar algo, mas Danielle o segurou e depositou algo em suas mãos. Ele disfarçou e verificou que era o celular de Herb. Mas onde estava seu dono?

– Olhe o celular! – disse Danielle, devagar, sem emitir som.

Tony assim o fez, procurando ficar próximo de biombos, plantas e outros objetos que serviam de decoração na casa noturna. Conseguiu ler o conteúdo dos torpedos enviados e finalmente começou a entender o que havia por trás daquela máscara. Ele guardou o aparelho no bolso e aproximou-se da figura alegórica do vilão.

— Está mais do que na hora de você se revelar mesmo – observou o CSA, com ar de detetive. Rod estava pronto para dar cobertura, saltar em cima de Stoker ou qualquer outro gesto heroico, mas Tony fez um sinal para que ficasse quieto e ouvisse.

— Parece que o grande Tony Draschko tem algo a acrescentar – observou Stoker, ainda sem tirar a máscara. – É melhor se apressar, meu caro Tony. Já que foi infeliz em seus últimos atos e nem mesmo conseguiu salvar seu amigo Deus Noite.

Ele sorriu e observou atentamente:

— Meu parceiro me mostrou as fotos da cena do crime. Aquelas em que ele deixou a pista da canção. A mesma pista que nos levou ao Lago Murray. E foi lá que finalmente descobrimos sua identidade.

— Pois bem, caro Tony – disse Stoker, sentando numa cadeira. – Se quer levar esta farsa adiante, vamos ouvir suas análises e ver se chegou à conclusão correta. Porém, aviso: se falar alguma besteira muito grande, eu mesmo darei o tiro que vai acabar com você.

Ao falar isso, ele tomou a pistola nas mãos da capanga mais próxima e apontou para Tony. O comissário e Burke fizeram um gesto de avançar para protegê-lo, mas Tony os impediu com o braço.

— Não se preocupem. Estou certo nas minhas deduções. E nenhum tiro sairá desta pistola. Isso porque você finalmente vai se revelar para os demais. Não é, Laverne Watkins?

Capítulo 18
Explicações

> *Minha sensação de domingo está tomando conta de mim*
> *Agora que a noite já era*
> *Tenho que limpar minha cabeça pra poder ver*
> – Jethro Tull, "My Sunday Feeling"

Herb não sabia quanto tempo mais aguentaria. Não se mexer provocava uma dor muito grande nas suas juntas. Nem parecia ter 33 anos. Quando viu que a van que montava guarda havia se retirado, temeu o pior. Porém, logo tudo melhorou quando finalmente viu os carros do esquadrão antibombas aproximando-se.

Preocupado com o que deveria estar acontecendo dentro do Madame Lilith, Herb procurou no bolso seu *smartphone* particular. O celular que dera para Danielle era um aparelho de trabalho e o que tinha mais possibilidade de obter recursos tecnológicos.

Sacou-o do bolso e ligou de novo para sua secretária Rose. Ela lhe disse que era Kevin Fartlot que dirigia o grupo. Deu o número do celular de Kevin. Herb ligou e falou com o perito. Logo, o grupo se esgueirou pela propriedade para a parte esquerda da mansão, onde estava a passarela, ergueu as escadas e levou cerca de meia hora para localizar e desarmar o detonador sob o chão de metal. A carga à qual estava ligado estava alojada na porta dos fundos da mansão.

– E agora, chefe? – perguntou Kevin, um homem alto, forte e cheio de cicatrizes no rosto, provavelmente efeito do contato e experimentos que tivera com bombas. – Queremos vingar o desgraçado que matou Paul Winsley.

Herb precisou de alguns momentos para pensar. As portas e as janelas estavam fechadas. A que tinha sido quebrada pelo tijolo de Lemmy estava tapada. Os passos do grupo, do lado de fora, poderiam chamar a atenção dos presentes no interior da mansão, o que ele não queria que acontecesse. O fator-surpresa era extremamente necessário se queriam pegar a gangue de mulheres e, principalmente, a líder.

– Precisamos ser bem discretos – observou. – Com certeza há mais detonadores de peso espalhados pela casa. Aquelas malditas devem saber sua localização exata, mas nós não sabemos. Coloque todos para analisar a fachada e a parte de trás. Enquanto isso, deverei pensar no que fazer com a situação dos reféns lá dentro.

Herb não queria bancar o comissário e lidar com as bandidas do lado de fora da casa. O ideal seria tentar localizar e neutralizar as cargas de explosivos antes que as capangas que sobraram do lado de dentro pudessem acioná-las. Mas onde elas estariam?

Todos encararam Tony de maneira incrédula. Como aquele sociopata poderia ser aquela que morrera há tanto tempo? Rod levantou-se também e concordou com a cabeça.

– Sim, sim, essa era a explicação. É claro! Achávamos que era Lavínia, mas, na verdade, era Laverne.

Em resposta, Stoker desligou o distorcedor de voz, retirou a máscara e a cobertura de panos. O rosto de Laverne, o mesmo visto nas fotos antigas na casa de Paul, surgiu, para assombro de todos.

– Oh, meu Deus! – exclamou Siouxsie. – Nunca quis acreditar nos boatos! É você mesma?

Antes que ela respondesse, Tony, como um detetive que espera o momento certo de fazer sua acusação, levantou a voz:

– É ela mesma! Isso bate com os papéis que estavam no Lar Perto do Mar, de Paul Winsley. Suas capangas cuidaram de destruí-los, mas Rod conseguiu retransmitir alguns com o aparelho antigo de fax que ainda havia por lá. Juntamos tudo que tínhamos de mais antigo, já que, desde que ela assumiu a nova identidade, deixou de criar rastros. Até a morte dela foi uma farsa muito bem montada. E a verdadeira sacrificada foi a sua irmã, não é? O corpo que você roubou, com a ajuda de suas cúmplices do Presas Noturnas, era o de Lavínia.

Ela sorriu e concordou com a cabeça.

– Há alguns anos eu e minha irmã soubemos da existência do pacto chamado Ordem do Centauro. A mesma ordem que levou meus pais à falência e à miséria. Mas nada disso parecia importar desde que nos envolvemos com Paul Winsley. Enquanto ele estivesse conosco, nada mais importava. E ninguém poderia dizer que uma voluntária da Cruz Vermelha seria capaz de algo tão radical quanto manipular para ter seu homem por perto. Tudo começou a mudar quando ele ganhou o concurso promovido por esta casa e se tornou uma celebridade para os góticos da cidade. Isso começou a tirá-lo de perto de nossa convivência. Não queríamos que ninguém mais o tivesse por perto. E Lavínia começou a se importar demais. Depois de uma briga feia que tive com minha irmã, fiz um pacto com Lemmy, o valentão local. Sabia que ele fazia coisas sujas para as famílias da Ordem. Então, nós combinamos: ele seguiria e mataria minha irmã. Assim, sozinha, teria como ter Paul somente para mim.

Rod aproximou-se e disse:

– Agora percebo o que aconteceu. As digitais que Tony e eu recuperamos das antigas fotos e dos móveis no sótão de Paul eram suas.

– O laboratório nos avisou que seu DNA estava faltando no banco de dados. Queriam uma amostra para comparar com o de sua irmã. Você, prevendo isso, adiantou-se e usou sua influência para abrir o túmulo e sumir com os restos de Lavínia.

Laverne concordou com a cabeça.

– Paul sabia o que tinha acontecido. Ele se encontrou comigo e, ao contrário do que eu pensava, dispensou-me. A culpa de tudo estava na Ordem! Um pacto que havia acabado com minhas chances de ter uma vida. Então, desenvolvi um plano: iria me afastar da cidade por um tempo e criar uma maneira de influenciar a nova geração, incluindo os herdeiros das famílias do pacto, e convencê-los a trabalhar para mim.

– A coisa não saiu como você queria, não é mesmo? – perguntou Tony.

– A maioria das pessoas que entrava em contato comigo era mulheres. Havia alguns homens, mas era bem mais difícil convencê-los a me prestarem juramentos. Entrei nessa aproveitando a onda de interesse sobre vampiros que invadiu a juventude. Criei o Presas Noturnas que, de início, era uma lista de discussão e depois se tornou a rede gótica. Apesar de entrarem pessoas de todos os cantos do país, e até do mundo, eram os membros de Little Rock que me interessavam. Usei as garotas para retomar os negócios dos Watkins, os mesmos cujas origens estão documentadas nos arquivos do pacto.

– Você queria, assim, criar uma rede de seguidores que servisse para ter controle sobre os herdeiros e, assim, usá-los para localizar e destruir os arquivos – completou Rod.

– Exatamente. E começaria com o idiota do Lemmy. Ele tinha medo da polícia, e eu o seduzi e prometi que o livraria das autoridades em troca de trabalhos que ele fizesse para mim. Coisas idiotas como colocar determinados membros no caminho certo de suas obrigações.

Ela virou-se para Danielle e Siouxsie e as acusou:

– O problema maior foi que essas duas idiotas começaram a se intrometer. Falavam não apenas com Mary e Lindsay, duas das herdeiras que mais poderiam ajudar na destruição desses malditos arquivos, como começaram a dissuadi-las de que não deveriam fazer nada que não quisessem. Mandei, então, que Lemmy as liquidasse.

– Um exemplo de seu poder – entendeu Rod.

– Exatamente. Porém, aquele troglodita não sabia realmente trabalhar e não deixar vestígios. Interceptei uma postagem de seu laboratório que mandava um e-mail ao chefe Nelson dizendo que a faca cirúrgica que eu dera a Lemmy ainda tinha minhas digitais. Entrei em ação e mandei Lemmy eliminá-lo, o que ele fez provocando o acidente de carro. Mary e Lindsay, que sabiam quem eu era, ficaram balançadas entre a lealdade a mim e seguir o que estas duas falavam que deviam fazer a meu respeito.

– Você as colocava para mexer com drogas disfarçadas em objetos góticos! – berrou Danielle. – Da venda de "sangue de vampiro", um preparado com *bloody maries* e heroína líquida, até absinto com meta-anfetaminas diluídas! E foi justamente Paul quem conseguiu essas informações para nós!

Ela deu um sorriso amargo.

– Ele foi uma dor de cabeça. Abandonou-me e simplesmente passou a idolatrar meu "assassinato". Para ele, Lavínia era a verdadeira Laverne e a culpa pela morte dela era toda minha. Porém, a falha esteve em mim. Quando soube que dois CSAs estavam investigando as ligações do caso de Mary e Lindsay, ordenei ao idiota do Lemmy que os capturasse usando minhas capangas. Nem imaginava que Paul voltasse, anos depois, caracterizado de Deus Noite e, ainda por cima, provocasse a atenção das minhas meninas. Elas concluíram que ele era o segundo CSA, pois conheciam o escritor aqui presente. Nem imaginei que Tony Draschko, o sobrinho do comissário, estivesse nos recantos da mansão com Cecile Burke, atrás dos arquivos da Ordem. Foi uma jogada perigosa, comissário. Ainda mais depois que eu sequestrei sua esposa! Você deveria fazer o que eu quisesse e me dar a chave da sala. Em vez disso, deu-a a seu sobrinho e confiou que ele localizasse a sala do arquivo.

O comissário fechou os punhos e sentiu vontade de atacar aquela mulher louca. Foi segurado por Burke, que continuava a observar a cena.

– Se você tinha tanta certeza assim de onde atacar, por que não agiu diretamente? – perguntou Burke.

– Eu sabia que apenas três pessoas conheciam a correta localização dos arquivos: você, Wojak e Nelson. Espiei você tempo demais para saber que, embora fosse o guardião oficial dos documentos, não se importava com o que seria feito deles. Nem mesmo interrompia suas atividades diárias aqui nesta casa noturna para entrar lá. Wojak foi, na verdade, minha última opção, pois acreditei que Nelson cederia mais facilmente. Lemmy o matou antes que pudesse ter me sido mais útil. Um dos muitos erros dele que me levaram a liquidá-lo. Assim, optei por sequestrar Donna Carter, uma das herdeiras do pacto, para que o comissário me obedecesse. Ameacei matá-la se contasse algo ao sobrinho.

Todos se calaram por alguns instantes. Stoker, ou melhor, Laverne estava saboreando o momento. Tinha todas as atenções para si e nem se importava em relaxar um pouco a guarda, o que Tony aproveitou de maneira discreta para ligar para o outro número de Herb.

Quando o *smartphone* de Herb tocou, ele levou um susto. Olhou o visor e ficou intrigado quando viu que era de seu outro celular. Aceitou a chamada e percebeu que era uma jogada de Tony para que ele registrasse o que estava acontecendo. Acionou a opção "Gravar Ligação" e ouviu a conversa, fazendo sinais para que o grupo de seus subordinados se posicionasse para invadir a casa tão logo os demais localizassem e neutralizassem os detonadores ocultos.

— No que diz respeito a Paul, o problema foi todo meu! — disse Laverne, levantando-se da cadeira onde sentara para tirar a máscara. — Ele não reconheceu o rosto de sua amada Lavínia! Tudo bem, pois eu também não reconheci seu rosto. Ele me traiu quando me trocou por ela. E não podia deixar que o erro de Lemmy me custasse a revelação de minha identidade antes da hora certa. Uma identidade que criei baseada em outras do meio gótico e nos rostos que eles mais apreciavam. Laverne, ou melhor, Lavínia se tornou um mito tão forte que os góticos faziam peregrinações a seu túmulo! Isso precisava ser destruído, e foi mais um motivo pelo qual eu roubei os restos mortais dela. Fui eu quem o matei. E nem percebi quando ele escreveu a tal frase indicando sua maldita casa!

— Então, toda essa encenação foi porque você buscava vingança, pois achava que a Ordem do Centauro havia destruído sua vida? — perguntou Tony, em voz alta, torcendo para que Herb, onde quer que estivesse, captasse aquela louca falando e explicando seu *modus operandi*.

Ela sorriu de novo, um sorriso quase de predador. Fez apenas um gesto, e uma das mulheres adiantou-se e revistou-o. Viu o celular ligado e levou-o de volta para a chefe. Ela aproximou o bocal e repetiu:

— Sim, tudo porque eu quero e vou destruir os arquivos da Ordem. E você, chefe Greenie, esteja onde estiver, não poderá identificar a posição dos detonadores que coloquei nesta casa. Muitos deles podem ser acessados por um sinal de celular. Um celular como este, que tenho em minhas mãos. Faça um só movimento em falso que eu acionarei. Assim, seu grupinho de subordinados poderá procurar os pedaços do arquivo juntamente com o que sobrar de nossos convidados!

Todos se olharam. Souberam então que ainda havia o perigo de que tudo fosse, literalmente, pelos ares.

Herb ouviu toda a conversa com atenção. Olhou, então, para o chefe de esquadrão antibombas deles e acenou afirmativamente.

— Conseguimos identificar pelo menos mais quatro detonadores. Achamos que pode haver mais, mas não localizamos. Podemos fazer uma varredura para tentar encontrar outros que estejam enterrados.

Ele apertou um botão *mute* em seu *smartphone* e respondeu:

— Com certeza há mais. Procure! São pelo menos oito pessoas que elas mantêm como reféns!

A pantomima que Stoker, ou melhor, Laverne fazia ainda reverberava pela mansão quando Lucy voltou da sala dos arquivos. Seu semblante aparentava uma raiva pouco contida. Ela entrou sem cerimônia na cena e parou em frente a Laverne.

— Eu pensei que tínhamos um acordo!

Foi quando ela viu o rosto da amiga que pensava ter falecido. Levou um choque ao perceber que também tinha sido manipulada.

— La... Laverne? Oh, meu Deus! Não pode ser...

— Você sempre acreditou demais nas pessoas, Lucy. Achou mesmo que não percebi que tinha uma atração por Lemmy? Que o queria muito para si? Achou mesmo que eu o deixaria para uma mulher como você?

Ela levantou-se de maneira intimidante e começou a avançar para onde a mulherona estava. Esta se sentiu acuada e começou a recuar.

— Você... Você era minha melhor amiga...

Laverne respondeu com uma risada alta. Largou o celular de Herb em cima da mesa em que estava sentada e continuou:

— Nunca fui sua amiga, sua idiota. Você me era útil porque era uma das herdeiras do maldito pacto! E uma que seguiu um caminho semelhante ao meu. Tudo que você sempre quis era destruir os arquivos e se ver livre de algo que seus pais impuseram e que estragou sua vida! Nós duas quisemos isto! E o que foi que conseguimos? Cada vez mais dor de cabeça para nós! E você escolheu justamente Lemmy!

Tony virou-se para Rod e cochichou:

— Ela ama alguém nessa história?

— Suspeito que tenha perdido o contato com o mundo real quando Paul a trocou pela falecida Lavínia. Para ela, os homens passaram a ser mais um objeto. E ela dirige sua fúria para eles. Não creio que já tenha sentido algo por Lemmy.

Lucy foi ficando cada vez mais intimidada e começou a desabar chorando no chão enquanto Laverne avançava cada vez mais.

– Sabe qual é seu problema, doce Lucy? – perguntou Laverne, assumindo uma posição de superioridade. – Vocês todas, menininhas góticas, *headbangers*, surfistas ou seja lá de que tribo urbana forem, são iguais: querem atenção desesperada dos homens. E, se não conseguem, fingem-se de duronas. Mas basta a manipulação correta para que fiquem assim, indefesas, inseguras, jogadas ao léu. Patéticas! Acham que são tão superiores só porque fazem parte de qualquer tipo de tradição! Idiotas!

As demais mulheres não gostaram de ver sua líder, Lucy, ser maltratada e fizeram menção de avançar até Laverne. Ela, já preparada, mostrou de novo o celular que controlava os detonadores ocultos. Na outra mão, mostrava a chave da entrada da mansão.

– Avancem para cima de mim e eu explodo esta mansão maldita! Deixemos que Lilith tome conta de todas as almas presentes! Que tal?

Burke adiantou e gritou:

– Você está louca, Laverne!

Ela sorriu e concluiu:

– Não! Laverne foi assassinada por Lemmy e trocou sua identidade pela de sua irmã! Desde então, eu criei esta máscara funerária com o rosto morto de Lavínia e uma identidade perfeita: Stoker, nome roubado do seu amado criador de Drácula!

– Não adianta argumentarem! – disse o comissário. – Ela está fora de si! E vai explodir todos nós, se tiver de fazer isso!

Ela riu alto e concluiu:

– Todos vocês estão sob meu poder! Se alguém ousar se aproximar sem meu consentimento, a morte virá até vocês antes mesmo que fechem seus malditos olhos!

– É o frenesi! – murmurou Rod. – Se ela perder a calma, poderá de fato matar a todos!

Herb ouviu toda a conversa. Chamou de novo o chefe dos demais e gritou, depois que colocou o *smartphone* de novo no *mute*:

– Depressa! Ela afirma que ainda há detonadores!

Ele então lembrou-se do que Tony lhe dissera sobre a sala com os arquivos da Ordem. Chamou de volta o subordinado e acrescentou:

— Procurem ao redor da mansão por janelas no nível do chão. Podem ser o acesso a salas subterrâneas. Se encontrar alguma, dê uma varredura! Vamos, nosso tempo está acabando!

Lá dentro o clima estava tenso. Tony procurou apoio e viu que tanto Siouxsie quanto Danielle estavam mais que dispostas a pular em cima de Laverne. Burke, entretanto, estava receoso porque não queria que nada acontecesse à sua amada mansão, o negócio de sua vida. Michael Moonstone e Colin Wojak estavam prontos para quando fosse preciso. Rod e até Donna Carter pareciam concordar em silêncio.

— Vamos lá! — gritava Laverne, com os olhos arregalados! — Nada melhor do que fazer uma faxina de primavera! Não é assim que fala o Led Zeppelin em sua música? Ou que tal se eu citar seu amado Jethro Tull, Burke? "Minha sensação de domingo está tomando conta de mim / Agora que a noite já era / Tenho de limpar minha cabeça pra eu poder ver". Minha cabeça está bem limpa, agora que tenho tudo sob meu controle!

Aquilo pareceu mexer com Burke. Ele aproximou-se resoluto, passando os demais, e parou em frente a Laverne.

— Até agora, fizemos o possível para que Laverne Watkins fosse lembrada como o que você era: o retrato da filha perfeita. E era assim que sua mãe te enxergava. Pelo menos até que ela e seu pai saíssem de Little Rock após a falência. E foi seu próprio pai quem me disse que você seria melhor líder de família do que ele.

— É isso! — sussurrou Rod para Tony. — Complexo de Electra! Ela quer a aprovação do pai!

Ela riu de novo. Parecia cada vez mais excitada com suas falas.

— Ele era um idiota! — respondeu para Burke, com os olhos cada vez mais arregalados. — Deixou que vocês dissessem a ele o que fazer, o que pensar. Tudo para ser digno de participar do maldito pacto! E um pacto com o nome mais pomposo de todos: Ordem do Centauro! Isso nem mesmo era uma sociedade secreta! Apenas um bando de interesseiros numa cidade que é mais corrupta do que Nova York e Gotham City juntas!

Tony virou-se para Rod e sussurrou:

– Ela vai perder a calma a qualquer momento e acionar o detonador! Alguém avise Herb pelo *smartphone*!

Siouxsie conseguiu pegar o aparelho, já que as demais mulheres de Lucy agora estavam com a atenção voltada para a inusitada cena. Ela sussurrou bem perto do bocal:

– Chefe Greenie! Ela deve ter escondido algo nas salas do nível do chão! Depressa, antes que ela aperte o botão!

Herb ouviu e respondeu:

– Estamos na busca, Siouxsie. Não podemos ir mais rápido. Precisamos de tempo!

De repente, o chefe do esquadrão fez um sinal. Herb saiu correndo e virou para a parte esquerda da casa.

– Achamos! – disse o líder, apontando para as janelas. – Estão do lado de dentro!

– Como assim? – perguntou Herb, sem entender. – Pelo que eu saiba, a gangue de mulheres chegou e montou os detonadores antes de seguir viagem para o Lago Murray! Como conseguiram montar tudo lá dentro?

– Acho que já chega de suspense! – gritou Laverne. – É hora de nosso infiltrado se revelar. Não é mesmo?

Ela levantou a mão e jogou o celular que controlava o detonador para seu infiltrado: o proprietário do Madame Lilith, Tim Burke.

– Agora!

Capítulo 19
Consequências

Quem são estes homens da luxúria, avareza e glória?
Jogue fora as máscaras e vamos ver
– Supertramp, "Crime of the Century"

Tim Burke! Herb entendeu imediatamente porque havia detonadores previamente instalados nas salas mais antigas da mansão. Para ele, aquilo era demais! Pegou o megafone e aproximou-se da entrada. Ligou-o e gritou:

– Muito bem, Laverne Watkins, aqui é a Polícia de Little Rock. Saia com as mãos para cima, junto a seu cúmplice, Tim Burke, ou meus homens vão arrombar a porta e iniciaremos um tiroteio!

Nenhuma resposta veio de dentro a não ser algo que parecia a risada louca e histérica de Laverne. Aquilo não era nada bom. Se o CSA Benes estava correto e isso indicasse que ela estava mesmo em frenesi, poderia significar que seu agora revelado cúmplice poderia ter um comportamento semelhante.

Herb não via alternativa. Virou-se para o líder do esquadrão anti-bombas e ordenou:

– Tragam as bombas de gás lacrimogênio! Precisamos tirar esse povo lá de dentro a qualquer custo antes que esse lugar vá mesmo pelos ares!

Burke ainda olhava para todos com o celular detonador nas mãos. Sentiu uma crescente irritação quando aquela vaca estúpida revelou que ele tinha alguma ligação com ela. Também sentiu os olhos inquisidores da filha sobre seus ombros. Aprumou a postura e assumiu um ar desafiante.

– Não acredito! – disse Siouxsie, incrédula. – Foi você mesmo que insistiu que o pacto não deveria ser quebrado! Que os arquivos deviam ser protegidos a qualquer custo!

O comissário aproximou-se com cautela.

– Laverne sabia que ele era o guardião. E que não deveria quebrar de maneira alguma seu compromisso de herança ou perderia a casa. Começo a entender. Você insistiu há pouco que estava preso ao juramento e que apenas se algo acontecesse à casa é que se veria livre para levar seu negócio para outro lugar. No fundo, você quer o que todos queremos: que outra pessoa o livre do pacto. Que algo de fato aconteça à casa.

Ele olhou todos com novo ar. Para ele, agora, todos eram inimigos.

– Vocês têm ideia do quanto esses documentos impediram que eu realmente me tornasse um empresário de sucesso? O Madame Lilith é a casa noturna mais popular do meio gótico não apenas daqui. Vem gente de todos os lugares do Arkansas para conhecê-la. E nunca, nunca mesmo tive oportunidade de expandir meu negócio abrindo uma filial. NUNCA!

Ele olhou para o celular.

– Laverne me deu a oportunidade de me livrar disso tudo. Abri a casa para que ela e suas cúmplices trouxessem cargas explosivas. As malditas salas serão as primeiras a cair. Meu seguro pagará a indenização e então poderei ir embora desta cidade livre dos arquivos e do pacto que nunca me pertenceu. Eu não sabia o que aceitava quando recebi a mansão de meu ex-chefe. Caso contrário, nunca teria aceitado.

– Suas pretensões colocaram vidas em perigo! – gritou Donna, ainda sentada. – Michael, eu, Nelson, entre outros.

Laverne riu.

– Estão vendo? Mesmo depois de termos tantas mortes nas costas, tudo que alguém como Donna Carter se lembra é que membros das famílias tradicionais se foram. Ninguém fala nada de Paul Winsler ou de Lemmy. Esses são completamente descartáveis!

Foi quando ouviram o anúncio de Herb no megafone. Laverne riu mais alto e, num gesto súbito, jogou a máscara mortuária no chão e pisou nela, quebrando-a em mil pedaços.

– Vocês nunca vão entender nada! – gritou. – Nunca houve um porquê para a existência desse pacto. E vejam quantas vidas ele já arruinou! De certa maneira, todos vocês são tão vítimas dele quanto eu ou qualquer outro envolvido!

Tony não aguentava mais aquele papo interminável e aquelas acusações de uns contra os outros. Olhou para os demais, fez um gesto e todos correram para cima dela e de Burke. Siouxsie, horrorizada, sentiu-se paralisada com a briga. As mulheres que acompanhavam Lucy entraram no confronto e, em pouco tempo, dominaram Laverne. Porém, os homens tiveram mais problemas com Burke. Ele era muito forte e conseguiu livrar-se de todos.

– Já chega! – gritou ele. – Isso acaba agora! – e apertou o botão do celular.

Imediatamente, a mansão estremeceu. A explosão das salas mais baixas gerou uma onda de calor que subiu as escadas e atingiu as pessoas no salão principal, iniciando uma reação que, combinada com o material de pintura das paredes e os vários objetos de decoração altamente voláteis, desencadeou um incêndio que logo engolfou o imóvel.

Do lado de fora, Herb e seus subordinados sentiram a explosão, que pegou pelo menos quatro das salas subterrâneas. Ele fez um sinal, e vários homens com machados avançaram até a pesada porta da frente e a derrubaram. Outros preocupavam-se em quebrar as janelas laterais e entrar para resgatar os reféns. Todos foram recebidos por golfadas de ar quente e perceberam que o incêndio havia começado.

– Atirem em quem oferecer resistência – ordenou Herb. – Quero Laverne Watkins e Tim Burke trazidos aqui para fora!

Herb sabia que a mansão, com toda aquela madeira tratada quimicamente e materiais voláteis, seria consumida em poucos instantes. Olhou para as salas subterrâneas e imaginou se os arquivos da Ordem do Centauro estariam mesmo perdidos.

O fogo alastrou-se com uma velocidade incrível. Parte da mansão começou a desabar poucos minutos depois da explosão.

As chamas avançavam cada vez mais gulosas e destruíam tudo sem piedade nenhuma.

A explosão matara pelo menos metade das mulheres comendadas por Lucy. O comissário tentava tirar Donna de dentro do edifício em chamas. Os Moonstones logo seguiram os homens de Herb. Tony e Rod seguraram Burke com a ajuda de Lucy. O prisioneiro, por sua vez, pedia ajuda para a filha. Siouxsie, parada num canto do salão em chamas, olhava para o pai com ódio.

– Você precisa entender, filha – disse ele, com lágrimas nos olhos. – Você é boa demais para viver nesta cidade e ter um caso com um homem como esse...

Ela apenas respondeu:

– Então agora somos melhores do que as pessoas desta cidade? Não, pai. Não somos melhores do que os idiotas que montaram esse pacto ridículo que corrompe e destrói tudo que toca.

Ela virou-se para os policiais.

– É melhor levá-lo agora. Não temos mais nada a dizer.

Os policiais fizeram menção de retirar também Siouxsie, mas ela se recusou. O local estava uma verdadeira confusão, e Rod havia se retirado para ajudar os que tinham saído. Tony aproximou-se dela e disse:

– Você precisa sair daqui, Siouxsie. O local pode desabar ou o incêndio piorar...

Mal ele pronunciara aquelas palavras, e uma parte de trás da mansão desabou, formando uma cratera e dividindo o imóvel ao meio.

– Você não entende, Tony? Agora quem quer a destruição desses arquivos sou eu. Meu pai nunca foi corrupto e agora queria dar um golpe na seguradora para ter dinheiro e ir embora daqui?

– Eu sei disso, querida, mas agora não adianta remoer o passado. O importante é tirar você daqui. Venha.

Ela começou a se debater até conseguir se livrar dele.

– Siouxsie! Cecile! Não!

Ela correu para uma parte da mansão que ainda estava inteira. De repente, os alicerces do teto começaram a desabar, engolfados pelo incêndio. Ela estava presa naquela parte da mansão.

– Socorro! – gritou ela. – Alguém me ajude!

Tony aproximou-se da entrada e gritou para os homens lá fora. Herb reapareceu e logo avaliou a situação.

– Não há nada a fazer! – gritou ele. – Ela está presa e inalcançável!

Tony revoltou-se imediatamente. Não iria ficar quieto enquanto via mais uma pessoa amada encontrar seu fim. Correu para fora da casa até o carro do esquadrão antibombas. Viu um cobertor de amianto embaixo do assento do carro. Tirou o máximo que pode de suas roupas, enrolou-se no cobertor e voltou para dentro.

– Tony! – gritou o comissário. – O que ele pensa que está fazendo?

Não houve resposta. Quando a silhueta do CSA desapareceu dentro da casa, ninguém sabia se ele voltaria ou não.

Lá dentro, o calor e a fumaça já estavam insuportáveis. Tony avançou com um lenço no nariz até o local onde parte do teto despencara. Viu que havia um caminho que poderia levá-lo até o local num corredor vizinho. Avançou com cautela e cuidado.

Viu de repente alguém caído. Imaginando ser Siouxsie, avançou esperançoso. Mas era Laverne, ainda com suas roupas de Stoker. Olhava em volta como se estivesse em outro ambiente.

– Eu consegui! – gritou, esperando ser ouvida por Tony. – Meu trabalho está completo!

– Não está – disse ele, levantando-a. – Você deve pagar pelas mortes que causou.

Ela olhou para ele parecendo estar louca.

– Efeitos colaterais. Um gato tem pena do pássaro que mata? Um gavião sente simpatia pela galinha que come? Somos todos predadores, em maior ou menor grau. E agora... vou embora feliz!

Num último esforço, ela livrou-se de Tony, correu cambaleante para perto da cratera dos andares explodidos e jogou-se. Enquanto caía, Tony pôde ainda ouvir as gargalhadas histéricas que ecoavam por todo lugar.

Quando a voz de Laverne se extinguiu ao mesmo tempo em que foi ouvido um baque seco, que indicava que seu corpo havia chegado ao fim da cratera, ele voltou sua concentração para sua verdadeira missão.

– Cecile! Onde está você?

Um sussurro começou a ser ouvido. Tony insistiu mais. Sabia que não tinha muito tempo até que o fogo fechasse a entrada por completo.

– Cecile! Droga, onde está você?

Ele correu por mais um corredor e finalmente a encontrou. Estava caída no chão, desacordada, com uma das vigas do teto prendendo sua perna. Retirou-a com cuidado, analisou a perna ferida e viu que havia um sangramento vindo de um corte feio na altura da coxa. Usou o lenço para estancar o ferimento e pegou-a no colo. Sorte que ela era mais leve do que ele imaginava.

Olhou ao redor, procurando uma saída. Nada. Tudo parecia estar já bloqueado. Parecia que, desta vez, não haveria um final feliz. Estava para desistir quando sentiu algo vibrando no bolso de sua calça. Quando o tirou, viu que era o *smartphone* de Herb, que havia sido posto lá pelo supervisor antes que seu subordinado voltasse a entrar. Ele consultou a tela. Era uma mensagem de Herb que dava as instruções que Danielle dera a ele para chegar à passarela na parte de cima. Com a descoberta do detonador, o chão de metal estava intacto. O problema era saber quanto tempo ele teria para chegar lá e ser resgatado pelos policiais antes que o telhado da mansão desabasse.

Leu as indicações. Procurou a escada, subiu por ela e atravessou os corredores que ainda não estavam em chamas. Chegou à porta de ferro, abriu-a com os pés e saiu para a passarela.

– Lá! – gritou Herb. – Onde eu estava! Depressa, tragam a escada!

O resto da cidade já vira, a essa altura, o incêndio, que fora seguido da explosão, e chamado os bombeiros. Um pequeno destacamento havia chegado ao local e trazia a escada. Tentaram colocá-la para que ele descesse quando viram que Siouxsie estava com ele, desacordada.

– Cuidado! – gritou Herb, indicando que outra parte da casa iria já desabar.

Os bombeiros e os policiais demoraram muito para posicionar a escada. Uma parte do desabamento pegou justamente uma das paredes que sustentava a passarela, que ficou precariamente suspensa. Se colocassem a escada apoiada, era mais peso para a parede, que decerto terminaria por cair.

— A cama elástica! — gritou o comissário para os bombeiros. — É a única chance!

Os homens, ajudados pelas remanescentes das garotas de Lucy, correram com a cama elástica. Tony jogou a pobre Siouxsie, que caiu ainda desacordada nela.

— Pule logo, seu maluco! — gritou Herb, já desesperado com a situação.

Tony não conseguia apoio para poder pular. Seu próprio peso fazia a passarela balançar de um lado para o outro como se quisesse se livrar da outra parede que ainda a segurava. Agarrou-se numa ponta e tentou usar o cobertor de amianto como paraquedas improvisado. Pouco adiantou, pois raspou grande parte de seus membros nas bordas afiadas do metal da passarela. Conseguiu, entretanto, cair na cama elástica, de onde foi retirado pelos policiais e levado pelos bombeiros para a unidade paramédica recém-chegada.

Poucos segundos antes dele próprio pular, a parede cedeu e a passarela começou a cair, tendo uma das extremidades ainda presa. A inclinação quase fez com que Tony caísse de volta para o interior da mansão, onde fatalmente seria tragado pelo incêndio como fora Laverne.

Rod observou o fogo dominar o que restou do casarão. Todos pareciam bem, pelo que ele pudera observar. Teria de verificar mais tarde como as coisas estariam na cabeça de Siouxsie quando ela voltasse a si, mas sabia que no final tudo daria certo. Porém, em sua cabeça, uma pergunta apenas restava: os arquivos da Ordem estariam mesmo destruídos?

Quando tudo parecia sob controle, ouviram-se três novas explosões. Policiais e bombeiros correram para conter as novas chamas e, em pouco tempo, o que restou da imponente mansão onde se erguia o Madame Lilith estava reduzido a uma cratera fumegante.

Rod aproximou-se do carro onde Tim Burke estava detido. Abaixou-se até a janela e comentou:

— Espero que esteja satisfeito, sr. Burke. Sua filha quase morreu e, agora, o senhor será o único, além de Lucy, a sofrer acusações por participação nesse caso. E pode dizer adeus aos seus sonhos de recomeçar a vida fora daqui. Uma coisa apenas o senhor conseguiu: a Ordem do Centauro não vai mais incomodá-lo.

Três dias inteiros passaram-se, e os únicos comentários na cidade e nos jornais locais eram sobre as explosões e a destruição da antiga mansão que abrigava o Madame Lilith. Não havia fotos sobre Laverne e todos queriam saber mais sobre o que rondava as recentes mortes.

Herb e Rod aguardavam para falar com a promotoria sobre Tim Burke e Lucy Marxinne. No fundo, Rod não achava justo que o pai de Cecile pagasse sozinho pelos crimes de Laverne. E expressou seus pensamentos.

— Não é justo! — disse o cara de coruja, apelido que Herb ouvira de Tony e que já começava a pegar entre os companheiros de profissão. — Burke não provocou as mortes.

— A promotoria quer sangue nesse caso — explicou Herb. — Por menor que seja a participação de Burke nessa zona, ele é um culpado. Aquele conjunto de digitais que você e Tony colheram do sótão de Paul mostrou que já havia uma conexão entre Burke e Laverne há anos, desde antes de Paul se tornar celebridade gótica.

— E as análises confirmaram a história de Laverne?

Herb assentiu com a cabeça.

— Os restos de Lavínia foram reduzidos a cinzas por sua irmã. Resgatamos assim o DNA. E conseguimos resgatar um pouco a complicada história com a colaboração das cúmplices de Lucy. Parece que Lavínia era amante de Burke. Largou-o quando se apaixonou por Paul.

— E elas eram tão parecidas assim?

— Eram gêmeas.

Rod respirou fundo e concluiu:

— Então Paul se afastou do cenário gótico porque não aguentou ser o responsável indireto pela morte de Lavínia. E, claro, com Laverne achando que tudo era culpa da Ordem do Centauro, foi fácil convencer Burke de que ele deveria se livrar do fardo também.

Herb olhou alguns papéis em sua pasta de couro:

— Todos os envolvidos achavam que esses arquivos eram uma perdição. Que acabavam com a vida dos que tinham o nome neles. A ponto de não verem que a maldade está, na verdade, nas próprias pessoas, e não em papéis antigos. Paul manteve seus próprios papéis no Lar Perto do Mar, onde, em seus diários, mencionou Burke como "um pobre coitado que não tinha medo de ter um caso com uma mulher muito mais nova".

A porta do gabinete do promotor abriu-se, e ele fez um sinal para que ambos os homens entrassem. Rod ajeitou a gravata do terno enquanto Herb cobrava:

— Por que Tony não veio?

— Está no hospital. Enquanto Siouxsie não melhorar e estiver fora de perigo, ele não vai sair de lá. E ainda mandou um recado: "estarei no hospital e, a menos que a vida de alguém dependa disso, não estou acessível".

Herb sorriu e sussurrou, quando entrou no gabinete:

— Onde está o dr. Mendes quando se precisa de seus serviços?

Tony saiu do quarto de Siouxsie. Ela estava bem, apenas sofrera uma intoxicação grave por inalação de fumaça. Os dois conversaram por longas horas nos últimos dias, e o médico que cuidava dela indicou que, em pelo menos mais uns dois ou três dias, ela receberia alta. O CSA sabia o enorme estrago que o incêndio causara na mansão e não tinha certeza de como ela receberia a notícia. Para todos os fins, ele abriu a porta do apartamento dele para que ela lá ficasse o tempo que fosse necessário.

— O importante é que você esteja bem — disse ele, beijando-a.

— E meu pai? — perguntou ela.

— Receberá o que merece. Os testemunhos do CSA Benes e do chefe Greenie deverão resultar em alguma punição. Reunimos o máximo que pudemos de provas para formar um caso, das evidências colhidas na casa de Paul até vídeos, transmissões e conversas que foram gravadas pelos celulares e *smartphones* de quem esteve presente na mansão antes do desastre. Temos de agradecer pelo fato de que ninguém saiu ferido.

Tony sabia que isso não era verdade. Metade das cúmplices de Lucy morrera nas explosões, e a própria Laverne encontrara seu fim por lá. A principal responsável pelas mortes de Mary, Lindsay, do chefe Nelson e Paul não receberia o que merecia.

— Que descanse em pedaços! — murmurou ele, com raiva.

Ao sair do hospital, encontrou seus tios, que chegavam para uma visita. Eles cumprimentaram-se, apesar da animosidade ainda estar no ar.

– Não acha que deveria dar um tempo para seu tio? – perguntou Donna, em português. – Olhe tudo pelo que ele passou! E foi para me proteger, você tem que entender. Afinal, entrou naquele incêndio para proteger sua namorada!

Colin Wojak não ousou falar nada. Seu rosto mostrava-se neutro. Sentia um grande remorso por ter escondido a verdade de seu sobrinho desde o início do caso.

– Eu sei que não será fácil me perdoar – comentou ele. – Acredite, fiz tudo isso para protegê-lo. Se você soubesse que Lemmy era o assassino de seus pais...

Tony encarou-o com um misto de admiração e ódio.

– Eu nunca teria chegado a essa informação se não fosse por Herb. Sei também que devo muito ao senhor, principalmente por ter me trazido para cá e me deixado recomeçar minha vida do zero. Porém, quero que entenda uma coisa: eu preciso de sua confiança. Afinal, o senhor é o comissário daqui.

Donna sorriu de maneira vívida e acrescentou:

– Tudo foi acertado. O comissariado ainda é de seu tio. Seu pedido de demissão foi recusado porque viram que ele estava sob estresse em razão do meu rapto. E deu tudo certo.

– E quanto às suas obrigações com a família Carter? – perguntou Tony, com medo da resposta.

Os Wojaks olharam-se e passaram algum tempo parecendo refletir o que iriam dizer. Foi ela quem respondeu:

– Eu assinei um documento oficial. A partir de agora, renuncio o meu nome de família. E, depois, já estava na hora de assumir o de seu tio.

– Então agora é Donna Wojak? Sem mais nenhum Carter ou Carter-Wojak?

O comissário concordou com a cabeça.

– Ela renunciou a qualquer contato com os Carters. Se eles ainda insistirem em manter transações ilícitas, serão alvo de nossas investigações e sujeitos a prisão. Isso será um trabalho longo, talvez ingrato, mas com certeza a limpeza nesta cidade será feita.

Tony abraçou-os e encaminhou-se para seu carro. Foi quando seu celular tocou e ele leu a mensagem do técnico do laboratório, Brian Feerie:

> *Alguns materiais foram resgatados das ruínas do Madame Lilith. É melhor você vir até aqui.*

Seria possível que tudo aquilo ainda não tivesse acabado? O que os peritos poderiam ter recuperado de tão importante que necessitaria que ele fosse ver pessoalmente? Seria possível que Stoker/Laverne tivesse deixado uma última surpresa?

Enquanto seu carro avançava em direção ao laboratório, Tony pensava que certas coisas deveriam mesmo ficar no passado. E que os mortos devem permanecer mortos, custe o que custar. E fosse como fosse, agora ele iria fazer uma contenção de danos como nunca tinha feito antes.

O carro de Tony parou no estacionamento do laboratório e revelou um passageiro extremamente agitado. Saiu correndo, passou pelos seguranças e pela portaria para se dirigir à sala de Brian Feerie, no departamento de vestígios. A tarde começava a cair, e o calor ainda acertava seu rosto. Porém, a agitação ainda se fazia sentir e nem todos os ares-condicionados do laboratório faziam com que a agitação parasse.

Seus passos ecoaram pelos corredores até que finalmente chegou à porta que levava ao departamento. Entrou e passou pelas bancadas de tubos de ensaio, filtros, espectrômetros e outros materiais. Ao final do salão, ficava o escritório de Brian. Ele era a única pessoa, fora Paul, que podia considerar seu amigo lá dentro.

Tony entrou no escritório. Brian, um homem de 45 anos que passava mais tempo no laboratório do que em casa, era um *nerd* perfeito. Sabia tudo sobre análises químicas e adorava fazer engenharia reversa no que encontrava nas cenas de crime quando era acionado. Tinha mania de perfeição e checava sempre pelo menos três vezes cada resultado antes de repassar para os CSAs suas descobertas.

Brian estava ajeitando seu cabelo à la Elvis Presley que, aliás, era seu cantor predileto, e agitava-se na frente do espelho, procurando o melhor ângulo para dar destaque a seu topete anos 1950.

– Tony! – saudou ele. – Bem-vindo ao mundo das revelações. Já pegou sua senha para ficar embasbacado?

– Está bem, está bem – respondeu ele, constrangido. Por mais que fizesse amizade com os outros peritos, nunca gostou de demonstrar isso de maneira tão aberta. – Pare de colocar gel nesse topete que ainda vai comer Nova York e diga o que encontrou.

Brian aproximou-se da mesa e procurou alguns papéis. Era das antigas: não gostava de mostrar coisas no computador. Sempre imprimia tudo, o que já o levara a conflitos com o falecido chefe Nelson, que exigia que ele cortasse aquele gasto. Selecionou as páginas e procurou em seu avental branco pela famosa caneta de gel metálico que usava ao assinar as versões definitivas de seus estudos. Visitou as páginas à sua frente e entregou-as.

– O resultado da vistoria e das análises que fizemos no local em que ficava o Madame Lilith – e entregou as folhas para o CSA.

Tony sentou-se na cadeira em frente à mesa e leu-as com o máximo de atenção. Verificou as páginas várias vezes antes de levantar o rosto, em dúvida.

– Não entendo! – olhou para Brian como se pedisse ajuda. – Estas tabelas estão corretas?

Brian confirmou com a cabeça.

– Você sabe que eu checo tudo pelo menos três vezes.

– Então os locais dos explosivos...

– Uma das salas era uma adega. Havia cacos de vidro e resíduos de vinho, além de caixas de madeira. Em outra, havia resíduos de papéis, mas todos eles sulfite, o que indica que era uma espécie de depósito de contabilidade, provavelmente um arquivo morto. Numa terceira, tecidos e o que restou de certos extintores de incêndio, que, nesse caso, de nada adiantaram... irônico mesmo...

– Mas eu tenho certeza do que vi! – explicou Tony. – Os documentos dos arquivos da Ordem do Centauro eram, em sua maioria, em papéis especiais, como se fossem típicos de cada família.

— Sei que você não os viu por muito tempo, mas algum deve ter ficado na sua mente. Lembra-se deles?

— Sim. Alguns eram *super bond*. Outros, de cuchê fosco. Havia papel-da-china, *kraft*, que é muito resistente, monolúcidos, usados em cartazes, e até folhas de seda!

Brian balançou a cabeça em negativa.

— Não para *super bond*, não para chuchê fosco, não para papel-da--china, não para *kraft*, que já vi sobreviver a situações piores que as do Madame Lilith, não para monolúcidos e, principalmente, não para seda.

Os punhos de Tony fecharam-se imediatamente. Aquilo só podia significar uma coisa.

— Alguém tirou os arquivos de lá. Num incêndio como aquele, é praticamente impossível não ter restado absolutamente nada!

Tony dirigiu sem pensar. Foi parar no local onde havia a mansão do Madame Lilith. Por algum tempo, caminhou na propriedade, ultrapassando sem pensar a faixa amarela da polícia que cercava o local. Não sabia o que pensar e apenas sentia que precisava fazer uma última visita.

Observou a cratera. O que restara da mansão era um amontoado de ruínas pretas que mais pareciam as manchas de tinta de um teste Rorschach.

Nenhuma conversa com psicólogo poderia eliminar o sentimento de culpa que ele sentia. Sabia que Paul havia sido sequestrado no lugar dele. Um erro idiota de um assassino que havia matado seus pais. E que custara a vida de um de seus poucos amigos.

Ele ficou algum tempo parado à beira da cratera, observando a noite e pensando se, em algum lugar, seus pais estariam acompanhando Paul e verificando o quanto ele sentia a falta de todos eles. Com certeza, as luzes haviam sido apagadas por definitivo para o Madame Lilith. Pelo menos por algum tempo, as tribos urbanas de Little Rock teriam de se contentar com outro bar ou local para se reunirem.

Ele sacou seu *smartphone* e acessou o Facebook. Lá, participava com um perfil bastante ativo e colocou no status:

*Ex-gótico sente falta do magnífico Madame
Lilith como lugar para encontro.*

Em poucos minutos obteve mais de duzentos *curtir*, o que indicava que, pelo menos no mundo virtual, os órfãos do Madame Lilith haviam encontrado um novo lugar. Pelo menos até que outra rede social mais direcionada aos góticos fosse criada.

Vagou por mais alguns instantes pela propriedade. Ficou imaginando quantas pessoas tinham passado por aquele lugar e quantas haviam sonhado e imaginado que lá encontrariam um espaço em que fossem aceitos por outros com as mesmas afinidades.

Então, entendeu por que o Presas Noturnas tinha obtido tanta fama e sucesso. Tudo que as pessoas queriam era um lugar para que se sentissem aceitas. Nem que, para isso, elas se tornassem joguetes nas mãos de uma sociopata.

Voltou para o carro e ligou-o. A noite estava fechada, e logo uma chuva fina, mas insistente, começou a cair. Ele acelerou e deixou para trás a propriedade. Nunca mais voltaria lá, pelo menos não nos anos seguintes.

Não percebeu que, no meio das sombras, uma o observava, pensativa. Seus caminhos ainda iriam se cruzar. Não naquela noite, não naquele ano, talvez nem no ano seguinte. Porém, estava tudo escrito e não podia ser alterado. A sombra observou o carro afastando-se cada vez mais até sair de vista, voltou sua atenção de novo para as ruínas e desapareceu no meio delas.

EPARMA
Impressão e acabamento
Editora Parma LTDA
Tel.:(011) 2462-4000
Av.Antonio Bardella, nº310,Guarulhos,São Paulo-Brasil